主编 凌翔

# 记得红嫁衣

毛家旺 著

文化发展出版社
Cultural Development Press

·北京·

### 图书在版编目（CIP）数据

记得红嫁衣 / 毛家旺著. — 北京：文化发展出版社，2023.6
ISBN 978-7-5142-4031-3

Ⅰ.①记… Ⅱ.①毛… Ⅲ.①散文集-中国-当代 Ⅳ.①I267

中国国家版本馆CIP数据核字(2023)第118847号

## 记得红嫁衣

著　　者　毛家旺

出 版 人：宋　娜
责任编辑：孙　烨　　　　　　责任校对：侯　娜
责任印制：邓辉明　　　　　　封面设计：邓小林
出版发行：文化发展出版社（北京市翠微路2号　邮编：100036）
发行电话：010-88275993　　010-88275711
网　　址：www.wenhuafazhan.com
经　　销：全国新华书店
印　　刷：唐山楠萍印务有限公司

开　本：710mm×1000mm　1/16
印　张：19.5
字　数：264千字
版　次：2023年10月第1版
印　次：2023年10月第1次印刷

定　价：89.80元
ＩＳＢＮ：978-7-5142-4031-3

◆ 如有印装质量问题，请与我社印制部联系　电话：010-88275720

# 目 录

**第一辑** **001**

父亲的村庄　　　　　　　　002
母亲的眼睛（外一篇）　　　012
母亲的耳环　　　　　　　　014
记得红嫁衣　　　　　　　　017
何以为根？　　　　　　　　023
此恨绵绵　　　　　　　　　034
小脚姑奶奶　　　　　　　　042
苍凉的回望　　　　　　　　045
童年三题　　　　　　　　　048
表嫂，你走好！　　　　　　052
时先生　　　　　　　　　　054
孟鸣老师　　　　　　　　　058
唯有先生可答我　　　　　　063
我的1958　　　　　　　　　067
抱一坛老酒去贺新　　　　　072
海滨伊人　　　　　　　　　078
送牛奶的女人　　　　　　　081
泰州的告慰　　　　　　　　083
鞠章网的"生物农业梦"　　 086

01

| | |
|---|---|
| 天堂应有火金姑 | 090 |
| 轮船上的卖唱人 | 094 |
| 哑　女 | 099 |
| 村　庄 | 102 |
| 殷家庄传说 | 110 |
| 圣洁的杨丽萍 | 114 |

## 第二辑　　　　　　　　　　　**117**

| | |
|---|---|
| 麻石街的记忆 | 118 |
| 红色东浒垛 | 128 |
| 文昌胡官庄 | 136 |
| 江北周庄 | 143 |
| 感恩之旅 | 145 |
| 清明的麦田 | 150 |
| 落叶物语 | 154 |
| 幸遇易卜生 | 159 |
| 兴化庙会 | 161 |
| 农家的厨德 | 168 |
| 且把相思付流水 | 172 |
| 听《二泉映月》 | 175 |
| 一网打尽 | 176 |
| 人间腊雪 | 181 |
| 天大的烧饼 | 185 |
| 旧书难舍 | 189 |
| 肉香如灯 | 194 |

卤汀河往事　　　　　　　　200
　　《香河》剧组探班记　　　　205
　　童年时光中的一条狗　　　　209

## 第三辑　　　　　　　　　　　213

　　朱自清心中的月色　　　　　214
　　易居城赏花　　　　　　　　217
　　诗中洧水流泰州　　　　　　220
　　曼殊孤魂何处觅　　　　　　223
　　一泓西湖美人泪　　　　　　228
　　寻　宋　　　　　　　　　　232
　　夜宿西陵峡　　　　　　　　237
　　会飞的凤凰城　　　　　　　242
　　祭拜孔尚任　　　　　　　　246
　　秦皇岛之夏　　　　　　　　250
　　谁能识得菜花美　　　　　　253
　　草原上的野韭菜　　　　　　256
　　饮食文化的堕落　　　　　　261
　　小品是什么？　　　　　　　263
　　"兴化乞丐"和"精神扶贫"　265
　　莫为轻阴便拟归　　　　　　267
　　脑后为何不长眼　　　　　　269
　　"人肉市场"上的高档商品　271
　　面对新潮　　　　　　　　　273

03

## 第四辑　　　　　　　　　　275

　　泰州民间的"张士诚崇拜"　　276
　　都天庙会暗祀张士诚　　279
　　张士诚的边城　　282
　　张士诚与会船之俗　　285
　　活在老地名中的张士诚　　288
　　张氏兄弟身先殉大计　　292
　　说说张氏兄弟以外的"扁担"　　295
　　张士诚后人今何在　　298
　　高坟头随想　　301

第一辑

# 父亲的村庄

一

母亲去世后，父亲只能一个人留在孤寂的村庄里。

这个村庄本只是父亲漂泊人生的一个停靠处，他是被贫困的风浪推来的。他和母亲结婚后，便在母亲的村庄里做了一个拿工分的教书先生。父亲的出生之地，是百里之外的一个村庄。对父亲来说，那个偏僻的只有几十户人家的小村，才是真正的故园，才有根的意义。我的祖母命丧于侵华日军的枪口之下，顷刻间便与四儿三女永隔阴阳。父亲当时已经成年，对其情其景应该是有所了解的。但关于那段血淋淋的记忆，父亲只给出了最简单的言说，似乎没有伤心，也没有愤怒。也许在父亲看来，那是一段不忍复述的回忆，因为，失母又失学的父亲不久就被逼离开了母腹般的小村。祖父是在20世纪60年代末去世的，困顿中的父亲大概连盘缠都要告借，只能孤身奔丧，连母亲都没带回去。父亲回来后，曾在家里立一牌位，他亲自写上祖父的名讳和生卒年月，字迹清晰而工整。我小时候对牌位上的祖父相片并无血脉之思，只感到他的陌生与遥远。

没有了母亲的陪伴，村庄里只有父亲的形单影只了。面对着突然袭来的清冷和凄寂，父亲会有一种身在异乡之感吗？对于父亲那时的心境，我无法揣度。我们能知道的是，返回百里之外的衣胞之地成了他生活的重要内容。父亲自奉甚薄，他把退休工资的大部分都用作路费了。父亲经常说的话是:"前些日子回去看了看","最近准备回去看一看"。父亲给我们带来了那个小村的各类消息,零碎的、片段的、好坏掺杂的家长里短,诸如,大伯父的儿子儿媳生活怎么节省,二伯父的儿女们把父母的骨灰送回老家了,大姑母的孙女嫁了个外商,三姑母有个儿媳对老人的口声很坏,等等。父亲说得最多的是他曾经受到的礼遇,口气中洋溢着喜悦——大伯父的儿子不是招了个女婿吗,那个女婿给父亲包里塞了两袋麦片;二伯父的儿女们回来后住的是宾馆,父亲也跟着吃了几天的饭店;三姑母有个女婿在杭州当军官,邀父亲去杭州游玩,把父亲安排在宾馆里,还用专车送他到西湖……从他的表述里,我们自然不难感受到他与此地的疏离和与彼地的亲近。

收到大姑母病重的消息,父亲心事很重。他对我说:"你们都该回去看看,她对我们家是很好的。"我知道,在那些瓮牖绳枢、饔飧不继的岁月里,大姑母经常接济我家,两斤白糖、几块肥皂、10元汇款之类的钱物,不仅解了一家人的生活之急,也化为父亲艰难度日的精神支撑。我和二弟随父亲来到大姑母的病榻前时,奄奄一息的大姑母似有反应,她尽管不能言语,但喉咙里却发出"噉、噉、噉"的声音。父亲连喊"大姐",声音哽咽。我和二弟连一句安抚、告慰的话都没说,就默默退出。我们不忍再叨扰侍候数月的表姐,给她几百块钱后便匆匆告辞。这次颠簸百里的探望,前后恐怕不足20分钟,于我和二弟来说,只是一种轻淡的仪式,但在父亲看来,则是一种沉重的使命。到县城吃饭,我们陪父亲喝点啤酒,父亲神色愀然,一言不发。我说:"爸爸,你是老辈中最长寿的人了。"父亲叹了一口气,轻轻地说:"走了,都走了。"

父亲不知在心里算过多少次,什么时候该是祖母的百岁冥寿。那一年的春节刚过,父亲就对我们说:"奶奶今年正好一百岁,你们都要回去磕几个头。"清明节前,我们弟兄三人随父亲回家祭祖。我们在镇区下车,再向埋葬着祖父祖母骨骸的小村步行。这段路,我以前也曾走过,但我总觉得满眼是陌生的街巷、阡陌，脚步迟疑而凝滞。而父亲却能在那些高高矮矮的屋舍中穿行自如，连短暂的辨认都不需要。那时那地，我心里只是为父亲的记忆尚好而高兴。现在想来，那些大路小道其实是一直蜿蜒在父亲的梦中的，他已不知往返过多少次，怎能不如行庭院？

　　祖父祖母的坟茔由大伯父的儿子重修过，焕发出崭新的气息。我们弟兄三人焚香、烧纸，然后磕头。肃立墓前，凝望着镶嵌着祖父祖母相片的墓碑，我第一次见到了我的祖母，一个由黑色和白色构成的祖母，她目光清澈地看着我们，脸上挂着和善的微笑。父亲有没有给他的母亲磕头？没有。记得在我们行礼的过程中，父亲只是在一旁沉默着。他是一个深受孔孟之道浸润的人，是一个信奉忠孝的人，也许在他心中，我们的祭奠便是对其母亲最好的告慰。面对眼前的情景，父亲看得最实在的应该是生命的流逝和延续，他当然不能抽绎出人生的哲理来，但心中肯定有着无限的感慨。隔着60年的时光，父亲自然是非常感激母亲的，感激母亲的阴鹭，让他的儿孙们平安康乐。我们知道，父亲赋予此次祭扫之仪的话语，不仅仅是寄托哀思，更多的是对儿孙们的告诫和提醒，就是要我们不忘慎终追远。父亲已经无法预知我们未来的行程，他心中隐忧深深，只能用垂暮的生命把我们的足迹引向那个偏僻的小村，让我们永远记住那个长眠着他的父母的小村。不知不觉中，天上飘下小雨来，父亲慢慢走到我们身边，用树枝拨了拨冒着浓烟的纸钱，又看了看空中翻飞如蝶的纸灰，然后说："好了。"

　　他脸上有些水珠，不知是泪水还是雨水。

## 二

　　父亲自感身体一日不如一日，心情抑郁。他在电话中说，他的腿脚渐渐发硬，移步都显得困难；饮食也大不如前，对吃什么都没有兴趣。

我们便给他请了全日保姆，保姆是我大舅的儿媳。那时，我们似乎忽略了父亲的健康状况所透露出的信息，更未能理解他的言行中所包含的恐惧与绝望，只是用最轻省的方法丢下了心里的牵念和服侍的麻烦。但是，父亲对从母亲娘家请来的保姆总是不满意：不是嫌态度不好，就是怪干活不当；不是嫌饭菜不香，就是怪照应不周。几个月下来，父亲竟茶饭更少、步履更难了。

我决定把父亲接到身边来，便在我家附近联系了一家敬老院。那天见我回到村里时，父亲并没有往常的高兴和慈祥，他蹙着眉头，一脸愁容。父亲啊，他除了悲苦，除了无奈，还能有什么？！父亲并不愿离去，村里的生活是自在和安逸的。但他现在行动不便，如何度过那日落日出、月上月下？此一离去，其意味是忧伤的，父亲已不能生活自理了，他的人生快要谢幕了！父亲很不情愿地拿取衣服和随身的物品，又胡乱地把它们塞进包里。跨出老屋，父亲又回转身去，用并不灵便的脚踢踢破旧的木门，发泄着自己的留恋和不甘。我扶他转身，听他恨恨地说道："我是有去无回啊。"父亲的话沉重如铁，与其说是无意的谶言，不如说是清醒的预料，让我不寒而栗。我的年迈的父亲，他还有可能康复回村吗？对于这个问题，我实在不敢去想。一股冰冷的寒气重重地笼罩着我的周身，我一路无语。

父亲显然意识到大去之期的日益迫近，情绪十分低落。我们为他做一些他过去一直喜欢吃的饭菜，他只尝一点点就不愿再动筷子了，最让我们忧虑的是尽管进食极少，但其肠胃却难以消之化之。更糟糕的是，父亲因连日卧床，下肢急剧萎缩，不几天就变得无法行走，连站立都难乎其难了。面对我们的劝慰，父亲总是在叹息，在摇头，他已经无力也不愿反抗来势汹汹的衰亡了。

一日，父亲对我提出，他不想再住敬老院了，要回村里去。他说，他连保姆都不要，能够自己照应自己。父亲的话近于谵妄，但我也只能顺着他，答应送他回村里去，让他先试着住几天再说。其实我心里明白，父亲在村里生活不下去，自然会要求回到敬老院的。谁知第二天，父亲又对我说，他不想回去了，他不回去了，像现在的身体状况，回去是根本没法生活的。父亲苦笑了一下，说："我昨天做了个梦，梦中我是能走能动的，今天梦醒了，发现自己已瘫在床上了。"很想知道，父亲究竟做了怎样的一个梦？是还原了曾经的生活，还是虚构了来日的人生？是嗅到了熟悉的气息，还是见到了亲切的面孔？是一次愉快的经历，还是一次可怕的遭遇？反正，梦中的父亲是健康的。呜呼，健康的父亲只在他自己的梦中了！父亲知道难寻回天之力，只把生命最后的渴望寄诸梦境，这其中有没有对我们的抱怨，有没有对我们的失望？

　　父亲的老家也偶有晚辈来看望，他其时方有一丝喜色。他们对父亲有这份孝心，我们当然是非常感激的。但父亲却担心我会冷落了来客，让他们心生反感，他反反复复地要求我，对他们的招待一定要热情。父亲的口气近乎恳求，甚至说："你为我用了钱，我是知道的，我也余了些钱，可以补给你。"今生今世为父亲尽孝的机会已然寥寥，我怎可能吝惜花费？每送走一位来客，我便详细地告诉父亲招待的情况，包括吃的什么菜喝的什么酒，谈了哪些家常。父亲听得专注，还不时问上几句。自知时日无多的父亲恐怕已在安排魂归小村的行程，他肯定害怕遭遇冷淡，我们今天的热情，是不是可以换得他们对父亲亡灵的敬重？但愿我们对父亲老家来客的笑脸相迎，能够驱除父亲心灵深处难言的忧虑。那日中午，二姑母的女婿来看父亲，父亲把我们支走，说是有事情要跟我们的这位表姐夫说。直到晚上，表姐夫才离开父亲。表姐夫说："三舅余了万把块钱，要我帮着分一下。"总共也就万把块钱，对我们来说只能算是聊胜于无。我们不仅惊讶于父亲平日的节俭，竟然积余了这么多钱，而且对父亲的郑重感到奇怪，竟会托人来处理此事。父亲要求怎样来分这笔钱？父亲的意思是，孙子辈平均分发，不分男女。父亲特别关照，寄养在我妹妹家的小姑娘包括其内。父亲多年来多次对我们说，这个小姑娘幼时被父母所弃，实属可怜，你们应当好好对她，不能冷眼相看。可惜我们多有疏忽，辜负了父亲的期望。父亲如此安排自己仅有的遗产，无疑是对我们的一次提醒，要我们永远不失善良，永远不失悲悯。在未来的日子里，我们能如父亲所愿吗？

　　我们一直给父亲以自欺欺人的宽慰，说他身体并没有病，马上就会好起来的，总是刻意回避如何处理他的后事的话题。一方面，我们根本不忍心与神志清醒的父亲谈论他的死亡，那简直无异于在父亲面前亮起刀枪，是一种我们无法接受的残酷。更重要的原因是，我们害怕他会把落叶归根的念头化为言语。作为一个少小离家、寄居他乡的老人，父亲对其父母常常表现出强烈的归依之情，我们理解和尊重他的这种感情，并以此作为对他晚年人生的慰藉。但是，如果父亲提出归葬其父母墓旁的要求，我们该如何回答，又该如何处理？如果顺从了他的心愿，他就会重回儿时生活的小村，在那个有父母呵护的静谧之地，他定能找回早已丢失的快乐和甜蜜。我们自然会经常走进父亲的老家，到祖辈的墓前表达不绝的缅怀。但我们如果真的设计了这样的格局，对母亲岂不是一种伤害？父亲和母亲争争吵吵的几十年，也是共担风雨、共度患难的几十年，他们也许没有品尝到多少幸福，但会在共同的生活中感受到相互的支撑。我们必须告诉父亲，他还是和母亲葬在一起为好：没有他的照应，母亲会感到孤单；而没有母亲的陪伴，他也会步履维艰。让父母的墓葬各处一方，我们于心大不忍。但愿，在那个不可知的九泉之下，我们的父母能够共同搀扶，渡过一切苦厄。这样的安排，会让我们的祭扫更为便利，如果要跑两个地方，我们岂不要花更多的精力？我们担心的是，父亲会固执地坚持自己的要求。倘若我们明确拒绝父亲，会让他带着沉重的遗憾离去；倘若我们应之身前而违之身后，对父亲又是一种莫大的欺骗。我们试探着问表姐夫："父亲有没有对后事提什么要求？"表姐夫说："一句话都没有。他只是要我们那边的人不为难你们，说你们都尽心了。"

父亲疼我们，他不给我们出难题。

## 三

2008年12月20日，凌晨5时，敬老院给我打来电话，说是父亲情况不好。我们赶到父亲身边时，父亲已是气若游丝，任我们怎样呼喊，他都没有反应。父亲如一盏行将熄灭的油灯，颜色越来越暗淡；父亲如一片枯萎的树叶，正在凄惶地飘向大地；父亲如一块久经风雨的泥土，顷刻间就会分崩离析；父亲如一条破旧的木船，急速地沉入冰冷的河底。我们不敢犹豫，决定立即送父亲回家。我抱父亲上车时，才发现父亲是那样瘦、那样轻，他的形体萎缩，身上只有皮包骨头。父亲身体健康时，我没抱过他；父亲血肉丰满时，我没抱过他；父亲行走自如时，我没抱过他。现在我抱在手上的，是生命快要消逝的父亲。今生今世，我是第一次抱我的父亲；今生今世，我也是最后一次抱我的父亲了。上车以后，我一直紧紧搂着父亲，让父亲的头枕在我的腿上。父亲啊，养育之恩无以再报，我只能最后一次用我的体温驱除你彻骨的寒冷，最后一次用我的双手向你传递胆量。

返回老屋，父亲完全停止了呼吸，他一脸安详，如熟睡一般。终老于此，父亲该无不愿。

父亲在母亲的村庄生活了50余年，饱尝了人世百味。他是外乡人，又不善农耕，在家族势力影响甚大的乡村，父亲遭受他人的歧视和冷眼似乎很正常。在我们尚未成人之前，为了一家人免挨饥寒，他经常会到生产队求粮欠草，或者觍颜向别人借债。但是，父亲从来不记恨他人，也不抱怨生活，一直默默地在村庄里做一个教书先生。父亲没有上过新式学堂，只接受过短时间的教师职业培训，他所拥有的知识大多是从私塾里学来的，主要是一些零散的中国传统文化。记得我很小的时候，他曾教我背过《百家姓》，后来我发现，有几个姓的读音和字典上并不一致。父亲用自己浅薄的知识，从事着艰难的启蒙工作，他教识字，教写毛笔字，教珠算，教加减乘除。在20世纪50年代末到70年代末，村子里但凡进过书房的几乎都是父亲的学生，有的人家甚至父子两代都做过父亲的学生。课书以外，父亲还充当了一个普及传统文化的角色：为村里人家题匾、做支客、写口谕、写对联等。正是因为父亲的书写和解释，村里人才知道什么是"知天命"，什么是"耳顺"；"坤造"是什么意思，"健生"是什么意思；席口应该怎样排，主客应该怎样坐……父亲的所在，便有书声琅琅、墨香飘飘。现在想来，父亲之于村庄，其价值远远不止于教了多少学生，教他们认识了多少字。是不是可以说，我们的父亲以微薄的心力在村庄里传授了知识的种子，播撒了文化的星火，让许多人受到了文明的滋养，加快了村庄奔向文明的步伐？至今，父亲早年教过的学生依然以曾经喝过几滴墨水为骄傲，父亲题款的亮匾依然高悬于一些人家的堂屋，父亲留下的礼仪依然延续在村庄迎亲送客的过程中，他那平凡、庸碌、卑微的一生，会因为这些而平添几分光彩吧。

  得知父亲去世的消息，不少乡亲主动前来帮助我们料理后事。他们熟知村庄里的丧仪，以他们特有的虔诚和恭敬来送别父亲。他们首先为父亲擦拭遗体，即用清水把父亲的遗体擦洗一遍。这是一种庄严的仪式，其象征意义远大于实际意义。他们端来一盆清水，用一条崭新的毛巾蘸着水轻轻擦拭父亲的身体，从上到下，擦得很认真、很仔细。他们为父亲擦去的，不仅是83年的红尘污垢，更有83年的世间恩怨和烦忧，也有83年的人生牵挂和不舍。父亲的皮肤在水的滋润下，顷刻便有了些许光泽。接着，他们便为父亲一件件穿上新衣，这些衣服都是父亲自己准备好的，已经整齐地叠放在衣橱里几年光景。装扮一新的父亲给我们一种隔膜的感觉，父亲很多年没有这样从头到脚一身新装了。父亲这身衣服明显不能体现出保暖防寒的意味，而非常像远行千里万里的行头。是的，父亲即将远行，而且，此去便是永久，没有回首，没有归来！然后，他们便把父亲安放在殓床上。这时的父亲沉默中透着威严，安静得不容打扰，我们只能瞻仰而不能亲近，便感受到他的决绝了。父亲啊，在以后的岁月里，你将独自行走于荆棘之路、虎狼之桥，唯愿你带着我们的祈愿，带着我们的祝福，永无恐惧，永无苦难！

当天夜里，我们弟兄三人躺在父亲殓床下的稻草上守灵。门外，朔气袭袭，寒风如泣。气温似乎低得出奇、低得凶险，让我感受到一种从未经历过的寒意，我浑身如浸泡在冰水中一般，瑟瑟发抖，蜷缩成一团，真有不堪忍受之忧。仰望颓破的老屋，我的心中更是涌起阵阵寒冷。父亲在世时，老屋便是实实在在的家，父亲苍老的身影，常唤我们归来。有父亲在，村庄里就有我们的思念和牵挂。现在父亲不在了，村庄里的家也就不在了，我们都没有了老家，也没有了必须寻觅的归程。我们各自的小家，便会成为具有终极意义的家。10年间，我们在村里先后送走了母亲和父亲，算是完成了为人儿女的根本使命。从今往后，我们的生命便会因没有羁绊而变得漂浮，因没有侍奉之责而变得空虚，因没有投奔的目标而变得茫然。在这样的过程中，村庄渐渐淡出我们的生活乃是必然。村庄与我们，会如我们与村庄一样渐行渐远。我想，有一天，我们回到村里，经过老屋时，恐怕只会对着大门多看几眼。不是不想进，而是不敢进。倘若，打开门进去，看到屋梁上织满蛛网，衣橱上的油漆已经斑驳，桌凳上铺满厚厚的灰尘，老鼠旁若无人地穿梭往来，我们心里只会徒生"子欲养而亲不待"的遗憾，时光倏忽的喟叹，人生无常的感伤。

我们在村庄的东南方为父亲选了一块墓地，那里也埋葬着我们外祖父母的骨殖。我们又请回母亲的骨灰，完成了父母合窆的心愿。弟妹们也曾提议把父母的墓葬建得高大一些，但我没有同意，只要求土工们比照邻近墓葬的规模，为父母建一座普通、朴素的坟茔。我们的父母一生安分、谦和、隐忍，从不做欺贫媚富之事，从不做损人利己之事，从不做争强逞能之事，这正是他们尽管贫贱但尚能平安一生的原因所在。身前并不汲汲于富贵，身后何须享用豪华？倘父母泉下有知，他们也只会满足于一个简单的安身之处。不如让他们依然简朴，不如让他们依然庸常。为人儿女者，对先人们最好的孝敬，就是安排好自己的生活，爱护好自己的身体，教育自己的后代，因为，这正是他们千年万年不变的遗愿。可惜的是，我在镶嵌父母的陶瓷照片时，把方位搞错了，本应该让他们面朝南方的，却做成了面朝北方。我看了看面露微笑的父母，说道："这样也好，可以让他们永远望着老屋。"

　　与其说我们把父母埋在村庄，毋宁说我们把父母栽在那里。在我们的心中，父母并没有离去，他们的生命是以另一种方式存在着，他们变成了两棵树，把自己的根深深扎进村庄的泥土，而我们，只是他们的枝叶、花朵和果实。他们不断地向我们传送着村庄里的水分、养料，让我们在春雨中茁壮，在夏日下灿烂，在秋风里矜持，在冬雪处超拔。对我们而言，村庄就不仅是生命的起点，而且是灵魂的故园。父母的所在之处，即是我们的心安之处。

　　其实，我们永远也走不出父母的村庄，无论地老，无论天荒。

## 母亲的眼睛（外一篇）

我母亲有一手好针线。记得很小的时候，常听人夸母亲的衣服做得好："看喽，针脚这么匀，这么密，巧啊！"母亲总是说："我的眼睛好，看得见。"每到这时，我就要盯着母亲的那双眼睛看。母亲的眼睛真亮啊！我问母亲："我长大了眼睛能有你好吗？"母亲笑了："能，只要你好好读书。"

"文革"开始不久，我们家就陷入困顿之中。母亲得了关节炎，实在不能下田劳动了。远方的姑母给我家送来一台缝纫机，母亲就摸索着打起衣服来。爸爸因为当教师也在接受造反派的批斗，整天要交代"问题"。这时，我初中毕业了。爸爸考虑到家庭的困难，不想让我上高中了。他含着眼泪对我说："你弟弟妹妹都要上学，家里不能再供你读书了。以后就跟着妈妈学做衣服吧。"站在一旁的母亲突然对爸爸发起脾气来："你说这话怎么不跟我商量！家里再穷，孩子的书也要读！"我从来没有看过母亲眼睛里有那么多的怨怼。

我终于离开朝夕相处的母亲到镇上上高中了，一星期只能回家一次。我每逢星期六回到家里，都看到母亲坐在缝纫机前。她一边做着手里的针线活，一边对我说："锅里留着饭哩，去吃吧。"深夜，我从睡梦中醒来，她还在昏暗的煤油灯下打衣服，那"吱吱卡卡"的缝纫机声就像从我心上碾过一样。这时，我总是说："妈妈，快睡吧。太晚了会伤眼睛的。"她说："不要紧，我的眼睛好着呢。"依旧是一阵"吱吱卡卡"的声音。我临上学校时，她就把余起来的手工钱塞给我："钱不多，省着点花。

学习要用心啊，长大了不能当睁眼瞎。"

　　临近高中毕业的时候，母亲害了一场眼病。一个多月，母亲的眼总是肿着，睁不开。医生说，她是用眼过度。那天，我用身上仅有的两块钱买了一瓶罐头回家看母亲。我站在母亲的床前对她说："妈妈，你的眼睛是为我们伤的，我不上学了。"她轻声地说："别说傻话了，好好读书吧。这次妈不能给你钱了。你把罐头退了吧，钱留着自己用。"后来，母亲的眼睛消肿了，但视力却明显不如从前了。到学校参加毕业典礼的那天，妈妈把一件新褂子替我穿上："这是我手工做的。眼睛不行了，以后再做就难啦。"这件衣服的针脚又匀又密，我穿在身上时心中却涌起了一股悲凉。

　　后来，我考上了师范，在母亲灼灼的目光中，我当上了一名教师。当我第一次走上讲台的时候，我就是穿着母亲用手工缝的那件衣服！

　　现在，母亲的视力日益下降。但是，在我的记忆里，母亲的眼睛永远是明亮的。因为母亲也给了我一双明亮的眼睛……

## 母亲的耳环

> 我的心骤然一阵疼痛，一定是
> 妈妈缀扣子的针线穿透了心胸
> 这时，我的心变成一只风筝
> 风筝的线绳就在妈妈手中

这是一位名叫食指的诗人含泪的吟唱，其情之深、之切让我顿生哀戚。它在我记忆里的驻扎，是一种雨点入地般的自然。当它在我心中回旋的时候，我便会想起我的母亲来。

母亲已经去世10年了，但她确实一直牵着那根悠长悠长的"风筝线"，我心的升腾、沉坠，似乎都与母亲有关。谢谢母亲，她在天国也不让我随风飘逝。

母亲的生命从一个贫苦的农家开始。她童年的日子，是由凄凉和恐怖拼凑而成的。她的父亲终年羸弱，因劳累过度不幸早逝；她的姐姐被抢成婚，生下一子后才得以逃脱；她的大哥婚后不久患上痨病，在儿子呱呱坠地时赍恨而终；她的二哥被国民党强征入伍，几番逃跑均被抓了回去。母亲后来曾经断断续续地讲过他们的故事，但她的口气却非常平静，没有伤感，没有怨艾。母亲对苦难的宽宥，该是对生活的从容吧？

我至今还是不能知道，从贫困中长大的母亲为什么会有一副金耳环。它是父亲仅有的赠予，还是外婆全部的陪嫁？有一点则是毫无疑问的：

它是母亲的心爱之物,是母亲终日守护的宝贝。在20世纪60年代初那段困难的岁月里,母亲有几次饿得几乎要绝气,但她依然留存着耳环,可见母亲对耳环的珍视。灾荒过去,我也有些记事了,就见母亲两边的耳朵上有闪光的圆环在晃动,晃动得我满心好奇。也许我曾经用小手拢过它,还把母亲疼得打了我一巴掌;也许我曾经对母亲穿耳洞的方法表示过怀疑,惹得母亲一阵发笑;也许我曾经追问过它的来历,而母亲也清楚地告诉过我。只是,这些都被流逝的时光从记忆里冲刷得没有痕迹了。

"文革"高潮中,如磐的困顿压得我家近乎窒息。父亲因当教师,正遭受批斗;母亲的关节炎经常发作,已不大能从事农活。整个生产队里,我家是少有的缺粮户之一。当人家从场上分到粮食的时候,母亲常常是拿着空箩回家。有一次父亲去分香油,拎回的竟是几斤脏水。而这时,他们的四个儿女不仅要吃饭,还要读书,都在花钱。大概是实在赚不到钱,也借不到钱了,母亲便和父亲商量变卖耳环。那时我当然不能理解母亲的心情,现在我才能体会到,对她来说,连戴在耳朵上十多年的耳环都保不住,不仅是一种痛苦,而且是一种羞愧。母亲对父亲说:"到外庄去看看吧,哪怕卖得便宜点。"后来我知道,母亲的一副耳环卖了20元钱。我没有看到母亲摘下耳环的细节,但却看到没有耳环的母亲憔悴了许多、沉默了许多。今天,我在想象母亲摘下耳环的情景,心里还是一阵难受,忍不住鼻子发酸。那时的母亲,一定是感到特别的无力、无助和无望。

粉碎"四人帮"后,我考上了师范。我出来工作几年后,家中才还清了债务。在一个春暖花开的日子里,父亲从镇上为母亲买了一副新耳环。母亲从红色小盒里取出耳环,对着镜子喜滋滋地戴了起来。从此,母亲的耳朵上又快乐地晃动着闪光的圆环。我儿子小的时候,就喜欢摸母亲的耳环,而母亲总是任他捏弄,自己却开心地笑着。母亲是在享受摆脱穷苦的生活，享受没有惊怕的日子。看到此情此景，我的欣慰是当然的。一天，母亲突然对我说："这副耳环没有我过去的好。"我不理解："不都是赤金的吗，有什么好不好的？"母亲叹了口气："祖上传下来的黄金是辟邪的。"我这才懂得了，母亲为什么能在贫困中留住那副耳环，为什么在卖掉它后那样失落。原来那上面凝聚着母亲的希冀啊，那就是儿孙们一生一世的平安和幸福。

　　母亲65岁那年病了，患的是癌症，尽管我们为她四处求医，但终究无力回天。我们守在母亲身旁，无奈地看着她停止了呼吸。一位远房的舅母在为母亲换上新衣之前，把母亲的金耳环摘了下来。我的心骤然疼痛起来，疼痛得浑身抖动。母亲已经远离生命，彻底丢下了她的儿女、她的生活、她的世界。母亲与耳环的分别将是一次永别，母亲再也不需要耳环了，我们可以无情地摘下来，还可以狠心地永远不给她。我接过母亲的耳环，感受到母亲的体温，感受到沉甸甸的分量，感受到熠熠的光泽。

　　母亲的耳环并不是什么稀罕之物，但却是我们生命中的珍奇。它是一份比金子还宝贵的大爱，是一份回味无穷的大爱，是一份值得传之子孙的大爱。

## 记得红嫁衣

　　小村的姑娘就像田里的庄稼一样，在风风雨雨中一茬一茬地长大了。她们的身影，她们的笑声，还有她们的宵梦，让贫瘠的小村四季里飘逸着丰满、水灵、热烈的气息。

　　她们匆匆的青春步履，总是牵连着我母亲的生命。母亲的施施出场，只为了给她们的人生添上难以忘怀的一袭美丽。因为，她们的嫁衣毫无例外都是我的母亲缝制的。我的外婆是村里的巧裁缝，我的母亲也有一手好针线。当那些姑娘将要成为新嫁娘时，我的母亲便会应邀到她们家里去缝制嫁衣。那些日子里，母亲的脸上总是笑盈盈的，倘若父亲口气不好，她也是轻轻地推挡一下："你别惹我不高兴，人家是大喜事呢。"

　　那时，我三弟尚在襁褓，母亲只好带着弟弟去人家家里做针线，我便随着母亲去照顾弟弟。一个春意融融的早晨，我跟着母亲去一位名叫小粉的姑娘家。那户农舍地处偏僻，孤独地坐落于一大片农田里。茅檐低矮，屋顶上倒挂着一根根草样的吊吊灰。当母亲把一片片新布抖落开来时，红的像火，粉的像霞，蓝的像天，白的像云，屋里顿时鲜亮起来。小粉姑娘被叫出来后，母亲给她量尺寸，她板着脸，只是冷冷地回答着母亲的问话。小粉随后默默进房，我听大人们说，小粉家做的是"交门亲"，她的对象是个瘸子，为了给自己的哥哥换老婆，她也只能点头了。

　　中午吃饭时，小粉不肯上桌，她抱起我三弟，悄悄出了门。饭后，我在她家屋后的小河边寻见了她。此时，春风如拂，阳光透过树叶的罅隙照射下来，河面上跳跃着一块块光斑，河水清澄，游鱼翕忽。她两眼低垂，似乎并不是在看水景。我分明看见她的眼睛里流出两行泪水，缓缓地在她红润的脸颊上留下两道水印。她抹抹眼泪，嘴里狠狠吐出两个字："瘌小！"不知怎的，我也用她的口气狠狠地说道："瘌小！"

做全了小粉里外的新衣服，尚有几块剩余的红棉布，小粉的母亲正要收拾进一个包袱，我母亲拦住她说："我来做一套宝宝衣吧。"母亲用画粉在几块零头布上画来画去，才动了剪子，裁剪出一褂一裤后，桌上只剩下几根布条。宝宝衣做好后，母亲把小粉喊到面前，一手举着褂子，一手举着裤子。母亲问道："好看吗？"她不说话，只是微微点点头。母亲说："丫头，早点生个胖小子吧。"鲜艳的红色映在小粉的脸上，使得她的神色中平添了几分娇羞。那时的我也看得出，小粉是长得很漂亮的。

小粉出嫁的那天，我们几个玩伴等在庄前的河边看接亲船。随着一阵唢呐声传来，接亲船离我们越来越近，他们都兴奋起来，嘴里喊着："新娘子，白膀子……"两边的篙手一齐喊起号子来，把玩伴的声音撞得零零落落。我没有跟着喊，而是走到横跨两岸的木桥中间。我分明看到，小粉和一个戴着帽子的男人并坐在中舱里，一方红色的头巾压低了她的头，也遮着她的脸。接亲船从我的身下穿过时，我把藏在手中的一坨烂泥狠狠地向新郎砸下去。那坨烂泥一头钻进河里，连船帮都没挨到。一串鞭炮声响后，接亲船快速离去。母亲为小粉缝制的嫁衣只是一团红色，渐行渐远……很想知道，她把那套宝宝衣带走了吗？

女大当婚，农村的姑娘是不能老在家里的。隔壁的玲丫因爷爷曾是村上的地主，快30岁了还没定下亲事。玲丫心事很重，成天低着头。一天，她竟到我家来央着母亲要学针线，母亲知道她是担心自己老无所依，要为日后备个生计。母亲叹了口气，答应了她。此后她便经常来帮母亲打下手，农闲时节也会随母亲到人家家里去帮活。不久，邻村有人上门提亲了，说是小伙子30刚出头，田里的农活样样拿得出，就是父亲死得早，母亲得了几年的肺结核。玲丫犹豫不决，母亲便劝她："小伙子人好就有日子过,你怕什么?"

彩礼送过才个把月,媒人匆匆上门,说是男方母亲的身体正像一条漏船一样下沉,怕是撑不下去了。病人指望"冲喜",就想这几天就把儿子的婚事办了。"冲喜"之俗是欲借喜庆被除病灾,其实就是趁病人断气前办完大事,一来可慰病榻之忧,二来可避丧期之禁。玲丫一家也不好回绝,应允五天后让男方带人。母亲对玲丫说:"你把定亲的布料拿来,我帮你赶几件衣服。"玲丫说:"你先给我量量尺寸。"母亲说:"你成天跟着我,我心里有数。"

母亲推掉其他人家的活计,在家里忙着为玲丫赶衣服。那时父亲成天守在建学校的工地上,夜里都要值班;母亲怕烧煮三餐耽误时间,就煮一锅薄粥吃一天。三天后,母亲从针线匾旁直起身来,轻轻吐出一口气,说道:"玲丫也该漂亮一回了。"她先把一件件放到桌上,用双手抹平,再折叠起来,最后摞在一起。这一摞衣服是一套内衣和一套外衣,最上面的是一件红色的加袢。母亲对我说:"你给玲丫送过去吧,她明天就要当新娘了。"她的声音有些哀戚,眼睛里似有泪水在打转。不知母亲是对玲丫的突然离去有些不舍,还是对她的往后生活有些担心。当我把新衣服送到玲丫家时,她给了我六块硬糖,其实,我并没有多高兴。

玲丫被接走的情景我没能见到,因为那时我正坐在教室里。放了晚学后,我和几个同学直朝新郎的家奔去,那年那月,看新娘是我们不会消减的乐趣。新郎家的丁头舍子前用草苫临时盖起敞篷,客人们围坐在两张方桌前等着开席。我们不用挤进房间就可以看见新娘了,因为玲丫正在敞篷下招呼亲朋。土墼墙的小窗上亮着两盏煤油灯,玲丫的红色上衣显得非常亮丽。她忙碌着抹揩桌凳,摆放碗筷,给人倒茶,红色的身影不停地走动,搅得朦胧的灯光涟漪翩翩,空气中弥散着一抹抹红色。

突然,我在对面一间低矮的窝棚里看见新郎的妈妈。庄上有人患了肺病,总是要与家人分住的,她大概是怕传染给儿子,只得独住一处了。

她瘫坐在窝棚门口的一堆穰草上，面朝着她以前的家，她的身体并不动，也不发出声音，她的生命的标志是一双依然睁着的眼睛，微弱的光亮顽强地投向敞篷之下。她的眼睛显然是随着红色的玲丫在转动，目光时而游走，时而跳动，偶尔也会一闪喜悦的火花。

几天后，我再见到玲丫时，她的身上已不见红色的嫁衣，而是换上平时的衣裳。母亲说："她的婆婆去世了。"重孝在身的玲丫，怎可着红装？

母亲的视力一天不如一天，只得渐渐丢下针黹。让母亲不得不再作女红的，是一位叫福扣的姑娘。

福扣曾是我父亲的学生，学习成绩非常好，父亲很是喜欢她，还说要认她做干女儿。只因家境贫寒，福扣三年级没读完就顶劳力出工了。有一年秋收时节，她家里借住了三个"割稻佬"。对外地来村里以割稻为生的人，村上人称之为"割稻佬"。我听说那三个年轻人是"上河"的，他们那里水田少，土地里多是种山芋和花生，不怎么种水稻。他们结伙到"下河"来赶个稻场，凭着一身力气，也就是为了吃几顿饱饭，挣几个零花钱。"上河"究竟在哪里，村里人其实并不清楚，只知道来往一程，既有旱路亦有水路。田里的稻子还没割完，福扣就和其中的一个"割稻佬"好上了。福扣的父母哪能容忍女儿私订终身？又怎能放心女儿远嫁他乡？他们先是把三个"割稻佬"赶出家门，又对福扣一顿打骂。但福扣并没有断情，她竟悄悄地跟那个"割稻佬"跑了。她的父母无处去寻人，只说"就当没养这个丫头"。

几个月后，福扣回家了，带来了她的男朋友，还有男朋友的父母。男朋友的父母找到大队干部，又发香烟又分糖，请他们做做工作，成全两个年轻人的好事。大队干部把福扣的父母请到大队部，既讲恋爱自由的大道理，又讲生米煮成熟饭的小道理，直讲得两个人连连叹息。大队干部拍拍桌子："福扣是自由恋爱的典型，我们大队干部就是保媒人！"

福扣的父母不敢违拗，只得点头了。

村里人传说福扣怀孕了，婚事拖不下去。一天，她到我家来，腋下夹着一块红绸缎，央我母亲做一件手工的斜襟夹袄。母亲说："眼睛不行了，怕是做不好。"福扣说："我小时候就想穿着你做的衣服当新娘，你就不能遂了我的心？我又嫁得远，以后也穿不上你做的衣服了。"母亲笑了："瞧你这张嘴，难怪你会自己谈对象。你这一说，我真不好回你了。"福扣也笑了："谢师娘。"

母亲的动作有些迟缓，针线也不是那么随心了。以前缝衣服的时候，母亲总是直着身子，偶尔瞟一眼铺在腿上的衣料，一根针便在她两个指头推拔间出入经纬，给缝合处留下一串平滑、细密、整齐的针脚。而现在，母亲总是佝偻着上身，眼睛盯着入针出针处，每推进一针，便要用手指上的针箍顶一下，然后拔出针，高高地扯出线来，再把针头往头发上轻轻地一擦，使其润滑。上纽扣最费功夫，也是最讲究的。母亲先要打五个纽子，圈五个扣子，再把每一个纽和扣盘成琵琶的形状，并用针线简单地固定起来。她把纽和扣等距离排列在衣襟的两边，还用画粉做下记号。最后，才用针线把一只只纽扣固定在衣服上。绸缎柔软光滑，容易变形，母亲每穿过一针，都要对着纽扣端详一番，生怕移了位子，又生怕两边不能对齐。

夹袄一做好，福扣就来试穿了。圆头的站领温柔地抱着她细长的颈项，她的胸脯鼓鼓的，腰眼窄窄的，袖管细细的，臀部圆圆的，两行枇杷形的纽扣由领口到开衩处优雅地排列着，仿佛在弹奏轻轻的乐曲。她的身体宛若涌动的波浪，哗然有声。福扣扭动着身子："真合身。"母亲在她身上抹抹："这丫头真是衣裳架子！"

福扣需到镇上坐轮船，才可去"上河"。她出家门不远，便踏上瘦瘦的阡陌。那时，蓝天高远，田野里的麦苗已经露出柔嫩的身躯，整个大地都像被泼洒了恣意的绿色。福扣身穿红夹袄，脚着绣花鞋，夹在一队送亲的人流里，煞是惹眼，她的整个身体就像红色的感叹号，在不停地跳动、前行。突然，送亲的队伍里燃起鞭炮，原来是他们正要经过一架水车，鞭炮声是提醒新娘子快快低下头来。按乡间旧俗，踏水车的男人是不穿衣服的，凡大姑娘、小媳妇路过水车处，都要撑一把花伞以遮容颜。旧俗早已不存，但踏水车男人们的狂野依然如故。他们随着鞭炮声敲出一片震天的锣响，扯开嗓门放肆地唱道：

　　铜锣一敲响当当，
　　新娘天天想新郎，
　　房外不如房内好，
　　床上比那床下忙……

轻风在笑，阳光在舞，群鸟在闹腾，天地间充盈着欢欣的气息。送亲的队伍加快了步子，红色的感叹号便渐渐消失在村庄的尽头。

母亲离世已经二十多年，但我常常忆起母亲缝制红嫁衣的情景。村里许许多多的姑娘带着一身红色的梦想，走进了不可预知的别样生活，或悲或喜，或贫或富，或顺或逆，编织成我们必须面对的浮生图景。我们除了感慨叹息，其若之何？

生命如飘，行止有天，但她们的流年里总会有一位母亲的牵念和祝福，百年未央……

## 何以为根？

我们每个人都是天地间的流浪者。谁还不是迷迷糊糊地到来，东奔西跑，一路坎坷，如大地上的一粒沙尘，如大海上的一滴水珠，最后懵懵懂懂离去？

人生的三大终极问题伴随着人类的起源而诞生，必将延续至人类的终极。明明知道根本没有答案，但我们还是不肯放弃探究，有时甚至认为，生命的意义正在此中。

寻根，便成了人类生活的永恒主题。当我们完全无法预知未来的时候，便经常回眸凝望，总想着在自己的来路上，寻见生命之根。芸芸众生就如风中飘荡的树叶，每当看见深埋于泥土里的树根，就会感觉到生命的厚重和实在，就会有了生活下去的兴趣。如果能活成千年根系的一部分，此生无憾。

一

多少年来，我对生命之根的最初认识全部源自父亲。在兴化水乡那个叫殷庄的村子里，父亲给了我生命。但是在殷庄，我根本无法回溯自己的血脉之源。因为他不是本地人，而是随母亲在村里安家的。在村里，父亲是一位没有任何血缘关系的外来者，正如一叶漂泊的孤舟，几乎没有避风的港湾。母亲一方的几家亲戚也都是窘迫之家，又怎能给他带来多少遮拦？

他是村里拿工分的教书先生，教过许许多多的学生，但还经常被笼罩在冷漠的眼光之中，一直延续着被轻视、被排挤、被欺负的状况。父亲生了三儿一女，家累繁重；母亲长期患有关节炎，挣不了多少工分。在大集体年代，我家是生产队里长期的缺粮户。父亲首先要考虑的问题，当然是如何让一家人不至于断炊。最是青黄不接之时，放米的坛子已经见底，下一顿就无米下锅，全家人将要忍饥挨饿，父亲该是多么心酸，又是多么紧张！听说生产队里分稻子了，他便拎着箩筐赶到场头，一路上沉默不语，内心则惴惴如入室行窃。会计报出一个个姓名，那些人称过稻子，笑盈盈地走了。直到最后，父亲也没听到自己的名字。他问会计："我家的呢？"会计说："你家是缺粮户，分什么？"多少次，父亲是背着空箩筐去又拎着空箩筐回。有一天晚上，生产队来人通知父亲到陆家沟去分香油，父亲兴高采烈地拎了几只空瓶去，不一会便拎了几只满瓶回来了。第二天早上，母亲发现，那几只瓶里装的不是油，而是浑黄的脏水。父亲拎着几瓶水去找昨晚分油的人，他们的回答惊人的一致："我们打的都是油，怎么到了你就是水呢？"万般无奈时，父亲也只好觍颜向邻人告借。一位余粮户平时跟父亲交情尚可，本来满口答应出借20斤米，可当父亲拿着袋子到他门上时，他连10斤米都不肯借了。全庄只有他这一户毛姓之家，苦向谁诉？他的无助和悲哀，我今天已无法诉诸文字了。

父亲的老家在百里之外邵伯古镇边上一个叫许庄的小村，距离京杭运河只有几里路远。在那个小村里，他的父母生下一堆孩子，活下来的就有四男三女，当属有福人家。父亲1926年生人，在兄弟姐妹中，排行老六，下面只有一个弟弟。到如今，我已经记不得父亲有没有给我们讲过他童年的生活，也就无法判断他在那个小村感受过多少欢乐，又品尝过多少愁苦。我可以确认的是，父亲大概并没有上过新式学堂，只是读过几年私塾，要不然他怎么那么熟悉孔子和《论语》？要不然他怎么能写一手工整的毛笔字？要不然他怎么能教人打算盘？也不知是父母要求，还是他自己主张，反正他很早就离开了许庄，踏上了独自谋生之路。"卢沟桥事变"爆发后，他在里下河水乡参加了一支抗日队伍。我也不知道他有没有上过战场，我只听他讲过这样一个故事：一天晚上，他们准备处决一个暗中通敌的家伙，就把那个人约到一个农家开会，正要动手时，那个人突然扑灭了油灯，屋内顿时一片黑暗，谁也不敢开枪。重新点上油灯后，却不见那人踪影。大门、窗口都有人把守，他难道会隐身？组织者大怒，狠狠地蹬了一脚八仙桌，这才发现那个人，原来他是用四肢撑住四个桌腿贴在桌面底下。组织者掀翻方桌，一枪就结果了那个汉奸。

抗日战争快要胜利的时候，我的奶奶命丧于日本鬼子的枪口之下。其时的具体情景，父亲一直没有说过，是不愿，还是不忍？我奶奶的死，带给父亲的直接后果，就是那个大家庭变得越发生疏，他回家的路大概不再畅通。埋葬了我奶奶后，父亲又一次离开衣胞之地。不知为什么，此一去有些决绝的意味，他恐怕再也不曾有过重回大家庭的尝试，而是心甘情愿地成为一只丧家之犬。

全国解放，百姓人家都过上了和平的生活。父亲成为兴化的一位公办教师，也算是衣食无忧了。但是，在20世纪60年代初，父亲的教师身份被"调整"了，他由拿工资的干部变成了拿工分的农民。

在许庄，我的爷爷应该是颇有颜面的：我的两个伯伯一个叔叔一个姑姑都是国有企业的职工，他们都可算是生活裕如。对于困顿中的父亲来说，许庄不仅是他出生的地方，而且是他负重前行时的心理支撑，也是他身陷孤寂时的情感慰藉。那时，我经常看见父亲在昏黄的油灯下给他的弟兄和姐姐写信，所有的思乡之情，只能诉诸纸笔吧？

"文革"开始不久，一天，许庄拍来电报，说是我爷爷病危，望他速归。父亲借了盘缠，没带母亲，也没带儿女，只身赶回老家。几天后，父亲回来，他一脸哀戚，给我爷爷立了牌位。站在牌位前，我第一次见到我爷爷,他是一位面目清癯的老人,神色慈祥。我也第一次知道了我爷爷的名讳:毛凤彩。

## 二

父亲一直在有意无意地提醒我们,他的老家在许庄,那里有他的哥哥姐姐,那里也是我们的根。

我小的时候,父亲往往是在春节前把我带回许庄。那是为了让我过一个有滋有味的春节,因为他实在拿不出钱来在殷庄置办年货。在艰难岁月里,许庄是父亲唯一可以指望接济的地方。我依稀记得,在许庄,我吃过丰盛的年夜饭,我到场头看过农民的演出,我还和毛家的同龄人做过游戏。我记忆最深的是满头白发的大姑母,她长得太像京剧《沙家浜》中的沙奶奶了,说话嗓门很大,口气也很冲,但她总能给我压岁钱,给我许多糖果,给我烧一桌大鱼大肉。有一年,她还给了父亲100元钱,要父亲买一台缝纫机,让我母亲多少能挣点收入。

当我们通过读书谋得了稳定的工作后,父亲才算走出了贫穷。他有了挺直腰杆的底气,也有了无愧于先祖的自得。他与老家的联系日紧,也常带我们回去,每一次行程里既有对故土的坚定归依,也有对同胞的真情报答。我的叔叔在江西因工伤去世,他带着我专程赴南昌吊唁,他和我的大伯多次与厂方交涉,一直忙到把我叔叔葬于山岭。我的大姑母生病了,他带着我们弟兄三人去邵伯看望,尽管大姑母已不省人事,但他还是要我们到病床前道一声祝愿。我大伯的外孙女举办婚礼,他带上我们去吃喜酒,见到男女双方有什么纠纷,他会以长辈的身份出来调处。

我母亲于2008年10月去世后,父亲就只能一个人生活在殷庄。尽管身为儿女的我们也少不了回去看他,但我们的匆匆步履又如何能驱除他的孤寂?那时的父亲,经常只身往来于殷庄和许庄之间,他所领取的退休工资，大多用作盘费。我们偶尔还会抱怨他如此花费的不该，现在想来真是无视了父亲的思乡之苦。父亲心心念念的一件大事，就是为他的母亲庆祝百岁冥寿。对此，我曾在《父亲的村庄》中有过记述：

  父亲不知在心里算过多少次，什么时候该是祖母的百岁冥寿。那一年的春节刚过，父亲就对我们说："奶奶今年正好一百岁，你们都要回去磕几个头。"清明节前，我们弟兄三人随父亲回家祭祖。我们在镇区下车，再向埋葬着祖父祖母骨骸的小村步行。这段路，我以前也曾走过，但我总觉得满眼是陌生的街巷、阡陌，脚步迟疑而凝滞。而父亲却能在那些高高矮矮的屋舍中穿行自如，连短暂的辨认都不需要。那时那地，我心里只是为父亲的记忆尚好而高兴。现在想来，那些大路小道其实是一直蜿蜒在父亲的梦中的，他已不知往返过多少次，怎能不如行庭院？

  祖父祖母的坟茔由大伯父的儿子重修过，焕发出崭新的气息。我们弟兄三人焚香、烧纸，然后磕头。肃立墓前，凝望着镶嵌着祖父祖母相片的墓碑，我第一次见到了我的祖母，一个由黑色和白色构成的祖母，她目光清澈地看着我们，脸上挂着和善的微笑。父亲有没有给他的母亲磕头？没有。记得在我们行礼的过程中，父亲只是在一旁沉默着。他是一个深受孔孟之道浸润的人，是一个信奉忠孝的人，也许在他的心中，我们的祭奠便是对其母亲最好的告慰。面对眼前的情景，父亲看得最实在的应该是生命的流逝和延续，他当然不能抽绎出人生的哲理来，但心中肯定有着无限的感慨。隔着将近70年的时光，父亲自然是非常感激母亲的，感激母亲的阴骘，让他的儿孙们平安康乐。我们知道，父亲赋予此次祭扫之仪的话语，不仅仅是寄托哀思，更多的是对儿孙们的告诫和提醒，就是要我们不忘慎终追远。父亲已经无法预知我们未来的行程，他心中隐忧深深，只能用垂暮的生命把我们的足迹引向那个偏僻的小村，让我们永远记住那个长眠着他的父母的小村。不知不觉中，天上飘下小雨来，父亲慢慢走到我们身边，用树枝拨了拨冒着浓烟的纸钱，又看了看空中翻飞如蝶的纸灰，然后说："好了。"

他脸上有些水珠，不知是泪水还是雨水。

父亲卒于2008年12月，和母亲合窆于殷庄。他未能依偎父母长眠，可有遗憾乎？

## 三

父亲去世后，我们与许庄的联系突然寥落，而殷庄的亲戚又日渐稀疏，我们真的无法回望来路了。逢年过节时，我们心中确实会生出人生如寄的悲凉来。魂归何处？我已无解。

几年前，本地媒体的一条新闻引起了我的关注：泰州城南十里的小旺庄，竟有一座毛氏宗祠。这座祠堂的修缮工程开工仪式上，有500多名毛氏族人参加了活动。后来我又了解到，这座祠堂是泰州地区仅有的几座家族祠堂之一，更是泰州地区独一无二的毛氏宗祠。

一个问号顿时悬上我的心尖：我的祖先是否与这座祠堂有渊源？无论如何，我要去拜一拜毛氏宗祠。2016年清明前夕，我在一位毛氏族人的带领下前往小旺庄。

小旺庄今为寺巷镇，庄上原有一座无量寺，还有一条毛家巷，寺巷镇正由此而得名。《毛氏族谱》明确记载：毛氏泰州鼻祖名讳兹公，在明朝初年的"洪武赶散"期间由苏州阊门迁至现今高港区永安洲镇的毛家滩，自此垦荒耕种，勤劳持家。一百年后的明代成化年间，他的后人毛公士宏举家迁移到小旺庄。他肯定也曾经历过忍饥挨饿的磨难，但他终于在那片陌生的土地上站稳了脚跟。他最为得意的也许是，他在那里生下了7个儿子。瓜瓞绵绵，尔昌尔炽。毛家巷的形成、延续、繁盛，不正是毛氏家族血脉流畅、人丁兴旺的昭示和明证？上百年前，毛家巷长有五六里路，路面宽阔，是连接长江和里下河的陆上通衢。巷子两边市廛喧嚷，人烟繁密。兴化的粮食、海边的食盐，都要用独轮车从这里运往江边码头；苏州的丝绸、杭州的茶叶，也要用独轮车从这里运往卤汀河岸边。一年四季，这条巷子里推车络绎，步履铿锵，号声悠扬。遥想当年，毛氏一族，该是多么和睦，又是多么安稳！毛家巷现在虽然已经不再是一条悠悠古道，也无鳞次栉比的商铺店堂，但是小旺庄的数千居民中，毛姓仍可占半。

毛氏宗祠位于原毛家巷的西侧，由南而北，前后共有三进。第一进为门厅，是1931年建成的砖雕牌楼，大门的门额上方有石刻一块，上刻"毛氏宗祠"四个大字，字迹清晰，笔力遒劲。中间一进被称为"明间"，系1929年族人买地新建，宽四米，两边房间宽三米，这一进曾经供奉吕祖洞宾、观音菩萨两尊塑像，在"文革"中被毁。在第二进与第三进之间的天井右侧，挺立着一棵参天的银杏树，这棵大树是建祠的先人所植，散发着盎然生机。第三进是清代风格主建筑，始建于清朝道光年间，这座崛起于荷花莲藕池塘边上的青砖黛瓦建筑，虽历经200年的风雨，但依然墙体挺直、屋面平整。兹公的塑像端坐于祠堂的正中，他的身后供奉着一个个毛氏先祖的神位。

我伫立于兹公面前，瞻仰着他的形象。他面带微笑，表情慈祥。这位早已化为一抔尘土的先人，根本无法在世间留下关于其相貌的任何记忆。那么，这尊塑像的形象依据是什么？兹公的第19世孙毛万进族长告诉我：这座塑像综合了毛氏族人的共同特点，最后由毛氏族人共同认定。他的回答令我无法质疑，因为我一直坚信遗传的力量是非常强大的。那时，我不能不归纳出毛氏族人的形象特点：他们大多个头不高，很少有魁伟者；他们的脸型大多偏圆偏短，很少有长脸者、尖下巴者；他们大多毛发浓黑，很少有年轻而秃顶者。

我内心的莫名惊异在于，我的父辈们、我的弟兄们也有这些特点啊！或许，许庄的毛氏也是兹公之后？

我弯下双膝，向兹公献上虔敬的跪拜。

回到门厅的厢房里，我翻看了历经十次修订的《毛氏族谱》。这本存留着4000多名毛氏族人姓名的谱牒，让我深深感受到毛氏家族的绵延不断。在《毛氏族谱家训》中，我看到了共十一条、每条三个字的家训：孝父母、训子孙、择师友、务农业、慎交友、重婚姻、睦宗族、和邻里、端心术、禁词讼、戒赌博。每一条之下均有百字左右的阐释，其言谆谆。在一个个从久远的时光里留传下来的文字里，我读出了毛氏先人对子孙后代的告诫、期望和喝止，他们以家族的力量把中华民族的美德传诸后人，可谓用心良苦。也许，他们懂得：一个家族的命运走势，不在于其权势的大小，不在于其财富的多少，而在于其家风是否纯正。

一个个毛氏家族的故事，也在印证着我的判断。

清代嘉庆年间，一位毛氏后人因为作恶被投入大牢，毛氏族人便开除了他的族籍，并将其家人逐出小旺庄。后来，被除籍的毛氏子孙做生意赚了钱，又多次返回小旺庄，表示愿意给祠堂捐款，以求得对他祖上的宽宥，并提出重新入籍的申请。几任族长都明确表示：先人的规矩不可破，毛氏族籍不是花钱可买的！

一位年轻的毛氏后人，是一家企业的大股东，正当他的事业风生水起时，他的父亲罹患重病。他花光家中的积蓄，父亲尚未痊愈，于是他作出决定，卖股救父！他退出企业，用出售股份的钱，带着父亲四处求医，终于换得了父亲的康复。他后来继续投身企业，终于再创经营佳绩。

毛氏宗祠历经多少年的风雨侵蚀，屋架和墙体早已倾颓。毛氏后人不愿看到这一方灵魂家园毁于一旦，从2012年起开始了漫长的修缮活动。由十余名毛氏族人组成的核心小组，自觉约法三章：不拿一分钱报酬，不产生一分钱招待费，不报销一分钱通信费和差旅费。他们请来文物保护专家商量保护措施、维修方案，毛氏族人中的瓦匠木匠主动参与祠堂的修缮工程，族长毛万进整天忙碌在施工现场，居住在外地的毛氏族人多次来宗祠参与议事……到2016年初，修旧如旧的毛氏宗祠惊艳亮相。

……

我问族长："许庄毛氏，可是从小旺庄迁移过去的？"

族长翻过家谱后告诉我："家谱上看不出来。清道光年间，倒是有一支毛氏后人去向不明，不知道许庄毛氏是否就是这一支？"

我只能废然而返。

## 四

毛姓源于姬姓，可知的远祖是黄帝。黄帝的后裔中有一位被尊为周文王的，是周朝的奠基者。他的正妃是美丽贤淑的太姒，有人认为《关雎》中的"淑女"就是指太姒。周文王与太姒生有十个儿子，其中一个就是周武王姬发，武王灭商后，便封同母弟弟姬郑于毛国（陕西岐山、扶风一带）。姬郑因此获得了毛氏，是典型的以国为氏。那时候，氏是由姓衍生出来的，姓为族号，以别婚姻，氏是姓的分支，以别贵贱。秦汉以后，姓氏才合二为一。有可靠的文字证明，毛氏族人是黄帝的后代，是周文王的血脉，是毛叔郑的枝叶。

传说春秋时期，毛氏家族发生内乱，始迁于长江流域及江南地区。毛氏仍孙由毛国到苏州的播迁历程，其中的爱恨情仇，其中的喜怒哀乐，其中的悲壮激烈，其中的生离死别，恐怕是永远也无法叙说的。但作为寒素人家的子孙，小旺庄的毛氏族人能从兹公身上回望来路已经是大幸了！

而我，能找到和兹公的血脉联系吗？

2018年清明节前，我有了去许庄祭拜祖父祖母的打算，与弟弟妹妹们商量后，他们也都欣然同意。此次的许庄之行，我们当然主要是为了延续父亲对其父母的感恩，也是为了表达我们自己对祖辈的缅怀，也算是尽一尽为人子孙的天然之责。我心里还有一个并未说出口的想法，就是想寻找许庄毛氏与小旺庄毛氏之间的亲缘关系。

许庄并不大，只有五六百人口。毛氏堪为这个小庄的大姓，有二百人左右。这足以证明，我们的先人在这里的生活、繁衍已经有了较长的年头。堂兄说，这支毛姓也是在明朝初从苏州阊门迁移至江淮一带的后人。他所知道的是，最早落脚许庄的毛氏先人是我们的高祖父，名讳余松（音），我们的曾祖父名讳同福。我们的高祖究竟由何地迁来，他一无所知。他并不能拿出家谱之类的证据，所有的家族记忆都来自长辈的诉说。我问："他们的墓葬还在吗？"堂兄答："在呢。"

祭扫过祖父祖母，堂兄随手往北一指："高祖的坟墓就在不远的田里，那是许庄毛家的第一代。"

我说："能不能去看看？"

堂兄说："就是一个小土堆子，好多年都没添过，路也难走，不看了。"

我们朝他手指的方向看了看，也算是聊寄追思。

堂兄又说："曾祖父的墓地不远，前几年我还去添了一下，路也好走，我们去磕个头吧。"

曾祖父的坟墓在一个河坡上，旁边并无其他坟墓，也无繁密的树木，倒显得清净。那坟墓不算高大，但也是明显地隆起，墓堆上的泥土都已风化成一片疏松，呈现出老旧的白色，有几棵稀疏的杂草，在春日里泛着生动的新绿。那条河的水位很低，水流平缓，无论河水如何上涨，也没有淹没坟墓之虞。

我们站在河堤上，俯看着那个静穆的土堆，俯看着土堆四周的冷寂，心中不禁涌起一阵哀戚和感伤。在近百年的时间阻隔面前，我思绪如飞，深深感到了生命传递的神奇和莫测，敬爱之情也油然而生。我只能默念一声：曾祖，您好！我们磕过头后，转身离去。

2019年清明节前，我们又一次去许庄扫墓。在去往祖父祖母墓地的路上，身为退休教师的堂嫂大发感慨："早年间，毛家在许庄当属殷实人家。我小时候就经常听庄上的人说，我们毛家的祖上都是大善人。我们毛家后人为什么少灾少难？都是因为祖上积了功德。"

堂嫂接着便讲起毛氏先人的遗事来：

每到年关，毛家总要给一些揭不开锅的穷人家送些大米，让人家过个安稳年，而且从来不要偿还；一户邻居失火了，房子烧得精光，毛家就把人家接过来，管吃管住帮了大半年；有一个年轻人暴病而亡，因为家贫，竟无棺材殓尸，一位毛家族人把为自己准备的棺材借给人家……

这时，我似乎发现了许庄毛氏和小旺庄毛氏相同的基因。不是吗？毛氏族人的血液里都流淌着正直、厚道和善良，这正是两地毛氏的最为根本的血缘联系啊！

良好的家风，才是毛氏祖先的余庆遗祚，它将护佑着子孙万代，成为天下毛氏后人共同的生命之根。

## 此恨绵绵

与肺癌抗争 3 年半后，你还是未能历劫而安，终于丢下了牵念不已的亲人，丢下了满心热爱的世界。那时，我紧紧抓住你的手，但你的手已如飘落的树叶，冷漠得不作任何回应。我知道，你的此次离去将是永远，而过去曾经的 30 年共同岁月只是刹那。

你不甘，我更不甘。你才 56 岁，命不该绝！

一

在省人民医院的化验结果出来后，你流泪了。你说："我还有好几年的工作没做，怎么对得起学校？"

你是热爱你的工作的，每天总是带着一脸的笑意去上班。记得刚刚调进省泰中附属初中时，你非常满足。你说："我喜欢学校，又喜欢医生，当个校医，真好。"

学校医务室实行无纸化办公，各种资料都是存在电脑里的。上班没几天，你就开始学习使用电脑了。你抱着一本我给你买的《五笔字型速查辞典》，早上读，晚上看，把口诀背熟。一有空便坐在电脑前，一边念着口诀，一边对着辞典，慢慢地在键盘上敲打出一个个字来。几个月后，你就能丢开辞典打出报纸上的整篇文章。学会了电脑，工作上就更顺手了。

是的，你的心里一直有一种职业的自豪。十几年来，你从学校里带回的总是让我也颇感愉悦的消息：如何在操场上抢救一位突然晕倒的学生；韩国的留学生怎样在医务室里淘气；哪些领导又在那棵千年银杏树下拍照留影；排了多长时间的队才请《中国书院》邮票的设计者签了名；几位女同事又发现哪家小店的酸菜鱼烧得好吃……

病魔来袭，你不得不离开工作岗位了。学校领导对患病的你表示了极大的关心，他们安排了顶班的员工，给你送来了慰问，为你争取了困难补助。学校的同事也纷纷上门，他们安慰你，鼓励你，期待着你的康复。

在服用了靶向治疗的药后，你的病情终于稳定下来。2015年的中考成绩公布时，你非常得意于学校的丰收。那几天你总在说，想去上班。"学校对我这么好，我应该去做些事的。"于我而言，当然是赞成你回学校的。窝在家里久了，心里怎能没有厌气？到学生中去，到同事中，对放松心情，总该是有些好处的。也许，那将有助于你身体的康复。你显得兴奋，甚至把学校几年前发的工作服拿出来试穿过几次，你久久地站在镜子面前，转动着身子，说："许多人早就把这套衣服淘汰了，我觉得蛮合身的。"

偏偏就在这时，靶向药物的疗效消失殆尽。前所未有的恐惧如巨浪一般将我裹挟其中，我只觉得周身的无助、无奈和无力。我知道，我能为你选择的路已经不多。在医药无力改命的形势下，我们所有的努力都是消极的、被动的、徒劳的。我不敢想象，更不愿言说，也许，留给你的时间只能以日计算了！

以你的知识，自然会感到那无可避免的不祥。你说："我可能再也不能去上班了，你替我去把办公室的东西拿回来吧。"

我说："忙什么？你要有信心，还会去上班的。"其实我知道，于你，重回工作已经没有可能，我只是有意让学校成为你的念想，成为你的期盼，成为你的动力，免得你过早地陷入绝望。你摇摇头，喃喃道："上不了班啦……"眼中泛着泪花。

那天，你接到一个电话。你拿手机的手抖得厉害，"嗯、嗯、嗯"的应答有些发颤。你似乎在努力使自己平静，过了一会儿，才告诉我，说是学校同事打来的，要你填写事业单位考评表。你说："你帮我填一下吧。"

我坐在电脑前，你坐在我身边，我问你答，一会儿就把表填好了。当我为你读个人小结时，你要我读得慢一些，你听得很认真，仿佛字字都在斟酌。你对几处提出修改后，深深叹了一口气："这是我最后一次参加单位考评了。"

我心里猛的一疼，仿佛裂了一道缝，有血在流，热辣如灼。

## 二

患病后，你常常念叨的是远在北京工作的儿子。你担心他不会搭配衣服，担心他没有热饭热菜，担心他挤地铁的安全……为此，你常常困于无眠。你反复地说："他一个人在北京，谁能照顾他呀？"

何以慰你思子之深情？何以添你抗病之勇气？何以扫你身后之凄凉？我想，最好的办法就是让儿子回到家乡工作。儿子也很懂事，毫不犹豫就答应返回家乡以尽侍奉之责。

儿子辞京归来，让你的脸上有了久违的笑容。对于他丢下金贵的京城户口，离开繁华的都市舞台，告别业已熟悉的工作环境，你并不感到惋惜，你只庆幸他不再是晨昏奔波，不再是只身打拼，不再是自问寒暄。你多次说过："要不是老天让我得了绝症，儿子怎能回来？"你之所在，便是他的来路。你的舐犊之情唤他归来，这是他的福分。那时我常想，但愿儿子的陪伴能让你的生命多撑一些时日。

你要为儿子在我们小区附近买一套房子，说这样他们的生活会方便一些。你没早没晚地跑中介，找楼盘，看房型，问价格，几天后，才选定一套二手毛坯房。其后，你又成天忙碌于房子的装潢。每一块瓷砖，每一块地板，每一根木条，每一面窗帘，每一件家电，每一张桌椅，你都要反复考量，都要反复比较。我已说不清，那些日子里，你骑着那辆破旧的电动自行车，跑过多少店铺，看过多少样品，遇到过多少师傅。你用热切、期待的目光，注视着装潢过程的每一处细节，包括一根钉子的位置，包括一根线条的美化。如此考究、如此认真，不正是你对生活的审美、对未来的祝愿的最后一次倾注？但，那时那地，你却是从容的、安逸的、淡定的。

本来说好，新房的打扫、清理由家政公司来做，但你突然就改变了主意，说是这些事还是自己做得仔细。我到现在也想不通，你为什么全然不顾自己身患恶疾，而是把自己当作健康之人。死亡无可逃脱，你是有意把自己生命的全部爱意留在儿子未来的岁月里？连续几天，你都在儿子的房子里忙于清扫。橱子的里里外外，你要揩抹几遍；墙壁的上上下下，你要撑拂几次；地面上的油渍、漆斑、水泥点，你要蹲着身子用刀片轻轻刮净。秋风萧瑟的晚上，你还要到儿子的房子里去，我劝阻你，你说："趁我身上还有些力气，早点把事情做好。"第二天，你把我们带到新房里。我不禁眼睛一亮，那里每一个角落已经是一片焕然：地面上晶亮如镜，米粒大的斑迹都没有；桌椅上、橱柜上一尘不染，用餐巾纸都抹不到黑色；墙壁上清新光鲜，散发着优雅的气息。你似乎有些得意："你看，家政公司弄不到这么清爽吧？"

怎么也想不到，你不久就感觉到双腿疼痛，移步缓慢，走路出现困难！这恐怕是由打扫儿子的新房造成的吧，整日蹲在地上，正常人尚难承受，何况你是重病在身！我带着你看西医，访中医，甚至还驱车到百里之外，也没能求得为你治疗腿病的良药。一天夜里你从床上跌落到地板上，竟然不能凭一己之力再爬上床去。你第一次在我面前哭出声来，哭声里满是哀戚和幽怨。抱你上床时，我感到沉重的身体中透露出的屡弱。病革如崩，如何才能让你躲过凶险？我真的连一根抓手的稻草都不能给你了，怎能不自责于无用？等你停住哭声，我劝你："我们明天也住到儿子的房子里去吧。那边楼层不高，好爬。"你摇摇头："不去。我身体这个样子，别冲了他们的喜气。"此后，你也常常问到他们那边的情况，教他们怎么清洗油污，教他们怎么摆放衣服，教他们怎么擦拭窗子，教他们怎么晾晒被子……但是，你再也没有踏进那个心心念念之所在！

你生命的最后几个月，一直缠绵病榻。儿子每次来到你身边，你的脸上总显得很安详。儿子是你生命的延续，他的孝顺会让你感受到一时的慰藉。但是，儿子离开后，你总是满脸悲戚，默然许久。那天，你悄声告诉儿子，家里还有几件银饰，要他好好收着，不要改作他用，更不能丢失。那几件银饰是你母亲的遗物，并不算贵重，但你一直珍藏着，总也不肯随意放置。这几件银饰的实用价值，已经远远不如其传承意义。你对儿子的郑重叮嘱，实际上是指望它们能寄托子孙后代对你的念想。儿子刚刚离开，你浑身颤抖，涕泪满面，啜泣不已。我知道，你心里何其凄苦！在为数不多的日子后，你将永别儿子，不再有问询，不再有操劳，不再有关爱。此中悲凉，千行泪又如何能洗？

2018年1月7日，你永远停止了呼吸。与其说这个日子是上苍的安排，不如说是你主动的选择。你用全部的气力一直支撑到这一天。这个日子对儿子本已重要，因为他的婚礼就在一年前的今天！我宛若听见你用近乎哀求的声音在呼喊：儿子，请不要忘了我这个苦命的妈妈！

## 三

在你患病之初，我总幻想着你能遇难成祥。我经常唯心地想，世上那么多邪恶之人尚且天地无限，活得有滋有味，以你的良善和明理，怎至于就遭逢大难？但是，人类至今对癌症无可奈何的现实，不断地把我拖入绝望，让我日日夜夜隐忧深深。

你却神色平静，反而劝我："我这辈子也没做过什么坏事，老天如果不肯放过我，就听天由命吧，你也不要心事太重。""儿子已经端上了饭碗，怕什么？！""人总有这一天，也不过是少过十年二十年呗。"你经常陪同事到公园里散步，在家里跳跳广场舞，还忙着包饺子、炸春卷，为儿子他们烧龙虾……你表现出的镇定、坚强、豁达，让我心里少了些重压。带着无畏去走那险如薄冰的生命旅途，不也是人生之光彩？但是，多少个夜里，你却在睡梦中哭出声来，醒来时已是泪水涟涟！那天，你拿出相册，看着一张张全家的合影，脸上并没有一丝笑意，一会儿，竟流下泪来。你是在感伤于过往时光的不可追回，还是恐惧于未来岁月的尘寰难再？却原来，你是把所有的忧虑都藏在心里啊！

一天，已经回到武汉的费振钟发给我一条微信，说是澳大利亚发现一种植物，可以完全治愈癌症。你看过微信后，说："人家说玉饰能辟邪，能不能请他女儿费滢帮忙买一只玉镯？"我记起你发病之前，费振钟请我们去陪上海大学的蔡翔夫妇吃饭，饭桌上，费振钟曾说起过费滢淘玉之事。真希望一圆玉镯能带给你些许安慰，我便立即与费振钟取得联系。身在台湾的费滢也是有心，很快就发来一张玉镯的照片。你对玉镯的颜色、式样都很满意，但觉得玉镯的直径小了点，找来同等直径的假玉镯试戴一番，果然无法套进手腕。过了一段时间，费滢又发来一张照片。这只玉镯直径倒是大了一些，却有些花哨。你看过后，说："这种式样适合年轻人，我戴不好看。"过了一会儿，又说："算了吧，就别买了。买了也戴不到几天，何必花这冤枉钱呢？"你的声音幽幽，更像是说与自己听。

在已经过去的上万个日日夜夜，你几乎包揽了全部的家务。到如今，绝症缠身，此生已无须诉说凉薄，你却担心着我的未来的生活会落入窘迫。你说:"有一天我不在了,你怎样照顾你自己?"是啊,怎样买衣服,怎样洗被子,怎样铺床单,怎样做肉圆……这许许多多的琐碎问题我何曾做过须臾思考?我只有苦笑,无以回答。我越来越感觉到,你在有意向我传授生活的经验了。吃饭时,你说,买盐要买低钠盐,低钠盐可防高血压;换衣服时,你说,不要把颜色深的衣服和白衣服混在一起洗,防止白衣服被染色;叠被子时,你说,被子要经常晒晒太阳,睡进去才软和……这些话在过去无异于烦人的唠叨,但在现在却成了深情的提醒。未作商量,你就打电话把家政服务公司的员工请上门,与人家签订合同,并缴清一年的费用。你说:"你也没本事打扫,以后每个月就请家政公司的人来家里一趟。"你不是只为眼前的整洁,而是在为你看不见的日子作安排。你正满怀不舍地悄然退出人生的舞台,一步三回头!

中秋还是如期来到你的身边,但你却不能感受节日之乐。你身在病房,食欲大减,如何赏团圆之明月?又如何享香甜之月饼?节日刚过,便是你的生日。以前对这个日子,我并不看得太重。但现在,我一直放它在心上。因为,如果没有借命而生的奇迹发生,这个生日,就肯定是你的最后一个生日了!无论如何要为你过一个隆重的生日,让你多多体味亲人的祝福。无论是中午还是晚上,趁着你精神尚好,我想把你搀扶回家,让你在家里坐上片刻,然后带你到饭店去,在饭店里为你办一桌生日宴席。我邀请了几位亲戚,联系了一家有服务员唱生日歌的饭店。但是,这一天,你偏偏是高烧不退,我的愿望终成泡影!你最后的生日竟成为一段痛苦不堪的时光,我们都只有声声叹息。我不禁遍体生寒,此番遗憾恐怕再也无法补救了。

刚刚过去的冬天似乎特别冷,天地间弥漫着过多的凛冽之气。你眼中落尽点点繁星,目光日渐黯淡如蒙薄雾。你已经意识到正坠入生命的至暗时光,对我说:"就为我在泰州附近选块墓地吧,我不想离你们太远。"恨只恨无计断了你的不归路,这件事怎能不遂你愿?我们当然也想让你留在一个近处，以后才可经常去看你。我到公墓去过几趟，为你选定了一块价格最高的墓地，不为你争求什么身后哀荣，只为向你表示我作为人夫的愧恨。那里无车马辘辘，愿你不再受无眠之困扰；那里有阳光沛然，愿你永远沐浴温暖；那里的清流汩汩如歌，愿你在天堂里欢乐无尽。长眠于彼，你当可安然。

现在我常常想起这样一句话来：得你，我幸；失你，我命。生命如飘，一切皆由天定。拜天所赐，我们得以生而为人，但是，任何人的今生所为只不过是"尽人事、顺天命"而已。哀痛过一个个长夜后，我在你的墓碑上刻上三行字：其身也勤，其心也忠，其情也善。

其实，这十二个字早就镌刻在了我的心里。

## 小脚姑奶奶

她是我母亲的姑姑,我应该叫她姑奶奶。她小时候曾裹过脚,两只脚又小又厚,就像两个长形的馒头,走起路来一跩一跩的。我们背地里都称她"小脚姑奶奶"。

我刚懂事时就知道,姑奶奶孤身一人,是大队里的"五保户"。后来,我从大人们陆陆续续的讲述中得知:姑奶奶原也是嫁了人的,但与丈夫的感情一直不好,在吵吵闹闹7年后,丈夫被痨病夺去了性命;她本来生过一双儿女,两个孩子小时候长得白白胖胖的,但都在6岁时得了怪病,不几天就夭折了。姑奶奶在命运面前已无力反抗,只能经常地喃喃自语:"苦命。苦命。"

农忙时节,父母便把我和弟弟妹妹送给姑奶奶照看。我们对她的恶言恶语已毫无惧怕,还偷偷地学她走路的样子。她一边扬起巴掌,一边呵斥道:"好好走路,小心我抽你们!"我越来越觉得,她对我们三兄弟要比对我妹妹好得多。比如,她经常留我们弟兄在她那儿过夜,有时弟弟会尿床,但她并不恼,还会捧着有尿斑的毯子放在鼻前闻闻,仿佛要闻出什么香味来,然后默默地把毯子洗净,再晾到外面的绳子上,但她却从不肯带我妹妹在床上睡觉,说是蛮丫头夜里哭起来哄不住。再比如,在我妹妹不在的时候,她会分给我们每人一个金橘、一粒蜜枣或一个脆饼,那是她硬从嘴边省下来的,她每次总忘不了关照我们:"别告诉那个丫头,给她吃了没用。"又比如,夏收时,她带我和妹妹到地里拾麦穗,她会偷偷地把妹妹篮子里的麦穗拿到我的篮子里,还当着许多人的面夸我，说我拾麦子也比丫头快。

但是，有一天她也保护了妹妹一回。那天，妹妹把家里的一只碗打碎了，吓得直哭，姑奶奶对她骂道："瘟丫头，真是个惹祸精！"后来，父亲问起这件事时，她却把责任兜了过去："是我打掉的，不关孩子们的事。"

她的侄孙是个孤儿，她一直帮着寡嫂拉扯这个孩子。那一年，这位已经长大的侄孙要娶媳妇了，她的欣喜是露在脸上的，成天笑得突露着几根坏桥桩一样的黄牙。随着婚期的临近，她却越来越躲着婚事的一切准备。母亲多次请她去帮助做衣服、缝被子，但她就是不登侄孙家的门。母亲有些生气，说她真是个木头。她对母亲说："你不懂啊。我是半边人，进新娘房是不吉利的。"母亲说："家里人怕什么？！"姑奶奶说："我不能败了喜气。"其实，她的心思一直挂在婚事上。正日那天，当快乐的唢呐声在村头的小河旁响起来时，姑奶奶竟爬到一张板凳上，手扶大树眺望缓缓驶进村来的新娘船，满脸的皱纹里都堆着高兴。有过路的妇女问她："姑奶奶，新娘子漂亮吗？"她却沉着脸说："什么漂亮不漂亮，打扮得鹅子样，卖不到老鸭钱。"当天晚上，我曾见她在如豆的油灯旁默念了好久，我根本无法知道那一连串的呓语是什么意思，但我分明听清了一句话："哥，你要保佑你的孙子啊！"

姑奶奶没有自己的家，要找空房子住，她每一次搬家，总要带着一口棺材。得闲的时候她会里里外外、上上下下抚摸那口棺材，像把玩一件艺术品，脸上洋溢着满足。她说过："有了这东西，我心里就稳当了。"那一年，她鼻子里长了块息肉，父亲带她到县城做手术，临行前，她对母亲说："如果我下不了手术台，你们一定要把我的尸体运回来，我只有躺到棺材里，才会闭眼。""文革"开始后不久，几个红卫兵冲进姑奶奶的住处，说是那口棺材是"四旧"，要把它拖到学校操场烧掉。姑奶奶这次没骂人，只是撂了几句狠话："你们要烧就把我一起烧掉，等我变了鬼再收拾你们这些细麻腿子！"然后，她稳稳地躺进棺材里。那几个红卫兵遇到了不怕死的，溜了。

  姑奶奶在一个雪天里摔了一跤，瘫了。她的腿一天天干瘦下去，根本没有了再下床走路的可能。母亲是她最亲近的人，当然要去照应她。一看到母亲，她就停住呻吟，脸上挤出讨好的笑容："你心好，将来会有好报。"她似乎渐渐听到了死神的召唤，对母亲说话的口气变得近乎哀求："看在我曾经帮你照看几个孩子的份上，你可要把我送掉啊。我还有一只金坠儿，我死后就留给你。"临死的前一天，她对母亲说："别把我和那个死鬼埋在一起，我怕跟他再吵了。"母亲说："你放心，我们每年都会给你烧纸的。"姑奶奶蜡黄的脸上竟有了微笑，嘴里冒出轻轻的声音："好，好，好。"

  她死后，母亲并没有找到那只金坠儿。母亲说，谁知道她是丢了还是卖了。

## 苍凉的回望

她如果活到今天，该是 90 岁了，但她在 84 岁生日那天，却在广州的一家医院里平静地作别生命。

她的人生卑贱如草，发芽于里下河的一个普通农家，刚刚从贫瘠的土地里冒出叶片时，就与 10 里路外的一个小村的男孩订了"娃娃亲"。花蕾初露的她，才知道那位将要娶她的男人是个丑陋的瘸子。她便提出退亲，还逼着母亲送回彩礼，但男方仗着有几十亩田，硬是再现了一场抢亲的旧俗。婚后的头一年，男方一家所有的人用目光编织成坚实的围墙，直到她生下一个胖儿子后，那堵围墙才留下一丝罅隙。孩子尚未满月，她便只身闪出那个囚笼般的婚姻。

刚刚丧夫的母亲知道她出逃的消息后，连续到村里的庙里烧了几天的香，祈求菩萨保佑女儿不被抓回，祷告神灵让两家永绝联系。

她径自去了人流如潮的上海，靠做裁缝维持着生计。几年后，她与一位大个子的银行职员结了婚。她刻意隐瞒了自己曾有的婚史，甚至狠心地拒绝白乎乎的儿子进入梦里。但她还是经常害怕被人认出来，老觉得自己有一条难以遮掩的尾巴。上海解放前夕，她便要求丈夫调往广州工作。

她为大个子丈夫生下了三男一女，日子过得清贫而安稳。她第一次给母亲来信，已是她"失踪"十多年后。她对自己过去的生活状况只用"平安"来概括，但要求母亲在回信中把家里每个人的情况尽量写得详细些。母亲在每一封信中都反复诉说着对她的思念，但她从没有提出回娘

045

家的打算。

直到得到母亲罹患癌症的消息,她才从广州踏上归途。回到一直留在她记忆里的茅屋时,母亲已经卧床不起。她便成天守在母亲身边,默默地做着母亲所需要的一切事情。她和那个瘸男人生的儿子不知从哪儿得到了她回娘家的消息,竟在一天下午第一次找到外婆门上来。那位二十多岁的小伙子一见她便跪了下来,抱着她的双腿哭得涕泪俱下。他用撕心裂肺的哭声描述了自己苦难的无娘岁月:他父亲很快又娶了一位妻子,后母对他歹毒如虎,既不让他吃饱穿暖,还逼着他干脏活重活。他小时候没有进过一天学堂,长大后也娶不上老婆。他求她收下他这个儿子,并把他带到广州去。她眼神飘忽,脸色漠然:"你认错人了,我不是你母亲。"便使劲从抱着她的双手中挣脱出来,用自己的背影对着一副无助的面孔。小伙子抹着眼泪凄楚地离开后,她才对已经不省人事的母亲说:"妈,请你原谅我的狠心,我不是不想认他,是不敢认他。如果我的男人和儿女们知道我在老家还有个儿子,我在家里还怎么过啊?!"

她到广州后,就经常给她弟弟来信,信中有丈夫去世的噩耗,也有儿女们先后成家的喜讯。在她84岁那年的春天,她又给弟弟写了一封信,这封信显然不是她的儿女写的,说不定是请写信摊上的老先生写的。信中写道:今年精神大不如前,恐难闯过84岁大关。儿女们相继成家立业,对他们已无牵挂。近来日夜常念苦命长子,觉得欠他太多。望你能将他的详情告我,以慰我思念之心。今生未能尽为母之责,只求上苍让我们来世重做母子。弟弟摸清情况后,就给她写了回信:他和瘸父早已离开人世,他们是多年前的一个冬天因煤气中毒而命丧于收破烂的船舱中。

不久,她竟拖着老迈之躯再回故里。她对弟弟说:"带我去看看儿子吧,我该去为他烧些纸钱的。"

六十多年前的那个小村,以陌生的目光迎接着她。小村已没有旧时的痕迹，也没有什么人认出她来。但她进村时似乎还有些胆怯，身子晃了晃，弟弟连忙搀着她，让她倚在自己的身上。这是一个什么村庄啊？它曾撕碎过一个少女最纯洁的憧憬，曾播种下她终身的恐惧，但这里也曾有她亲生骨肉的哭泣，也曾留下她刻骨铭心的记忆。走在这个小村的寻常巷陌中，她不停地在叹气，不知是在排遣积郁心中的怨恨，还是在释放无法被时光割断的思绪？

儿子的骨骸埋葬在一个偏僻的农田角落，低矮的坟包上枯草离离，还不时有老鼠从洞中窜出，似在哭诉着经年累月的孤寂与悲怆。突然，一阵秋风袭来，她打了一个激灵，身子向前弯下去，像一棵快要倒下去的老树，像一把毫无张力的旧弓。在如黑蝶一般飞舞的纸灰中，她蓦然回望着身后的小村，脸上挂着两串浑浊的泪水，目光一片苍凉。

回到广州后，她就住进了医院。她的儿女们来信说：母亲是在为她祝寿的烛光中无疾而终，去世时很安详。

她就是我母亲的姐姐，我的姨妈。

# 童年三题

## 放鱼鹰的小姐姐

一天，我在家门口的一条小河里游泳，突然来了一条放鱼鹰的船，船上站着一位比我大不了几岁的姑娘。我一边在河里舞弄着，一边看着她在使唤鱼鹰。

没过多久，有两只鱼鹰抬着一条碗口那么大的甲鱼游到船边，姑娘很敏捷地把甲鱼拿上了船，我也替她高兴，一翻身就爬上她的船。

"你叫什么？"我问她。

"我叫……不告诉你。"

不告诉我就罢。我又问："你几岁了？"

"15。"

"比我大4岁，我该叫你小姐姐才是。"

"小嘴还真甜。"她笑了，脸上露出小酒窝。

见她笑，我胆大了："我想跟你换条甲鱼，你肯吗？"

"你干吗换甲鱼？"

"我喜欢甲鱼，爷爷说，到夜里它能说话呢。"

"噢，真的？你拿什么换？"

"知了，五十只知了。你换不换？"

她"咯咯"地笑出声来："不换，送给你倒行。"

就这样我竟白白地得了一条甲鱼！

多好的姐姐啊！我真希望她天天到这条小河来，我要告诉她好多有趣的故事。可是，这以后好多天我都没见过她，真想她呀……

有一个晚上，她突然来到我家里。我吃了一惊，她把我拉到屋后，抽泣着对我说："我爸爸病了好几个月，差钱抓药，妈妈没办法，就要我嫁给一个有钱的男人，那男人比我大二十几岁……明天，那男的就要用轿子来抬我呢。我不愿意，我怕，就从家里逃了出来，鞋子跑丢了，脚上起了泡，想跟你要双鞋子，肯吗？"

"我妈妈的鞋子多着呢，我就去拿。"

我把鞋子拿来给她：她向我弯了一下腰，走了。

第二天，我家门前的小河里漂来一只鱼鹰船。我认得，是那姐姐的。不过她已不在船上了，那一只只鱼鹰也都缩着头站在船舷上，没精没神的，它们也在想念她？她到哪儿去了呢……

放鱼鹰的小姐姐，如今你该回来了。

## 慧慧姑娘

我还在吃奶的时候，妈妈就给我找了对象，她叫慧慧，是和我同一天生的。

据说，那时，慧慧妈只要一看到我，就要在我脸上乱亲；我妈呢，也经常把慧慧抱在怀里，喂她吃奶。她们还常常要我们当着许多人的面亲嘴，自己则在一旁笑出了眼泪。

我9岁那年，家里曾来过一位瞎先生。妈妈和他在屋里叽咕了好一阵子。他走了以后，妈妈把我拉到一旁，虎着脸对我说："旺儿，不要和慧慧一起玩了，算命先生说她是克夫的命，将来是要把你克死的。"

从此，我就真的没有和慧慧一起玩，以后我出去上学了，到现在一直没有见过她。前不久我从学校毕业分配回到家里,听说她已经在前年嫁到别的村子里,现在已经有一个男孩了。

有一次,我在村口的小河边遇见了她。

她看见我,先是愣了一下,接着吃了一惊,然而这一切仅发生在几秒钟内,几秒钟后,她又恢复了镇静。

她比小时候漂亮多了,也胖多了,红扑扑的圆脸,微微起伏的胸脯,蓬松的运动头,一身天蓝色的衣着。

她怀里抱着正熟睡的孩子,小家伙胖乎乎的,有点像他妈妈。

"你……你回来啦?"她不看我,轻声问。

"嗯。"

沉默,一阵沉默。

"你今在……?"我问。

"噢,田里的麦子种下去了,家里没大事,回娘家来啦。孩子他爸要我回来看看老人家。"她说。

"家里好吗?"我又问。

她抬起头:"好,家里挺好的。孩子爸挺结实的,一个人就承包了十多亩田。去年,家里才砌了三间瓦房。"

她还告诉我,孩子他爸挺会体贴人的。

她要进村了,临走时,嘱咐我抽个空到她家去玩玩,还说,她家养了许多鸡鸭,到时会有好东西招待我的。

我站在小河边,望着她远去的背影,心里感到怅惘,我好像意识到什么,然而我又说不出来。

小河里的水,悠悠地流着,流着……

## 开口糖

贫困岁月里,开口糖的香甜是绽放在我记忆沃野里不谢的花朵。

那时的农村,过春节是从除夕开始的吧。吃过守岁酒,父母便会给我一个红纸包,但里面的钞票并不能让我兴奋,因为它不久就会凑进学费里去了。在我还未上床的时候,父母还会把一包糖果悄悄放到我的枕头下面,他们故意瞒着我的这种仪式,让我觉得很庄重、很神秘、很有意味。我钻进被窝后,自然是不可能很快入睡的,而会偷偷把手伸到枕头底下,隔着红纸摸出里面的硬软、方圆。摩挲之后,心中顿生出独有这些糖果的得意和幸福。枕着一包糖果恬然入眠,我的梦中竟也香甜氤氲:邻居家那个大眼睛的小姑娘把手中的苹果送到我的嘴里;我用一块牙膏皮就换到了一支水果糖;父亲从生产队里分得一大块猪肉……

爆竹声中醒来,母亲正笑眯眯地看着我。她说:"先别说话,快吃开口糖。"我坐起身来,从枕下拿出红纸包,打开红纸,便见一块云片糕、一颗蜜枣、一只柿饼、一根京果,它们快乐地挤在一起,仿佛在争着炫耀自己的香甜。我用手指捏起云片糕,先是晃了晃,感受它的重量,然后送进嘴里。母亲问:"吃的是什么?"我大声回答:"糕!"母亲也大声重复道:"糕(高)!"我又把手中的蜜枣、柿饼、京果相继放进嘴里,尽情享受着它们的滋味在我口中游荡、冲撞、撒野。当它们随着我的唾液游进我的喉咙后,浓郁的香甜便在我的周身弥散开来。母亲问:"香吗?"我大叫:"香!"母亲又问:"甜吗?"我声音更大:"甜!"我用无所顾忌的叫喊引出了父母开口糖般的笑声,给低矮的草房迎来了新的一年烛影摇红的最初时光。

后来我渐渐懂得,春节的开口糖寄托着父母对儿女们最美好的祝愿与希冀。那一年又一年的香甜融进我们的血液后,我们定然会一生香甜!

## 表嫂，你走好！

母亲为我表嫂送葬归来后，悲戚地告诉我说：表嫂死前已干瘦得像70岁的老太婆，浑身发黑；死后眼睛和嘴巴都合不上，手脚都因疼痛变得扭曲。我听说后，心隐隐作痛。

表嫂是个孤女。她5岁的时候，父母去世。从此，她便跟着哥嫂生活。可父母的影子一直走不出她童年的记忆。可以想见，这样一位少女，在告别哥嫂走向丈夫的时候，心中该有多少希冀和憧憬啊！

我在表哥的婚礼上第一次见到了这位表嫂。第二天早上，她便走出洞房为客人倒茶盛饭，帮家里洗锅抹碗。她当时22岁，脸上红扑扑的，看人时眼光有些躲躲闪闪，笑容中总有几分羞涩。中午的酒席上，大家闹得很热闹，个个拿新娘子开玩笑，表嫂只装没听见，或只是抿嘴笑笑，不好意思搭理。散席不久，一位30多岁的汉子便吐了自己一身，表嫂立即拿手巾来为他擦脸，还端来清水让他漱口，表嫂又把醉汉的脏衣服脱下来，泡到水盆里，擦上肥皂，一揉一搓地洗起来。表嫂在做这些事的时候，眉头都没有皱一下，脸上依然是红扑扑的，笑容中带着羞涩。

表嫂过门以后，便是公婆为小叔子张罗对象的时候。一遇女方家人上门访亲，表嫂总要先把家里收拾得干干净净，然后忙饭忙菜，脸上总是洋溢着略带羞涩的笑容。亲事终于定了下来，女方提出的定亲礼物是一副金耳环。这可难煞公婆：刚刚办完大儿子的婚事，哪来的钱再去打耳环！表嫂知道老人的难处，主动说："把我耳朵上的这副耳环摘下来给她吧，省得再花钱。"公婆不允。晚上，她自己摘下耳环，用红纸包起来，送到正在唉声叹气的婆婆手上。婆婆两眼含泪，动情地说道："姑娘，我们对不起你了！"

我表哥后来承包了一个村办厂，经常在外东奔西走。六亩责任田的农活全落在表嫂身上，她的辛苦可想而知。她把自己拴在地里，不分早晚地劳作。农忙时节，她连梳头的工夫都没有。夏收结束后，表哥急着外出谈一笔生意。售粮的任务还没有完成，表嫂便一个人撑着一条水泥船把5000斤小麦运到小镇上去。半路上，正遇雷阵雨，表嫂连忙把一块塑料布遮在麦子上，而自己却被雨水淋个湿透。到了粮站，她一个人把一船麦子一担一担地挑到粮堆上，再回到家里时已是月挂中天，表嫂只喝了两碗馊粥！可怪的是，表嫂对自己的辛苦似乎并不在意。我每次到她家做客，总见她脸上红扑扑的，笑容里带着羞涩。

但表嫂的美好并没能换得她一生的平安，癌魔还是向她袭来。我听到她患病的消息时，医生已为她动过手术，断定病症已到晚期，在世难久。不几天，我骑车去看她，表嫂见了我，从床上抬起身来，勉强地笑了笑，笑容里含着悲苦。表嫂对自己的病情很是清楚，深知自己死期将近。她当着我的面对表哥说："我死后你尽快再找个人吧，没有女人帮你可不行。我只求你看在我们十几年夫妻的情分上，千万不能亏待我的两个女儿。"她不住地向表哥哀求，泪流满面。告别表嫂几个月，听说她的病情恶化，疼痛难忍。我曾请人买了几盒止疼药带给她，想为她减轻些痛苦。又过了几个月，听说她连呻吟的力气都没有了。不几天，我便得到噩耗：表嫂已到另一个世界去了。

可惜的是我当时正杂务缠身，未能送她远行。但是，我心里一直在默默为她祈愿：表嫂，你走好。

# 时先生

小村的人对那些在学校教书的人从不喊"老师",而只称"先生"。我是生在小村长在小村的,自然一直喊他"时先生"。

他该是我的启蒙老师,但我实在记不起他教我认过什么字或算过什么数。他教的是复式班,我是跟在高年级同学后面上课的。他上课的内容就是讲读报纸,我根本听不懂。他是几位老师中脸上笑容最多的,从来没有大声训斥过学生。学生也最不怕他,课堂便没有安静,他并不恼,只是不时提醒大家:"啊,啊,啊!注意听讲!"一架纸飞机落在他的面前,他拿起飞机看了看,觑起眼睛盯着我,问:"是不是你玩的?"他在黑板上写字时,一个粉笔头飞到他颈项里,他头也不回,只是提高嗓门:"是不是毛家旺?"有人在课堂上跺脚,他也冲着我:"毛家旺,你跺脚干什么?"我的心里是颇有怨气的,这个时先生怎么把所有的坏事都往我身上栽?我把不满告诉父亲,父亲淡淡地说:"他只能批评你。"

不久,时先生就有了被游街的待遇。几个高年级的学生是活动的组织者,他们给时先生制了马粪纸牌子,在上面写上时先生的名字,给时先生挂在胸前。在组织者再三催促下,时先生却依然站在操场上。那位一只耳垂上挂着耳环的大个子男生厉声喝道:"你是不是想赖在这里,快走!"时先生笑笑:"你们把我的名字写成红色了,不行。我是坏人,名字要写成黑色。"大个子立即让人用墨汁把时先生的名字涂成黑色,随后一挥手:"出发!"在整个游街的过程中,时先生脸上好像还是笑着的。有学生呼口号的时候,他也跟着举手打倒自己。我感到无趣的是,时先生游街的原因仅仅是他家在中华人民共和国成立前开过油面店。那天晚上，时先生出现在我家里，他没有提起被游街的事，脸上还是挂着笑容。记得他说起一个造反派把"呕心沥血"念成"区心沥血"的事，笑得露出了疏而不整的牙齿。

时先生还在教书，后来也不再被游街了。我父亲经常到隔壁村里去看他，他也经常到我们家里来。他一来，父亲便给我几角钱，叫我到肉案上去切几两烧腊；如果掏不出钱来，他就自己去欠账。只有十几片猪头肉，顶多再加一把花生米，他们就开始慢慢地喝酒，一边聊起身边的大事小情。时先生慢言慢语，说出的话常让我们觉得好笑。比如，谈到父母要为子女余钱的话题，时先生说："父母不能有钱，有钱死得快。子女知道你有钱，都怕你把钱给其他人，你还没断气，他们就天天来翻你的枕头、席子、被子，三盘两盘，你就被盘死了。"比如，谈到烧纸敬先的事，时先生说："烧纸烧得认真的人都是不孝顺的人，是怕祖宗在阴间找他的麻烦。我死了以后就不要他们烧纸，把骨灰撒掉拉倒。"比如，谈到重男轻女的风气，时先生说："当然是生姑娘好。姑娘再忤逆，她打不过老子；儿子长大了有的是力气，老子打不过他。"记得有一次，父亲只顾陪时先生喝酒，竟忘了让母亲煮晚饭，让时先生无饭可吃。父亲很是尴尬，时先生笑笑："我回去吃就是了，跑过几里路才吃得香。你实在不过意，就抓把米给我。"父亲笑了起来，送他出门。

那位戴耳环的大个子学生没有继续读书，他离开学校没几年就结了婚。又过了几年，他的儿子也成了时先生的学生。有一天夜里，没病没灾的大个子竟睡死在铺上。他老婆过后改嫁给一个渔民，带着儿子到渔船上生活了。她又生了两个儿子后，带来的儿子就遭后夫的嫌弃了。那个爱喝酒的男人说是出不起学费，不让孩子上学了。时先生找到渔船上去，做孩子继父的工作，答应给孩子出学费，又把孩子拉回学校。孩子有时也拎两条鱼去感谢时先生，时先生总要把鱼钱送到渔船上去。这个孩子小学还没毕业，时先生就退休了，但时先生仍然每学期都给他交学费，直到他读完初中。再后来，时先生又给他找了个好师傅，介绍他学木匠去了。时先生似乎完全不记得大个子组织游街的事了，只是说："他们父子两代都是我的学生，也是缘分。"

退休后的时先生，常和父亲一起到小镇上去洗澡。那天，刚从浴室出来，在那条狭长的麻石小街上，时先生竟然邂逅了60年未曾见面、同在泰州城读书的一位小学同学。那位吴老先生是县级泰州市的政协委员，他是随他人到周庄采风的。两个人都不由自主地停下脚步，摘下眼镜紧盯着对方，盯了好一会儿，差不多同时喊出对方的姓名来。接着两人便紧紧拉着手，眼里都泛着泪花。对于他们的街头相认，我感到十分奇怪："你们都分别六十几年了，怎么可能记得对方的模样？"时先生笑笑："有些人、有些事到死都是忘不掉的。"过了一段时间，时先生收到吴老先生给他寄去的字画，那是吴老先生请人专门为时先生创作的，作者都是泰州城的名家。时先生自是高兴，便从邮局给吴老先生汇去20元钱，还写下两句附言："不要欠人家的情，请代为感谢。"几天后，吴老先生把钱退了回来，汇款附言处写着："买纸钱嫌多，润笔钱嫌少。哈！"

在我们的心目中，时先生是父亲一生中最好的朋友。但父亲一直没有要求我们喊他"伯伯""叔叔"什么的，只是由着我们喊他"先生"。他们在一起时，从没有商量过去谋什么利，去斗什么人，去讨什么说法，去争什么荣誉，完全没有什么相互利用的成分。他们建立、维护那种情感，似乎只为时时刻刻能向对方伸出扶助之手。我家砌猪圈时，时先生把他的大儿子派过来做帮手；知道我家快要断炊了，时先生送来10斤粮票；快过年了，时先生丢给父亲一包"大前门"香烟。20世纪80年代初，父亲打算买下几间旧瓦房，但家里又无分文积蓄，便到百里之外的亲戚家告借。时先生给我家送来一张百元汇款单，这笔钱是时家的上海亲戚汇给他的，时先生把公章、私章都盖好了，让我直接到邮局去取。

我不知道他们的友情始于何时，我只知道他们的友情延续到死。时先生去世后的几年内，父亲还是经常说："我去看看时先生。"其实，他就是到时先生的骨灰盒前看上几眼。几年后，父亲也化成一抔骨灰。现在如果有人要我证明人间真情的存在，我会毫不犹豫举出父亲和时先生的例子来。他们两个人都是非常平凡、庸常、懦弱的人，常受欺凌，从来没有出过风头，也拿不出超群的业绩来。他们固守其穷困，确实没有能耐给后人留下什么物质财富，但他们却用一生诠释了"友情"二字，让我们懂得了什么是真诚、纯洁、高尚。

# 孟鸣老师

1978年的春天,一直是记忆里的一处温暖。我们从关闭了十余年的高考考场走过,从570万的高考大军中走过,背起简单的行囊走进百里外的高邮师范,成为粉碎"四人帮"后的首届师范生。尽管身上尚裹着最近那个冬日里的寒意,但我们的心地已经朗润起来,正滋长着对新知识的渴望,也滋长着对新生活的憧憬。

高邮师范的前身是始建于1924年的一所乡村师范,中华人民共和国成立之初才由界首镇迁进县城。校园并不大,也不见高楼,教室都是青砖黛瓦的平房,剥蚀的墙面上散发着灰暗的气息。心里便有些失落:这样的学校可有值得我们敬之仰之的老师?

还没有正式上课,就到一排教室的东山墙读墙报。师范的墙报就是不同于中学,上面竟有一首《和李进》的七律,尽管并不能读懂诗的内容,但"李进"的大名还是吸引住了我的目光。对于正做着作家梦的我来说,自然是知道李进其人的,知道他是老革命,知道他是著名作家,知道他是电影《红色的种子》的编剧,知道他是泰州人。再看这首律诗的作者,便记住了"孟鸣"的名字,不是佩服他谙熟音律,而是羡慕他能与李进酬唱。旁边的师兄师姐也在议论这首诗,言语中透露,孟鸣也是泰州人,他和李进是同学。

当时的师范学校并没有统一的教材,我们的古代文学课本就是几张油印的唐诗宋词。班主任老师说,这些唐诗宋词都是孟鸣老师亲自选的,他教你们这门课。因为已闻得其名,我便对他多出一份期待。孟老师第一次走进课堂后,我是禁不住要多看他几眼的。他该是年近花甲了吧,个头不高,理着个平顶,短短的头发差不多全白了。他脸上全无严肃、古板、迂执的表情,而是毫不做作地堆满了笑容,笑容里带着明显的羞涩,明显的谦和。他没有带什么资料,甚至没有带备课笔记,只是捧着和我们一样的讲义,开始为我们讲课。

孟老师只在每节课开讲之前,翻看一下讲义,说我们今天学哪一首,或者问我们上节课讲到哪儿啦。然后,他便合上讲义,用眼睛看着大家,一边在教室里踱步,一边用我们熟悉的泰州话娓娓而谈。他讲作者坎坷的身世,讲诗词背后的趣闻,讲诗词引发的联想,讲诗词优美的意境。他的讲授不用空洞的表述,不用抽象的概念,不用枯燥的说教,而是信口便从《战国策》《史记》《资治通鉴》等浩繁的卷帙中引出一个个故事来,诸如"崔颢题诗李白搁笔"的掌故,柳永的《望海潮》惹得金主完颜亮投鞭渡江的传说,白居易拜访文学前辈顾况的遭遇,等等。他记得清人名、地名、年代,讲得绘声绘色,让我们认识了一个个面目各异的人物形象,让我们触摸到了一个个生动的历史细节。每一首诗词都是一个五彩斑斓的世界,每一个诗句都是一道活色生香的风景。孟老师的讲课,让我们体味到在过去的各种各样的课堂上从未有过的趣味、轻松和愉悦。

孟老师的课上是常有笑声的,这些笑声源于他对一些诗句常作直露、浅显的解释。他讲牛希济的"记得绿罗裙,处处怜芳草"时说,这个女人对男人爱得太深了,真让人羡慕啊!讲苏东坡的"冰肌玉骨,自清凉无汗"时说,冰肌玉骨是形容女子的皮肤洁白细腻,你们可曾体会过?讲秦少游的"香囊暗解,罗带轻分"时说,这就是赤裸裸的性爱行为,大家都懂的。我们这届学生中,年龄悬殊,有的已为人父母,有的还羞于男女间的授受,每至此时,大家便都哄笑起来,在笑声中回味唐宋诗词的风流,理解古代文人的性情。孟老师也陪我们笑着,眼睛笑成一

059

条缝。

  那时候，我们常会在校园里找一个僻静处背书。一天早上，我们几个同学经过孟老师的宿舍，听见院落里传出抑扬婉转的吟咏之声，那声音似读非读，似唱非唱，循声望去，只见孟老师正捧着一本厚厚的《资治通鉴》，一边晃着脑袋，一边读出声来。孟老师已沉浸其中，对我们的偷看毫无觉察。我大概是看得太入神了，竟把手上的讲义夹丢在地上，孟老师抬起头来，才发现我们在看他读书。他像一个被人偷看了秘密的小孩，脸上竟害羞地飞过一片红云。我们向他问了声早，拔腿跑了。当天的古代文学课上，一位同学请孟老师为我们吟诵一首古诗，孟老师先是一愣，接着便连连摆手："不妥不妥。"大家一边鼓掌，一边喊着"来一首"。孟老师知道拗不过大家，只好应道："好吧。"他端正身子，咳嗽一声，轻晃脑袋，吟咏起来："渭城朝雨浥轻尘，客舍青青柳色新。劝君更尽一杯酒，西出阳关无故人。"孟老师的声音时高时低，时强时弱，时疾时徐，时直时曲，身子时而前倾，时而后仰。吟罢，我们都笑了起来，孟老师笑得更为羞涩了，还轻轻摇摇头。

  两年的师范学习结束后，我们便各奔前程去了。三十多年来，孟老师一直是许多老师中让我们常常记起的一位。孟老师的学识、品格总在影响着我们的人生，让我们须臾不敢懈怠，须臾不敢颠顶。每有同学相会，我们都会忆及他的好学、渊博和儒雅。我笑过之后，便互相打听：不知老师晚景可好？但，总也无人答话。

  2013年的春天，黄林华、费振钟、刘仁前和我这四个高邮师范的毕业生聚在一起。振钟突然说："巧了，昨天我碰到孟老师的孙子了。"振钟过去只知道孟老师退休后回到了泰州，并不知道他在泰州的境况。对于得到有关孟老师的确切消息，他显得高兴，但说到孟老师早已去世，他神色黯然。一阵沉默后，他又谈起孟老师来。

  振钟曾留校做过几年老师，后来才调到省里当了专业作家。即使成了孟老师的同事，他对孟老师依然恭敬如也。一日，学校教务处一位年轻的副主任，竟然在没有打招呼的情况下，就闯进孟老师的课堂"听课"。这让振钟大感不忿，认为这位副主任对孟老师如此不敬，实在是不懂礼，实在是太轻狂。不几天，他又以同样的方式检查振钟的上课情况。振钟把讲稿往讲台上一扔，对学生说："昨天我就布置了，这堂课你们自习30分钟。"30分钟过去了，振钟又对学生说："下面的15分钟继续自习。"振钟为了替自己的老师出一口恶气，硬是让那位副主任陪学生自习了整整一堂课。说起这件往事时，振钟的笑声中洋溢着快慰。

　　泰州市文联的仁前是振钟留校后教过的学生，现在已是享誉文坛的作家。他说，孟老师曾教过他的现代文学。那天，孟老师给他们讲刘白羽的《长江三日》，但他并没有讲什么时代背景、段落大意、中心思想之类的内容，而是先把文章开始部分的几处语病分析了一通，然后说："当然啦，这篇文章你们还是可以看看的。你们就自己看看吧。"这种对名著、对教材、对权威的怀疑和批判，对学生们思想的震撼是长久的，仁前在创作上屡有创新，与此不无关系吧？那时的学生们也许还不完全认定，孟老师对《长江三日》的不屑，并不是因为他的无知与诞傲，而是因为他的学养和境界。

　　在20世纪90年代中期，我曾经见过一次孟老师。其时，我在兴化的一个镇上做中学老师，一个星期天，我带着部分语文老师来泰州购书。事毕去泰山公园游玩。就在公园的东大门入口处，我看见了暌违十余年的孟老师，他拄着拐杖，迟缓地移动着脚步。我趋步上前，拉住他的一只手："孟老师，你好啊！"孟老师"嗯嗯"地点着头，并没有认出我来。我高声说："我是你的学生啊！"孟老师羞涩地微笑着，摇摇头："想不起来了。"哎，孟老师垂垂老矣！

　　泰州市委宣传部的林华突然问了一句："你们知道孟老师的字是什么吗？"我们三个都说："不知道。"林华说："孟老师的字是'凤兮'。那

061

是孟老师在课堂上跟我们说的。"我们都"噢"了一声,一起念起《诗经》中的句子来:"凤凰鸣矣,于彼高冈。"我们仿佛现在才明白,一生谦卑的孟老师,其实志在高冈。

振钟目前正在编撰一套《泰州文献》,这是一件稽古右文的大事。他对地方文化的传承与建设常有思考,见解颇深。他以为,像孟老师这样的先贤,对地方文化的影响是广泛而持久的,我们应该记住他们的事迹,让他们的精神成为文化传承中的健康因子。

是的,我们是不会忘记孟老师的,纷纷攘攘的红尘中,有我们为他燃起的炷炷心香。

# 唯有先生可答我
## ——追忆叶大根

我和叶大根先生只见过一面，但是二十多年来，我却常常记起他，也曾多次想为他写点文字。

20世纪90年代的边城小镇，蒋华可算是一位名人，经营着一家刻字社的他，屡有书法作品在全国各种比赛中斩获大奖。我少不了为他高兴，便给电台、报社发过多篇新闻稿。蒋华的心渐渐大了，花了很多的精力交友学艺。在他那座攀满爬山虎的临河小楼里，我有机会结识了泰州、兴化、姜堰等地的多位书家画家。

一天，蒋华告诉我，他已经被泰州的叶大根先生收为学生了，一脸兴奋。叶大根之于我，是一个非常响亮的名字。这位泰州人口中的"叶爹"，早已驻入我的心里。我知道他年轻时做过大画家吕凤子的学生，我知道他在中华人民共和国成立初期曾经编写过小学美术教材，我知道他在改革开放后有上百幅书画、篆刻作品刊发于省内外报刊。我想，蒋华有幸亲炙于书画、篆刻大家叶大根先生的门下，肯定会大有进益的。道过几声好后，我便对蒋华提出了不情之请："寻个机会，可否请叶爹帮我刻一枚印章？"

1995年春节过去不久，蒋华打电话给我，说是刚从泰州学习回来，要我去取印章。我终于有了叶大根先生的印章！那方印章上，我的姓名是以篆体刻成，体势质朴，布局匀称；边款刻有治印人的署名，以刀代笔，简洁清朗。一阵玩赏过后，我问蒋华："要不要带些辛苦费给叶爹？"

蒋华说:"不需要,叶爹不是看重钱的人。"此后,这方印章便在我的藏书中开出一朵朵鲜艳的红花。

蒋华经常往返于泰州和边城,带给我许多有关学艺的讯息。清楚地记得,有一次蒋华告诉我,叶爹讲课善于打比方,讲究形象生动,在讲"攀"这个字的篆书写法时,身体站在门中,伸开两手抓住两边的门框,作向上爬登状,说:"这就是'攀'。"后来我专门查过字典,才知道,"攀"在古时果然只有两只手,比现在的写法简单多了。

这年夏天,蒋华在边城组织了一次泰州、兴化书画家采风、笔会活动。借着这次活动,蒋华也请来了自己年近八旬的老师。在蒋华的画室里,我第一次见到了叶爹。先生个头不高,体型也不胖,一头短发差不多全白了,脸色红润,言谈颇为风趣,动作并不显老态。在我的眼中,先生浑身散发着清雅、舒朗的气息,让人亲近,让人尊敬。

我为印章的事向他道谢,他一笑:"不用,不用,我刻的印章太多了,要那么多感谢做什么。"他又朝旁边的几位看看,还问上一句:"对吧?"

笔会开始后,叶爹说:"既然到边城来了,我也要留张画。这样吧,今天我就给家旺先生画幅山水。"

叶爹在画桌上铺开一整张大纸,一笔一笔画了起来。我站立一旁,心中不免惶然,不仅是因为得到叶爹如此厚爱,有些受宠若惊,而且是因为看到叶爹以老迈之躯绘制整张画作,深感过意不去。叶爹的身体或俯或直,手中的笔或下,或行,或收,他的眼神随着笔端在游动,仿佛也在掌控着用笔的力度和走势。笔墨婆娑中,一座座高山耸立起来,峰峦吐翠;一条条瀑布悬挂山腰,其势如飞;山脚下松树挺立,枝叶葱茏;松树旁两位书生拱手而立,相顾而言。叶爹直起身来,吐出一口气,又盯着自己的画作上下左右打量一番,然后轻轻地放下笔,说道:"时候不早了,吃饭!"叶爹这一站,就是整整一个上午!我除了感激,更有感动。

吃饭的时候，我频频向叶爹敬酒，叶爹并不端架子，每次总有表示。但是，我的心思却很快就离开了饭桌，因为画上还没有题款，画落谁手还未可知。假如有爱画者说动叶爹，让叶爹题上他的名字，他就可以携画而去了，我岂不是会大大失落一回？

吃过饭，大家都劝叶爹稍作午休，叶爹笑笑，说："大家说说话，也是有助于行食的。"我自然不好意思打搅叶爹，便把自己的担心悄悄说与兴化画家李劲松。李劲松颇为会心，掐灭手上的香烟，对叶爹说："叶爹，你准备休息，我帮你把款题一下，如何？"叶爹笑笑，说："好啊。笔会就是大家画着玩、写着玩，如何不妥？"

李劲松拿起毛笔，一气呵成："观瀑图　家旺先生雅正　乙亥年仲夏叶大根。"叶爹看过一遍，说了声"蛮好"，转身从自己的提包里拿出两方印章，钤在"叶大根"名下。那两方印章不大，却很醒目，"叶大根""70岁后作"。

叶爹的这幅山水中堂裱好后并没有挂出，因为我一直没有寻得相配的对联。直到1997年底，我凑了两句吉祥话"万古祥云护佑天下太平，千丈清流激荡世间豪情"，写在一页白纸上交给蒋华，让他请叶爹帮我写副对联。不久，蒋华就给我回话，说是叶爹答应为我写一副篆书对联，很乐意帮我把中堂凑齐整。蒋华还转告了叶爹的意思：对联的意思不错，就是平仄不对，等他做过修改后，再动笔写成。叶爹如此认真，让我心中油然而生敬意。

其时已是岁末，蒋华也没有再赴泰州的打算。过了春节，我应该就能拿到对联了。我对蒋华说："节后，我和你一起去泰州给叶爹拜年。"

1998年1月24日，是农历旧年的二十六夜。我去小镇的农贸市场购置年货，在刻字社门口遇见蒋华，见他一脸哀戚，似有行色。他站在我面前，低声说道："叶爹去世了。"

我大为惊愕：一个活得好好的先生怎么说走就走了呢？

蒋华正准备动身往泰州帮助料理老师的后事，我对蒋华说："替我给叶爹磕几个头吧。"

1999年5月，我来到泰州生活。将近20年来，我常听友人说起叶爹，言语间满是赞许，满是怀念。那时，我就会轻轻地插一句：不知叶爹帮我改出了怎样的对联，那副对联写好了吗？

唯有先生可答我。只是，先生早已背影阑珊。呜呼！

# 我的1958

1958年。在时光的长河里，它只是一个普普通通的年份。

对中国农民来说，那一年却是很特别的，他们吃上"大食堂"了。

我现在当然无法还原那时一个小村的生活图景，因为那年的初夏我才来到这个世界。

从母亲后来断断续续的叙说里，我也只能捡拾着一块块与我生命相关的碎片。那一年，父亲来到母亲所在的小村教书，他们租住在一户姓李的人家。李家青砖黛瓦的房子是祖上留下来的，前后两进，李家住在后进里，把前进让给我父母住。这两进瓦房不知建于什么时候，反正是有年月了，屋顶上的瓦楞花有的已大如碗口，四周的外墙剥蚀得坑洼不平，室内的屋梁涂满了黑色的烟尘，墙缝里会不时有壁虎爬出来。我的母亲就在这里生下了我。

在我母亲生我的三个月前，李家女人也生下了一个女儿，这是她生的第三个女儿，心中颇为失望，连名字都懒得起了，就以"三丫头"呼之。"三丫头"的生命也许轻贱如草，但李家女人却奶水充足，她抱起咧嘴大哭的我，让我从她的身上吃到了喷涌如泉的"开口奶"。李家女人经常一手抱着"三丫头"，一手抱着我，让我们分躺在她的两腿上，一人叼着她的一个奶头。有一天，李家女人在天井里给我们喂奶，我竟然一脚把"三丫头"蹬下地，让她的脸重重地磕在砖头上。"三丫头"的左颊被砖角碰出一条半寸长的口子，五天后伤口处才结了痂。

20世纪60年代初，正是青黄不接之时。大食堂断炊了，许多农家也无米下锅。为了换取救命的口粮，李家只得卖掉前进的瓦房。父母寻得另一住处后，很快就搬了家。从此，我便离开了留着母亲眠歌的李家，没有带走半点记忆。1958年的那个住所、那些人物，一下子从我的生活中消失了。那些曾经的庇荫和呵护，已经完全无关乎我的生活了。等到我稍稍懂事时，我才知道，李家女人并没有熬过那场饥荒，"三丫头"被李家男人丢到上海去了。

我当红小兵时，曾经又一次走进李家的天井，是跟着一批红卫兵去的，去看他们挖藏在地下的宝贝。那时那地，我毫无重回旧时住所的激动，也无旧时住所即将被毁的不忍。我只是很好奇地看着他们在天井里挖了几个坑，巴望他们能挖出许多的元宝、金条来，但他们最后连一个铜钱也没挖到，让我大感没趣。

岁月其徂，中国人终于迎来了改革开放的好时代。20世纪80年代，我在离村庄30里路的小镇上做中学老师。一个周末，我回到村里，刚刚吃过晚饭，便见李家男人来了。在妻子离世后，他并未再娶，20多年鳏居的生活，使他的脸上带着明显的谦卑。这些年父母与他并无交往，对他的来访颇感意外。他似乎有些激动，结结巴巴地对我母亲说："'三丫头'回来了！"母亲也跟着激动起来："太好了！我们去看看。"李家男人脸上又露出悲哀："她又走了！"母亲给他端来一杯茶，让他坐下来慢慢讲。

我从他并不连贯的讲述中听到了一个凄婉的故事：那天，他吃过中饭就锁上老屋的大门下责任田干农活去了。黄昏时分，一位20多岁的姑娘走进村里。她一脸怆惶，脚步迟疑。她在村里转了许久，终于站立在李家门前。她背朝着曾经梦萦魂绕的老屋，面向着大路旁的一条小河。她东张西望，努力搜寻着记忆里零零星星的儿时印象。这时她看见一位下河淘米的大娘，便轻声询问："请问大娘，20多年前这里曾经有人家把女儿丢到上海吗？"这位大娘出身于旧中国的富农家庭，"文革"期间曾经挨过批斗，她不知道姑娘的询问出于什么目的，便生硬地回了两个字"没有"。姑娘用手指着河边的一处，又问："我记得这里曾经有一座小小的土地庙，对吗？"这位大娘知道土地庙属于封建迷信，"文革"时被造反派拆除了，她无法判断姑娘为何要问这个问题，还是生硬地回了两个字"没有"。姑娘告诉大娘："我小时候被父亲丢在上海，后来被福利院收养了。我天天都在想念我的父母，这次是来寻找老家的。"大娘不再搭理她的话，低着头下了码头。姑娘失望地叹了一口气，摇摇头："今生今世怕是找不到了。"然后，姑娘就走了，走进如血的残阳里，走进永远的思念中。

这位大娘一直是李家的近邻，对"三丫头"被丢一事是很清楚的。她对那位姑娘的冷淡、排斥和隐瞒，只是出于一种"怕惹事"的顾虑。当那位姑娘离开了村庄后，大娘终于意识到：那位姑娘就是"三丫头"，她是回来寻找生身父母的！她立即跑到隔壁老屋去，把自己遇到的一幕告诉李家男人。李家男人喊来一帮人向镇上奔去，他们赶到了轮船码头，又寻遍镇上的所有旅社，终不见那位姑娘的人影。

李家男人是来要我帮他寻找"三丫头"的。他请我为他拟一则"寻人启事"，再替他联系一家上海的报纸。我说："她连名字都没有，怎么去找？"李家男人说："她有名字，叫三丫头。我们喊她'三丫头'，她晓得答应的。"我问他："你还记得把她丢在上海时的情况吗？"李家男人连续点头："记得记得，忘不掉的。我去的是浦西，抱着她走进一条弄堂里，见水井旁放着一副水桶，估计挑水的人不会走远，就把她系在一只水桶的把子上，然后哄她说去给她买馒头就离开了。我躲在不远处的墙角处，不一会就见一个中年男人来到水井旁，他抱起正在大哭的三丫头，四处张望，又用上海话喊了几声，见无人应答，连水也没挑，就抱着三丫头走了。"我又问他："她身上有什么记号吗？比如黑痣呀、红斑呀什么的。"李家男人苦笑了一下："这些倒没在意。不过，她左边的嘴巴上是有个半寸长的小疤的。"

根据李家男人提供的有限信息，我为他在上海《文汇报》上刊登了一则寻人启事。

李家男人每天都到村部去查询寄给他的信，等待着他的"三丫头"可能传来的喜讯。我回村里每次遇到他时，总要问上一句："有消息吗？"他总是笑笑："还在等呢。"那些日子里的等待，对李家男人来说也许就是生活的一种支撑，也许就是人生的一种希望。但是，一个月过去了，一年过去了，许多年又过去了，李家男人终于没能等到"三丫头"的片言只字，更没能等到"三丫头"的欢颜笑语。

20世纪末，我离开小镇到城里工作，偶尔回村，往往也是匆匆一过，一直没有碰到过李家男人，也想不起来打听他的消息。直到三年前的一天，我在村头遇见"三丫头"的二姐，她后来跟我的小学同学成了亲，招了一个上门女婿。她告诉我说，她父亲去世好几年了，咽气前一直喊着"三丫头"的名字，死后，眼睛都没闭上。

李家男人带着永远的遗憾化作一抔黄土，这是人生的大悲苦。假如，有那么一天，他的"三丫头"能到他的坟前燃上一炷香，对他的泉下之灵岂不是一种告慰？于是，我便跟上海电视台的一位朋友郭君作了联系，请他利用工作的便利，帮助寻找那位与我同生在1958年的"三丫头"。

郭君到上海的福利机构查阅了许多资料，对当时收养的人员进行了筛选，确定了9个有疑似特征并有明确线索的人，接着便通过书信或电话与她们联系。其中8个人都给了他确切的回话，说她们脸上既没有疤，也没有到苏北寻过亲，根本不可能是"三丫头"。还有一个呢？郭君在电话里告诉我，"第九个"曾由福利院安排到针织厂工作，才退休没几年，她原是住在浦西的，现在不知搬到哪里去了。我请郭君再想些法子，说不定这"第九个"就是"三丫头"呢。郭君又到派出所查询"第九个"搬迁去向，得知她随儿子住到了浦东，她的新住处离"东方明珠"不远，只有半个多小时的车程。那天，郭君给我打来电话："我正跟派出所的人去找'第九个'，但愿她就是'三丫头'。"那声音里有一种抑制不住的兴奋，也让我的心中升起强烈的期盼。

晚上，郭君来电："'第九个'一周前遭遇车祸，已化作一缕青烟。"我扔下手机，狠狠地关掉电视。

一个人静坐好长时间，便想：时代的魔咒总是与我们如影随形，让我们无处可逃。

## 抱一坛老酒去贺新

  文人乔迁,该赠他怎样的礼物?可提一幅字画去道喜,那便是风雅之事;也可捧一盆鲜花登门,那也是挺有情调的;还可为主人备一件小家电,好处是实用。

  费振钟说:"你就给我送一坛穄子酒吧。"

  费振钟,省作协的一位专业作家,他来泰州挂职几年后,就不想离开了,在泰州买了房子,还把户口迁到了泰州。我和他是读师范时的同班同学,还能不给他贺新居?

  他惦记着陈在我家里的穄子酒呢。

  那30斤穄子酒是几年前我从兴化带回来的,送酒的朋友说:"这酒是用土法酿造的,能喝出家乡的味道来。"费振钟一见那酒壶,拧开盖子,用鼻子凑近壶口,说:"这酒不错,不要浪费掉。你用玻璃瓶装起来,陈它几年。以后,我们慢慢喝。"陈它几年是什么意思?费振钟说:家庭作坊里的酒,因为分离、过滤技术不好,里面的甲醇含量高,喝起来就有些呛口。这种酒有一股野性,有一种莽撞之气,让它陈上一段时间,就是要抹抹它的性子。过上几年,它就变得驯服、醇厚、温和了。

  有意思!陈酒竟如盘核桃,盘久了核桃就有了光亮;亦如驯宠物,驯久了宠物就听话了。

  我想起来了,费振钟的外公家是开酒坊的,他偏爱土法酿造的酒不无缘由。我便翻出他的一篇散文《宛如酒中》,从中读到这样的文字:

母亲谈论往事，总为父亲的大酒坊自豪。在她6岁之前，酒坊每天热气腾腾，酒浆从高大的木甑上流到下面沙缸里，酒香熏面，糟作上人人流汗，脸色红润印堂发亮。母亲和她的大姐二姐，出酒时喜欢拿烧饼，蘸了热酒吃。那时她大姐二姐已长大待字闺中，都有一副好酒量，她们的父亲也不禁。酒坊人家的孩子，哪能不会喝酒？！

费振钟的酒量，似乎也无愧于酒坊人家的后代。我们同学聚会时，每每都会说起他三十几年前在一场婚宴上豪饮的旧事。那是刚出师范不久，一位同学结婚，他和同学黄林华步行20里，跑泥路，过摆渡，赶过去参加婚礼。新娘进门的那天晚上，是农村婚宴的高潮，费振钟仗着年轻，便放开量喝起酒来，对敬酒的来者不拒，又不停回敬别人。那天他到底喝了多少酒？不知道。费振钟说："反正不会少于一斤，肯定在一斤以上。"每到这时，黄林华会说："你喝醉了，就睡到人家的婚床上去了。"费振钟说："我是睡的另外的床。"黄林华就说："我在场嘛，别赖。"

不过，这些年的饭局上，他最多也就喝个二三两白酒，有时就喝一杯红酒，从不闹酒，总是很有节制。

费振钟是蜚声文坛的文艺评论家、散文家、文化学者，颇有儒雅之气，泰州的那些写字的、画画的、写作的，总喜欢与他交朋友。费振钟是带着使命来的，一直很乐意给他们一些帮助。有人想出书了，他会帮着联系出版社；有人开了一家书吧，他会拉着一拨一拨的人去搞搞活动；有人写出好文章了，他会主动推荐给有关杂志。2010年，我写了一本关于泰州方言的书，希望振钟写个序言，他很爽快地答应了。我原以为他也就是叙叙同学情谊，再对我的书稿做一些简单的评价，可当我拿到他的两千多字的文章后，很是出乎意料：那篇《〈泰州方言例解〉叙》并非泛泛而谈的文字，而是对方言的文化价值和方言写作的当代意义的精当阐释。他还解释说，用"叙"而不用"序"，不仅因为"序""叙"通假，而且因为他的序言既有评说亦有叙述。后来，他作序的对象不仅有产生于民国时期的港口竹枝词，还有余绪难留的兴化当代农事；不仅有文学文艺，还有泰州菜品；不仅有意气风发的中学教师，还有年过八秩的老画家。

一次，一帮舞文弄墨的朋友聚会，振钟打电话给我，要我灌一瓶穄子酒带过去。席间，有喝红酒的，有喝洋河的，费振钟和一位女作家则是喝穄子酒。酒过三巡，大家谈兴渐浓，你言我语，不知怎么就说到了文坛上的是非恩怨。费振钟站起身来，把酒杯举向桌心："我来敬大家一杯酒，这杯酒为团结而敬。文学也好，文化也好，都是天下的事，不是哪个圈子的事，谁都不能垄断，大家都可以搞。"大家都听懂了费振钟话里的意思，立即换了话题。那天，费振钟喝得尽兴，渐渐地，脸上便有了红晕。离席时，他说："文坛上的事，就如这喝酒，各有喜好，不可轻易说好坏。"

2012年底，费振钟受泰州市委宣传部之聘，领衔《泰州文献》《泰州知识丛书》的编纂、出版。《泰州文献》是地方文史类编，要对1949年以前成书的数千种本土重要典籍进行征集和梳理，然后精选价值较高的400余种影印出版70余册大书；《泰州知识丛书》属于地方文史类丛书，要以1949年以前与泰州地区相关的文史资料为依据，用50多本著作反映泰州地区的历史文化面貌。作为泰州市文化名城建设的标志性工程，这两套丛书的编纂、出版工作是相当繁重和艰巨的：费振钟不仅要邀请专家、联系图书馆，还要阅读古籍、遴选书目；不仅要拟定选题、落实作者，还要搜寻资料、指导写作。但是他从不言其苦，而是凭借自己的声望不断化解一个个矛盾。

本来，我也接受了一本关于泰州风俗的写作任务。交稿以后，才觉得轻松下来，费振钟又给我打来电话，要我再写一本张士诚的传记。他告诉我说，这本书的原作者没有领会文学性书写的意图，只交了一篇关于张士诚的学术论文，现在让他返工，时间上来不及了。我对张士诚素无研究，手头上也没这方面资料，而且整个工程已近尾声，交稿的时间颇为紧张。我对他说出了为难之处，意在推掉这个急差。他依然坚持："我就是给你加点压力，你还是接过去吧。"半年之后，我向编委会交出了《张士诚传》的书稿。费振钟看过之后又提出了修改意见："张士诚起义的背景须强化一下，要不然人物的命运就没有必然性了。前面加个引子，后面加个张士诚本事。"

2017年3月，《泰州文献》《泰州知识丛书》首发式之后，历时数年的工作算是画上圆满的句号，费振钟的兴奋是当然的。几位作者围着他要喝庆功酒，他对我说："今天晚上我们聚一下，你带些稔子酒来。"饭桌上，气氛热烈，大家难掩喜悦，频频举杯。费振钟陪着大家一次次干杯，也是喝得满面春色。推杯换盏之间，费振钟说起大家写作的艰辛：哪位作者为了查询一段史实，在图书馆泡了几天；哪位作者不满意自己的初稿，又打乱结构重写了一回；哪位作者的书稿字数超标，硬是被删掉一大半……那天，身为市委宣传部副部长的黄林华也在场。我们三个同班同学有个"保留节目"，就是要互相碰一回杯，喝过酒后，费振钟认真地对黄林华说道："你是宣传部的领导，这些作者的稿费你关心一下，一是不要拖延，二是要兑现数量。"林华也爽快："好吧，这件事我来协调。"不几天，我们就都拿到了合同上约定的稿费。

费振钟是汪曾祺研究专家，一直关注其《受戒》《大淖记事》发表以来，在里下河地区出现的作家群体，以及他们在题材、风格和审美趣味上的相似性。到泰州不久，他就提出了里下河文学流派的概念，黄林华大为赞同，支持他在全国打出这一旗号。其后，为了叫响这一地方性文化品牌，泰州每年都组织里下河文学流派研讨会，出版里下河文学流派作品丛书。费振钟既要帮助联系各地的作家评论家，又要联系各地的媒体；既要帮助拟定研讨会议题，又要帮助挑选代表性作品。在里下河文学流派的区域划定上，费振钟坚持开放性和包容性，他的眼光不局限于泰州市的里下河地区，而是把里下河文学流派的版图划定为西起里运河、东至串场河、北靠苏北灌溉总渠、南达老通扬运河，大致覆盖扬州、泰州、盐城、淮安、南通5个地市级行政区的部分区域，面积达一万多平方公里的广袤平原。

2018年10月，第六届里下河文学流派研讨会在泰州举行，在与会的40余位作家、评论家中，有《文学报》资深编辑朱小如。费振钟与他交往数十年，情谊颇厚。费振钟对他的到来深表谢意，又知他偏爱杯中之物，但碍于制度的约束，也不得以酒待之。饭桌上，朱小如告诉费振钟，他把我的一篇小说推荐给一家杂志了，并得到了近期刊发的通知。费振钟本来就心有歉意，便悄悄跟朱小如招呼道："公务活动不能喝酒，我让毛家旺送十斤里下河的穄子酒给你带回去。"朱小如笑笑，说："穄子酒？好酒啊。"在部分与会人员陆续离开泰州后，朱小如又为参加施亚康作品专题研讨会留了下来，他翻阅了施亚康的几本作品，还作了发言。研讨会结束后，费振钟把我装好的穄子酒拎给朱小如："你为里下河文学奔波，喝喝里下河的穄子酒也是应该的。"朱小如又笑笑："喝了里下河的穄子酒，我该多做点贡献才是。"

去年下半年，费振钟把泰州的房子重新装潢了一番。年底的结工酒席上，费振钟得意地说："这次，我家里专门留了喝酒的地方。"

是啊，我该把穄子酒送到振钟的新房子里去了。可陈酒的瓶子里只剩下小半，怎么拿得出手？我到泰州的市场上转了几圈，又没有购得满意的酒器；只得网上搜寻一番，终于发现一种黑陶的坛子。那只10斤装的坛子大肚小口，满身发亮。也许，只有用它，才能装得下幽幽古意，才能装得下汩汩豪情。我给它装满酒后，它就由空坛变成了酒坛。我又用一块红布扎在瓶口，让它漾出缕缕喜气来。

费振钟春节后去了国外，仲春时节可归来。待那时，泰州的世界正是绿肥红艳，我就约上两三位友人，披一身春风，披一身阳光，轮流抱着那坛穄子酒，穿过整个城南，走到费振钟的新房子里去。然后，我们就围坐在小小的圆桌旁，任由费振钟在厨房里忙活，等着好菜上桌来。他有郇厨之艺，少不了端上一碗红烧肉、一碗芋头烧扁豆、一碗咸菜豆腐汤……接着，我们就打开酒坛子，给每个人倒上一碗，让整个房间洋溢着悠远的酒香。

这样，我们就开始大口喝酒了。席间，我们不谈浮名，不谈货利，不谈经济，我们只说曾经暗恋过哪位姑娘，只说曾经一顿吃过几斤猪肉，只说曾经在哪里打过痛快的一架……

如果我们都喝醉了，那端的不是因为忧愁。

# 海滨伊人

日照有大海，海滨有渔村，村里有人家。高君从网上联系了一家渔家旅店后，我们便驶进了亲海的故事里。

车停在日照海滨国家森林公园西门。一位小伙子骑着摩托车来接，他告诉我们旅店是他们夫妻开的。旅店不在大路边，而是偏在一条拐弯的巷子里。走进店堂，便见墙上挂着一幅婚纱照，照片上穿着白西装的小老板搂着新娘，一袭婚纱依偎着新郎的姑娘甜甜地笑着。他们身后是湛蓝的大海，缥缈得如梦境一般。

我们刚落座，一位高高的少妇端来了几杯热茶。她不就是从照片上走下来的新娘吗？她脸上挂着邻家小媳妇般的浅浅笑意，一下子消解了我们对她的陌生。她爽声道："我们这里的水海味重，没你们家乡的水好喝。我家条件也不好，比不上你们城里。你们就把这里当自己的家，有什么要求尽管说。"

一位老妇人抱着孩子过来，少妇迎上去："妈，你歇着。"她伸手接过孩子，便坐在木凳上给孩子喂奶。她低声哼着小曲，很恬静很优美的旋律，不知是当地的民间小调，还是随意哼出的眠歌。无意中触到她的目光，难免有些不自在，她倒并无羞涩，只是莞尔，笑中的自若、淡定让我们顿生归家之感，心中溢满安适。

我们到海滨浴场一番击水，甚感困乏，爬上海岸，身上也满是盐粒。便湿着衣服而返，见少妇正站在巷口，她向我们走来几步，笑盈盈地道："游好啦？快回家冲个淡水澡吧。"

冲过澡，身上清爽了许多，但困意更浓了，我们便坐在院子里喝凉茶。少妇走来，依然是一脸笑意："你们先歇歇，晚上我给你们烧几个海鲜尝尝。"她转身进了厨房，我们便围着桌子坐下。不一会儿，小伙子把一盘盘海鲜端了上来，有扇贝、鲍鱼、海螺、虾虎，都是我们在家难得一见的。我们酒兴正浓，少妇来到桌边："我学着烧的，不知合不合你们的口味？"高君忙道："蛮好，蛮好。"她道："你们吃得香，我就高兴。"便又在旁边的木凳上坐下。

我们便和她唠起家常来。原来这小两口是前年结的婚，去年就生了个胖儿子。小两口并不会打鱼，就用仅有的万把块钱积蓄办起了这家旅店。他们把旅店上了网，生意揽得还不少。去年夏天，他们赚了一万多块。

几杯啤酒下肚，便忘了是在异乡。少妇又端来一盘烙饼，还有甜酱、大葱："我们自家烙的，你们尝尝。"这种烙饼在我们家乡是没有的，它并不加什么调料，就是用面粉简简单单地烙成，一张张又软又薄。卷起葱、蘸上酱咬一口，只觉得劲道，但细细咀嚼，便能嚼出家的味道来。

日照是日光先照之地，到海边看日出是少不了的。凌晨4点刚过，我们便早早起了床，走进院子，见厨房里亮着灯，过去一看，知是那少妇已在煮早饭了，就问："你起这么早干吗？"她道："你们要看海，总得吃了早饭去吧。"又道："今天天气不好，看不到日出。你们再睡睡，天放晴我就叫你们。"

天还是阴着，日出是看不成了。我们起身后，心里便有些遗憾。少妇似乎懂得我们的心事，劝慰道："看日出也就那么回事，赶海也很有意思。你们好好吃顿早饭，我让老公带你们到太公岛上赶海去。"高君道："那我们就借你老公用半天。"少妇一笑："没事，借一天也行。"

孩子们捉得不少小鱼小蟹，很是快乐。我们也尽了游兴，便不舍地挥别大海。车行十几分钟，高君喊了起来："不好，我把旅店的钥匙带来了。"他只得掉转车头，送还钥匙。正巧，小两口都站在巷口，少妇见我们有些意外，仍浅浅地笑着道："怎么又回来啦？"高君把钥匙还给她时，她脸上似乎有些赧然："不好意思，浪费你们时间了。"又对她老公道："快回去拿几包茶叶来，让他们带回家！"

  我们收下了齐鲁大地的风味，收下了海滨伊人的情意。道别之时，一只海燕在我们身边婆娑，伸手去捉，它又飞得远远的。我们转身离开，那海燕又来到身边。它是来替大海送行的吗？

  车驰如风，人则怏怏。高君突然冒出一句："明年还来。"我没问他是来看海，还是看人。我想：无论在什么地方，人总是最美的风景。

## 送牛奶的女人

鸟雀的欢鸣引来熹微的晨光，小区便泛着红晕苏醒过来。居民们从门口的小箱子里取回牛奶，让一个个流逝的日子浸染着安适和香甜。

小区送奶工是位 40 岁上下的女人。那日，她上门订奶，妻子拿拖鞋请她进门，她不肯："你们都忙，我就不打扰了。如果你们续订，把钱给我就行。"这个女人皮肤白皙，眉目清淡；身上的衣服都是旧的，但显得很整洁。妻子对她说："我儿子想换换口味，你能不能推荐一种？"她微笑着说道："我也说不准哪一种牛奶好喝，我儿子喜欢喝一种酸奶。"妻子问她："你难道不喝牛奶？"她依然微笑着说："我舍不得喝的。"送牛奶的人竟然不喝牛奶，这是她留给我的一个小小的意外。

一天早上，我们正准备上班，门铃响了，开门一看，见是送牛奶的女人站在门口，她手里拿着一只不锈钢脸盆。也许是走急了路，她额头沁出汗珠，嘴里喘着气，笑容有些生硬。我不免疑惑："有什么事吗？"她递过脸盆说道："这是牛奶公司的纪念品，送给老订户的。偏偏把你家忘了，便又回家拿了一只。还好，总算在你们上班前赶到了。"我接过脸盆，心里竟有些感动。

朋友过生日，邀我们到一家小饭店吃晚饭。在饭店门口，我们竟看见她在洗菜。她微笑着朝我们点点头，算是打招呼。我们一边等着其他的朋友，一边和她唠起了家常。女人告诉我们：她和丈夫原来都是布厂的工人，后来双双下了岗。本来丈夫在小区做保安，她在小区送牛奶，虽说收入不高，但小日子也过得下去。苦的是几个月前丈夫查出了肝癌，很快就病倒了。她儿子正在读初中，只好把丈夫送到婆婆家去。为了多挣些钱,她又在饭店打了一份钟点工。每天凌晨要送上百户人家的牛奶,下午就到饭店择菜洗碗。白天的时间,除了照顾儿子就是陪伴丈夫。想不到,这个柔弱的女人正经受着如此痛苦的磨难。她用瘦弱的肩膀挑着沉重如山的生活,而脸上却挂着笑意,也许她曾经多次暗抛泪珠,但就是不愿意让内心的苦楚外溢出来。这正是千千万万普通人令我们敬佩的地方,也正是我们的生活永远不会暗淡的原因所在。

在小区的西大门,我于一堆人中又见到了她。她正被一个挂着项链的男人训斥着,也想解释什么,但总是被粗暴地打断。我走过去一听,知道了是怎么回事。原来她这天早上送给项链家的是一瓶变了质的牛奶,项链的妻子第一口就喝出了麻麻的味道,项链便拿着过了期的牛奶找到她,又把她拉到人多的地方来。项链发了一通火后,叼起一根香烟。女人则连连向他赔不是,并答应赔钱给他或补一瓶牛奶给他。项链不肯接受:"谁要你赔?!"他愤怒地把瓶里的牛奶向女人泼过去,白色的"雨点"重重砸在女人的身上。女人咬着嘴唇,最终没让眼泪流下来。

一个星期天的中午,女人又上门续订牛奶。她说牛奶钱是49元,我给了她一张50元的票子。她在小包里找了一阵子,也没有找出一块钱来,便不好意思地笑笑:"身上没零钱了,我明天放在牛奶箱里。"第二天,我在牛奶箱里并没有发现1元钱,倒是拿到一张小纸条,见上面写着:"对不起,因家里有事,停送牛奶2天。"过了两天,女人敲开我家的门,她脸上流露出疲惫和忧悒,手里托着一枚一元的硬币:"对不起,这几天忙得忘记还钱了。"妻子关心地问她:"家里出什么事了吗?"她叹了口气,哀戚地告诉我们:她丈夫走了,还没过40岁生日。为了把丈夫的后事办得体面些,她又跟亲戚借了几千块钱。她已跟自己的父母说好了,把儿子送过去请他们照顾。她送完手上订好的牛奶,就到建筑工地打工。她抿了抿嘴,平静地说:"工地上的活是苦,但赚钱多些。"

女人转身离去,她的脚步实在、有力,"乩乩"的声音在楼道里回响,也敲打着我的心灵。

## 泰州的告慰

5月26日下午，天色如晦。细密的雨点打在办公室的窗户上，沉闷而阴郁。几天来一直为袁隆平燃着心香的黄银琪，思绪也似乎有些纷乱。他从书橱里拿出一本2012年8月印刷成书的《红旗良种场志》，翻到他和袁隆平的合影，目光停留在袁隆平的身上，陷入深深的回忆……

袁隆平之于黄银琪，宛若是工作和人生天然的引领者。黄银琪是江苏省现代农业综合开发示范区管委会副主任，曾任江苏省红旗种业有限公司董事长、总经理。这位出身于顾高镇的农家子弟，1988年考进江苏农学院起，就开始学习袁隆平的三系杂交水稻理论；1992年分配到红旗良种场，便成为一名专业的水稻育种人，在泰州大地上实践着袁隆平的人工杂交育种；当他执掌江苏省红旗种业有限公司后，端的就是种子科技的饭碗，走的就是袁隆平擘画的技术路径。正是捧着袁隆平的衣钵，黄银琪已成为泰州的农业专家、水稻专家、育种专家。

黄银琪作为一名农业科研人员，经常参加一些全国性的技术研讨会，曾经有幸几次见到过袁隆平，但都无近距离接触。他难以忘怀的是在海南省三亚南繁基地的那次偶遇，袁隆平不仅介绍了杂交水稻的科研愿景，还对红旗种业的发展提出了要求，其情其景一直深深地留在记忆里。

黄银琪浅浅地呷了一口茶，眼帘低垂，用手指轻轻地抚摸着袁隆平的脸庞，缓缓地说道：

那是2010年的12月。

那时节，泰州已经入冬，正值农闲；而三亚，天气依然炎热，恰是水稻的成熟期。我去了三亚，因为那里有我们公司的三十多亩杂交水稻良种繁育基地。那天，我们把整个基地转了一圈，见水稻长势良好，心里颇为欣喜。开过田间办公会后，我觉得还需与其他省的繁育基地做一番比较，便提议说："我们到袁老团队的基地去看看吧。"

袁老团队的南繁基地离我们基地大约四五百米，走过去只要十来分钟。敲过门后，我们被允许进入基地。这时，我的眼睛一亮：袁老正和他的几名助手在田头看水稻呢。我心里一阵激动：今天终于有机会亲聆教诲了！我加快步伐，赶紧向袁老走去。袁老也发现了我们，用一脸的微笑表示欢迎。

袁老那和善和真诚的笑容打消了我的紧张，我立即自报家门："我们来自江苏泰州，是红旗良种场的。"

袁老高兴地伸出手来，一边和我们握手一边说："泰州我知道，是从扬州分出去的。红旗良种场很有名啊，我记得是推广'两优培九'的重要基地。你们那里对杂交水稻的研究、试验贡献很大，我的基地就用过你们的种子，是我的助手到泰州拿的，种子的质量很高噢。"

我告诉袁老，红旗良种场现在已改制为以杂交水稻为主体的育繁推一体化的专业种子公司。

袁老连连点头，还竖起大拇指："好好好，市场化的道路是应该走的。"

我完全没有了拘谨，便向他请教："袁老，杂交水稻下一步的发展方向是什么？"

袁老环视了一下基地，又看着我说："我国的杂交水稻亩产量已由1000公斤提高到1500公斤，算是实现了阶段性目标。我现在经常考虑的是，杂交水稻不仅要高产，还应该优质，就是要好吃，同时还要适合机械化作业。你们也要在这方面多动脑筋，争取为超级杂交水稻的培育作出贡献。"

我不好意思继续打搅，便提出告辞。袁老突然拉起我的手，说道："我母亲是扬州人，你也算我的娘家人了，来，我们合个影吧。"

我和袁老紧挨着站在一起，心中洋溢着幸福。不知怎的，那时那地，我觉得站在我身边的就是一位村里的老农，就是一位朴实的长者。我们的身后，是茁壮的杂交水稻，稻秆挺立，如昂然受阅，稻穗饱满，如低头沉思。一阵暖风吹过，稻香盈盈扑鼻来。

看看这张照片，一个80岁的老人，上身穿一件短袖衬衫，还把下摆扎在裤腰里，身腰站得直直的，一点也不伛背，多么有精神！

黄银琪停住了讲述，喝了一口茶，他抬起头，朝窗外看了看，不知是自言自语，还是说给我听："泰州可以告慰袁老的是，红旗种业正在实现他杂交水稻走出国门的梦想，我们的种子已经播撒在菲律宾、越南、印度尼西亚、巴基斯坦、孟加拉国的土地上。2020年，红旗种业杂交水稻的良种出口达3600吨，占全国出口总额的15%。"

黄银琪小心地合上面前的《红旗良种场志》，深深吐出一口气。

窗外，雨水如泪……

## 鞠章网的"生物农业梦"

世纪之初的春天里，我曾经采访过时任泰兴市农业农村局局长的鞠章网。那时的鞠章网可谓一位享誉全国的农业专家，他在玉米生物学规律研究中的多项创新内容，修正了苏联学者的长期定论，被全国专家认定为玉米栽培应用基础理论的一大发展。他因此项成就被评为江苏省劳模，荣获全国五一劳动奖章，成为享受国务院政府特殊津贴的专家。

头顶光环的鞠章网就如一位邻家兄长，给我一种朴实、平易、精干的最初印象。他个子不高，但身体很敦实；也许是经常暴露在阳光之下，脸上的皮肤黑黑的；言语中不带官腔，也没有虚情假意；说起农业技术的推广，思路非常清晰……记得那天晚上他喝了半斤多酒，依然洋洋如平常。

记者的工作就是不停地采访，很难记住那一个个采访对象。但是，我却一直记着一位叫鞠章网的农业专家。一则关于他的消息，曾让我心中飘过一阵欣喜：2003年3月，他当选第十届全国人大代表，在庄严的人民大会堂，他提出把银杏树作为国树的议案得到众多代表的支持。

我也有再访鞠章网的打算，但终究没有成行。2021年岁末的一天，我再一次遇见鞠章网，那是在泰州市农业开发区，他的身份已是江苏农抬头生物农业发展公司的董事长。年逾古稀的鞠章网刚患过一场大病，身体显得单薄，脸上露出倦态，说话尚欠中气。但是，他却难掩情绪上的兴奋，不停地抽烟，娓娓地诉说他这些年来的人生境遇。其间，他重复这样的话："我什么都不图，只想圆一个'生物农业梦'。"

却说在北京参加全国人民代表大会期间，很多代表，其中不乏各级领导，都向鞠章网提出了几乎相同的问题："农业化学污染严重，农产品残毒难消，我们怎样才能吃得安全？农业生产究竟应该怎么搞？"这样的问题就像石头一样，重重地砸在鞠章网的心上。一番思考后，他决定辞去局长的职务，就是想用更多的时间去寻找解决这个问题的路径，连续提出几次申请终获批准。

无官一身轻的鞠章网，全身心投入农业科技的研究中。这时，一家设在北京的香港科技公司向他抛出橄榄枝，鞠章网了解这家生物科技开发公司，不禁心有所动。他觉得自己迫切需要更新知识，这倒是一次学习与研究生物科技的好机会。于是他说服家人，以半百之身加入"北漂"一族。这家香港公司付给鞠章网丰厚的薪酬，想让鞠章网安下心来。但鞠章网发现他的研究成果变成了公司的垄断产品，并不能够造福国内的广大农民。这个生于农村、长于农村的中年汉子，仿佛做了亏心事，他自斟自饮半瓶酒后，果断地作出了辞职离京的决定。

那是2007年，他找到姜堰的朋友张圣旺，张圣旺时任农业农村局局长，也是一位农业专家。两个人经过一番长谈，决定联手开展生物农业的研究与示范。他们首先在全国提出并示范以土壤生物解毒治理修复为基础、采用生物有机肥和生物农药替代化肥和化学农药，发展生物农业。张圣旺主抓2000亩试验田，姜堰地区成为发展生物农业的根据地。在泰州的大地上，鞠章网的"生物农业梦"落地生根。中华人民共和国科学技术部（以下简称"科技部"）领导明确指出，鞠章网是国内率先在农业综合治理领域提出"生物农业"第一人。

当时，许多人对生物农业这一理念并不接受，甚至有人认为是伪科学和骗术，这让鞠章网陷入迷茫。他便向自己的老师呈送了一份报告，详细汇报了自己的研究思路，这位老师是全国著名的农学家，曾任副省长。谁知老师接过他的报告后，冷冷地说道："中国人的温饱问题还没解决,你这个'生物农业'太超前了吧?"说完,他便将报告往办公桌旁一丢。让鞠章网颇感意外的是,第三天,这位老师主动给鞠章网打来电话,声音里带着兴奋:"我认真地看完你的报告,你的思路完全可行。你大胆地干吧,我做你的顾问!"

化学农业高产不安全,有机农业安全不高产,生物农业是集成化应用的现代化农业,可以系统解决农业高产与安全的主要矛盾。鞠章网认识到,唯有公司化运营,他才能稳步地在这条探索之路上走下去。但是,退休后的科研人员既缺少示范平台,也缺少项目经费,鞠章网砸进了自己的全部积蓄,甚至多方举债,还是不能堵上资金缺口。苏州正好有投资者愿意入股,鞠章网便在苏州注册成立了农抬头生物科技有限公司。在江苏省农业农村厅的倡导下,江苏省成立了全国首家生物农业促进会,农抬头公司是会长单位,南京农业大学、省农科院、扬州大学等为副会长单位。

农抬头公司加大有机化肥、生物农药、生物解毒剂的研究力度,需要源源不断的投入。有些股东眼见见效慢、收益小,竭力主张调整公司经营方向。在意见无法调和的情况下,鞠章网作出了变更股权的决定,他守住了创办公司的初心,却也付出了不小的经济代价。

2019年6月,在泰州市有关领导的感召下,农抬头公司迁回泰州,成为市农业开发区一支重要的研发团队。至此,张圣旺负责姜堰的试验基地,鞠章网负责省内外的推广应用,形成了由点到面、由内到外的运行架构。借着家乡的顺风顺水,鞠章网朝着梦想之境阔步进发。到2021年底,农抬头公司先后在全国23个县区进行广泛试验,根据不同维度、不同海拔、不同生态、不同土质、不同作物,各种农作物种植面积达到30万亩,成功率在95%以上。2021年秋天,姜堰基地出现大量的稻飞虱,种植户大为紧张,许多人坚持要使用化学农药。那时鞠章网正在医院检查身体,被人用轮椅推到田头,他指导种植户使用生物农药,并保证愿意承担由此造成的损失。稻飞虱虫害很快被扑灭了，生物水稻也获得丰收。

鞠章网的探索得到了国家农业农村部和省农业农村厅的表彰，科技部赞誉他是国内提出"生物农业"第一人。鞠章网问心无愧的是，他用"4个40%以上"的经济效益报答了中国农业：农抬头公司的生物集成技术和集成服务，使生物有机水稻投入成本降低40%以上，亩产增加40%以上，亩均增加收入40%以上，消费者降低支出40%以上。

鞠章网说："如果说袁隆平的杂交水稻实现的是农业生产的量变，那么生物农业将带来农业生产的质变；袁老让中国人吃得饱，我要让中国人吃得安全、吃得快乐、吃得健康！"他的愿望是在10年内将生物农业的推广面积扩大到5000万亩以上，到那时他离梦想就更近了。

## 天堂应有火金姑

——悼念诗人余光中

我们都玩过萤火虫，我们也知道"腐草为萤"的传说，我们还会把萤火虫比喻成会飞的灯笼。但是，我们没有成为诗人。成为诗人的余光中先生，在诗中把萤火虫唤作"火金姑"。这三个字写出了萤火虫的光亮、色彩和女性之美，随便扔在哪里都是一首诗。先生说，"火金姑"源于闽南方言。先生从生活中信手拈来，便是诗意飞扬。

20年前当中学老师时，每次讲到先生的《乡愁》，我都不会花多少时间作分析，而且要求学生模仿《乡愁》的格式自己写诗。我一直固执地认为，作为一首诗，《乡愁》最令人惊异之处，就是提供了一个学诗的模板。有学生写道："小时候，母爱是雨天里的一把伞，我在里头，妈妈在外头。"有学生写道："上学时，友谊是同桌带来的一只烧饼，他吃了一小半，我吃了一大半。"还有学生这样写："我家的幸福，是妈妈下班后带回的一包猪头肉，爸爸一边吃一边喝酒，妈妈一边看一边笑。"同学们都已经钻到诗歌里面去了，还能不理解那位台湾诗人的绵绵乡愁？

在飘过海峡的台湾诗人中，我欣赏洛夫的"天涯美学"，也欣赏郑愁予的"浪子风范"，但最沉溺其中的还是余光中的那种传统之美。先生那些语言方程式的节律、意蕴、气势、情怀，总如一只只婆娑的旧燕，让人亲近，让人动心。《民歌》中的长江、黄河之水，在我们的生命里流淌了何止千年万年；《等你，在雨中》的黄昏、细雨、莲池等意象，都是早就氤氲在唐诗宋词里的；《春天，遂想起》干脆用古汉语里的连词入题，顿时营造出典雅的气息……读先生的诗，无须刻意，甚至无须用心，就能自然而然记住一些诗句。一首《乡愁》，不就是在不经意间烂熟于亿万中国人的心中吗？

　　先生为我们写诗，我们读先生的诗，这就是滚滚红尘中的一种因缘。为着这份因缘，我们与他便有了纷攘人流中的一次偶遇。那是2005年的8月8日，在上海浦东国际机场29号检票口。一位眼尖的同事用手指了指不远处的一位长者，悄悄告诉我："那是余光中。"多次在报刊上、电视里见过他的身影，对他的形象早已不陌生，我顺着手势看过去，心头一喜：正是那位台湾诗人！同行的小杨姑娘有些兴奋，走到老人身边轻轻问了一声："请问，您是余光中先生吗？"先生对来自陌生人的问询并不觉得突然，很友善地答道："是的。"我们十几个人便一齐向诗人围拢过去。记者追星当然丢人，但仰慕一位诗人还是应该的。先生个子不高，但并无臃肿、伛偻之态，白色衬衫的下半部被系在浅灰色的裤子里，倒显得颇有精神。他满头白发，戴着一副黑框眼镜，面目清癯，一脸的儒雅、平和之气。他告诉我们，他是和夫人来大陆参加大连读书节的，正要返回香港，恰巧和我们同机。小杨姑娘随口就背出一段《乡愁》，余光中向她竖起大拇指。凝望着诗人，我心底突然涌上几句诗来，记不得在什么时候读过，又在什么地方记过，但那时那地，竟能脱口而出：

　　酒入豪肠，七分酿成了月光
　　余下的三分啸成剑气
　　绣口一吐，就半个盛唐

　　这是哪首诗中的句子？余光中微微一笑："《寻李白》。"是的，余光中就是一位苦苦追寻李白的意境、李白的气象、李白的情怀的诗人。他一生诗情，最为得意的当然就是我们读他的诗、记他的诗。当小杨姑娘请他为《泰州日报》的读者写几句话时，他没有推托，提笔便写，在纸上留下8个字："以文会友，以诗结缘。"我们又拥着他合影留念，他也欣然应允，举止彬彬，神态谦谦。在我们的敬重当中，在小杨姑娘的镜头面前，余光中先生的挺直身姿、君子风度，真可配得上他称赞大诗人叶芝的那句话：老得好漂亮！

2010年6月16日，是中国端午节成功申报"世遗"后的第一个端午节。我正在家里吃粽子，听到电视里传来一阵吟诵，"秭归秭归，之子不归"，那种古典的韵致，让我大有似曾相识之感，该不是余光中的诗吧？我转眼屏幕，果然看到湖北秭归举行屈原公祭典礼的直播现场。余光中先生身着白色中式上衣，脖子上挂着黄色的围巾，他正扬手领诵，身后是唱和的万人。他们吟诵的《秭归祭屈原》，正是余光中专为这次典礼写成的一首新诗。我知道，此前余光中曾为屈原写过6首诗，其中就有《淡水河边吊屈原》《水仙操》《汨罗江神》等篇，这是他第7次献诗屈原了！屈原永驻心中，诗兴便不会熄灭。距浦东机场的那次偶遇已经5年，82岁的余光中依然精神矍铄。他神色庄重，其声深情沉郁，万众的唱和激越奔放，如滚滚的汨罗江水：

  秭归秭归，魂兮来归
  端阳佳节，雄黄满怀
  历史的遗恨，用诗来补偿
  烈士的劫火，用水来安慰

我记住了这些诗句，记住了这首诗。

缘未尽，情不断。2011年6月25日，来南京参加"余光中高中散文奖"颁奖仪式的余光中有了一次泰州之旅。前一日，我得到这个消息后，便与市台办一位负责接待的朋友联系，表达了采访余光中先生的愿望。朋友想方设法与余光中沟通，得到余光中先生的应允。我得到回话后，欣悦异常，一边查阅有关资料，一边拟订访谈提纲。我想，听余光中说说新诗的传统和走向，还不能写出一篇文章来？我还从相册中找出了在浦东机场与他的合影，想请他签个名。想不到的是，这天晚上，一位暌违20多年的初中同学挈妇将女从千里之外突然来到泰州，要我陪他一起去看望垂暮的老师。分身乏术，我只得请朋友向余光中先生表达无奈爽约的歉意。后来，我从朋友的电话里得知，余光中先生对溱湖水天相接、飞鸟翔集的自然风光赞不绝口，说"泰州是个适合生活的好地方"。听到先生的这番褒扬，我油然而生高兴：既为泰州，为她的美丽打动了一位诗人；亦为先生，为他的泰州之行没有失望。

2017年12月14日上午，虚岁90的余光中先生在台湾去世。先生带着千余首诗作去哭他的屈原了，去寻他的李白了。天堂里，应该不会有战火的惊扰，不会有大海的阻隔，不会有名利的纷争……但是，那里肯定还有火金姑，其行婀娜如舞，其光朦胧如梦。是的，先生定然还有诗可写。能够与屈原们、李白们以诗下酒、以诗泡茶，岂不快哉？鲐背之年当属高寿，但人们的哀思还是滚滚如潮。我把与他在浦东机场的合影发到微信里，算作对先生的追思。朋友们纷纷留言，表达自己的悼念之情。一位喜欢先生诗歌的女士只留下这样两句：

下次你路过，人间已无我。

我记得，这也是先生的诗句。过去读过，只觉得意境阴冷；今天读来，心中竟涌起阵阵哀戚。生命苦短，谁还不是人间的匆匆过客？
还好，先生的诗不会死去。

## 轮船上的卖唱人

　　水乡河多，大河小河不舍昼夜地流着，不知流自何处，也不知流往何方。

　　十八弯的水路连着外面的世界。早年间，村里人去县城都要到镇上坐轮船。每天天还没亮，王瞎子总是早早地来到码头，一手拄着拐棍，一手拿着一把二胡。他微仰着头，不时扭扭脖子，像是用眼睛遥望对岸的景致，其实是在用耳朵搜寻远处的声音。候船的人看着他的脸，有人问："瞎子，轮船什么时候到？"王瞎子依然微仰着头："早呢。"一会儿，又有人问："瞎子，轮船怎么还不来呢？"王瞎子用拐棍在地上戳了戳，说："快了，还有15分钟船靠码头。"大家都知道，瞎子已经听到轮船的声音了。果然，汽笛的声音随即便响了起来，人们循声望去，轮船就出现在视野里了。轮船靠岸后，大家纷纷拥挤着登船。王瞎子并不着急，总是最后一个从跳板上移步上船。

　　等大家都找位子坐定后，王瞎子才走进船舱。他先咳嗽两声，算是招呼乘客安静下来。他一边用两根手指揉捏着自己深陷的眼窝，一边提高嗓音："各位旅客，早上好！下面我给大家演唱一段淮剧《十年不见亲娘面》。"他把琴筒往大腿上一支，拉起琴弓，拉过来拉过去，咿咿呀呀便盖住吵吵嚷嚷。王瞎子先是一声呼喊："哎呀！我的母亲啊！"接着开唱："十年不见亲娘面，母子重逢喜又悲。这卖身银，十年前儿在破庙交给你，这卖身银，今日又还到儿身边。这卖身银，浸透了慈母多少泪水。这卖身银，显示着爱儿的心尖……"他不顾有没有人在听，只是很投入地唱着，声音粗糙但深情，弥漫着苍凉而忧伤的味道。唱毕，他眨了眨眼睛，露出满满的眼白，眼角上挂着两滴泪珠。

这时，船舱里真的安静了下来。王瞎子从帆布背包里拿出一只搪瓷盆，举在身前，他一边慢慢移动脚步，一边反反复复地说道："请大家掏掏皮夹子，帮帮我这个小瞎子。"便有人往搪瓷盆扔钱，有2分、5分的，也有1毛、2毛的，硬币碰得盆底叮当作响。从舱前走到舱后，王瞎子倚在一根柱子上，摸过一枚枚硬币后再放进袋子里，又摸过一张张纸币后再叠在一起。有人问："小瞎子，这一趟弄了多少钱？"王瞎子道："一共3块2角6分，谢谢诸位了！"又有人问："你眼睛好好的，怎么就看不见呢？"王瞎子道答："我的眼睛就像没有钨丝的电灯泡，亮不起来啊。"也有人心疼他："你天天卖唱讨钱，是个苦命人。"王瞎子笑了起来："不苦不苦。我现在不愁吃不愁穿，已经掉进蜜罐子了。"

王瞎子在船舱里慢慢走动着，一会儿唱起淮剧《赵五娘》《珍珠塔》《秦香莲》选段，一会儿提醒旅客"轮船就要靠码头了，请下船的旅客收拾好行李"，一会儿跟旅客拉拉家常。船还没到县城，船舱里的人都认识这位小瞎子了：他家住王家庄，离镇上五六里路。他是个遗腹子，父亲是掉进冰冻的河里淹死的。他生下来就是双眼无珠，村里人都劝他母亲把他扔了，但他母亲坚决不答应："他也是条人命啊！"1960年春上，他的母亲一个月没进一粒米，临死前告诉他，有十几斤大米藏在尼姑庵的隆修那儿。那年他6岁，就在尼姑身边挨过了青黄不接的日子。后来，他就靠吃"百家饭"长大了。

河水依然在流，但是，镇上通了公路，村里也通了公路，王瞎子再也等不到轮船了。村干部找到他："你不要再四处乞讨了，村里养得起你。以后就到村部来帮着接接电话吧。"王瞎子就把家安在村部了。镇上有什么事通知村里，他记下后再通知村干部；有人打电话到村里找人，他就用高音喇叭叫人来接电话；邮递员有谁家的信件送来，他就用高音喇叭喊人家来取信。他耳朵好，听话听得清；他嗓子亮，传话传得准。村里人常夸村干部做了件大好事，既方便了大家又帮了王瞎子。但是，王瞎子似乎并不高兴，话没以前多了，还经常唉声叹气。一天早上，他竟然打开高音喇叭，坐在话筒前，用二胡拉起一曲《世上只有妈妈好》。不一会，村支书就过来批评他："你拉的曲子像哭声，不吉利。你想拉二胡就在屋里拉拉，不要在高音喇叭里拉。"王瞎子也不回嘴，只是用手捏了捏眼窝。

西村的刘半仙有一只眼睛被自家的公鸡啄瞎了，他整天戴着副墨镜，学会了算命，一年能赚几万块钱。他知道王瞎子灵巧，就主动过来要收王瞎子为徒。他对王瞎子说："村里养你一天算一天，你学会了算命才能一世无忧啊。"王瞎子动心了，应道："好吧。我每天晚上过去向你讨教。"此后，王瞎子便每晚摸到西村去。几个月下来，王瞎子已学会了掐生辰八字，学会了"子午卯酉弟兄多，寅申巳亥三两个，辰戌丑未独一个"等口诀，学会了揣测算命人的心理，学会了自圆其说的技巧。刘半仙很满意，在王瞎子的身上连拍几下："我明天找个人让你算算。"王瞎子突然哭了起来："师傅，我不想学算命了。"刘半仙连问了几个"为什么"，王瞎子就是不吱声。王瞎子回去后，就再也没有去学过算命。村里人问他："怎么不学到出师？"王瞎子摇摇头："骗人的，没学头。"村里人劝他："学门手艺多条活路，不必顶真。"王瞎子答："我不想下辈子再做瞎子了。"

晚上的时间又空出来了，王瞎子就经常到商店门口去，他倚墙而坐，面向大街。人少的时候，他就拉上几段淮剧曲调，什么自由调，什么老拉调，什么大悲调，拉得摇头晃脑。人多的时候，他就报个节目："下面我用淮剧大悲调给大家唱一段《儿子想娘在梦中》，唱词全部是我自己编成。"他挺了挺腰，试一试弦音，然后便拉起过门，让二胡呜咽起来。王瞎子深吸一口气，如泣如诉：

瞎子生来眼无光,
从小不识我亲娘,
儿想亲娘在梦中啊,
夜夜眼泪似水淌。
梦中亲娘面如花,
梦中亲娘声如糖,
梦中亲娘牵儿手,
梦中亲娘抚摸儿脸庞……

王瞎子的唱腔变成哭声了,浑身抖动起来。有人便往他面前扔过几枚硬币,王瞎子连连跺脚:"不要钱,不要钱。村里供吃供穿,我要钱干什么!"

只是,听他唱曲的人越来越少。

突然有一天,村里的大喇叭一直没响。村干部过去一看,发现王瞎子不见了,他的二胡不见了,他的帆布背包也不见了。

村干部到西庄问过刘半仙,刘半仙说他好长时间没碰到王瞎子了;他们到县城也曾留意过街头那些卖唱的,可从未见过王瞎子的身影;他们还派人到邻近的村庄寻找过,最终也没能打听到王瞎子的去向。村里人就是想不通:他在村里过得好好的,怎么就不见了呢?

几年后,村里有人去无锡搞运输,他在惠山脚下看见了王瞎子,看见了正坐在水泥台阶上卖唱的王瞎子。王瞎子养得胖乎乎的,脸色红润。王瞎子一听他的声音,就喊出了他的名字。他劝王瞎子回到村里去,王瞎子摇摇头:"我现在身体还好,不想回去。"他问:"村里该养你,你何苦在外面流浪呢?"王瞎子说:"这里有人听我说话呀!"

在游人聚集的江南名城,王瞎子过着怎样的生活?也许,在一个细雨蒙蒙的清晨，他曾经蹒跚到映山湖边的阿炳墓前，为那位饱尝人间辛酸的前辈磕上几个头；也许，他也编出了几段二胡曲，不仅诉说着自己的身世，也抒发着自己的思绪情感；也许，他曾一遍遍重复着母亲的故事，让越来越多的人喟然长叹，让越来越多的人记住了他的母亲……

王瞎子今年60岁了，不知他有没有回到村里？

# 哑　女

　　田根10岁那年,在学校蹲了三天也没写会个"戴"字,此后他就丢了自己的姓,被小村的人称为"呆田根"。但呆人有呆福,他住着富农爷爷留下的三间高大瓦房呢。他的小脚妈妈和他的驼背爸爸已经轻贱得如掉落在泥土上的枯叶,也就躲过了被拉去游街和批斗的劫难。他们变卖掉仅存的几件金银首饰后,终于为儿子说成一门亲事。在家里分到几亩责任田的那一年,老两口为儿子操办了婚事,不久,便双双平静地永别了瓦房。

　　新媳妇在察觉自己怀孕以后,也觉得田根确实应该姓"呆",她脸上的表情变得比老屋墙上的砖头还阴沉,叹出一口气来能把人吹倒。有人夜里常常听到从瓦房里传出的女人的哭声,第二天准能发现田根的脸上有几道深深的血痕。小村人都在传说,她上床睡觉时已不肯脱衣服了,还在裤腰上插了许多根绣花针。女儿的降生并没能在瓦房里激起半点欢乐的涟漪,她用满月的嗷嗷啼哭送走了母亲瑟缩的背影。

　　田根并不骂妻子,只是更加宝贝女儿。女儿一咂嘴,他便把她抱到生了孩子的人家讨奶喝,直到女儿吮得自己丢下奶头,他才肯接过女儿。他不会道谢,只说一句:"我帮你家做活计。"他一觉得女儿身上发热,就把女儿抱去看赤脚医生,不管大病小病都要占着村卫生室的一张床,自己就没日没夜地坐在女儿床边。见女儿又舞手蹬脚地神气起来,他对医生说:"在你这儿我放心。"他从田埂上掐来朵朵野花吊在摇篮的上方,把孩子眼前的空荡充实成五颜六色,每当孩子看着野花露出一抹笑容,他的眼睛里便笑出泪来。他把女儿举过头顶，对着空中说："快快长大，去找妈妈。"

那些喂奶的妇女渐渐发觉孩子对声音没有反应，赤脚医生认定孩子就是个聋子。有人说这孩子的耳朵天生就是个摆设，也有人说孩子的耳朵是发热时烧坏的，还有人说是那个狠心的女人用针戳聋的，因为她怕孩子日后去寻她。襁褓中的孩子得到了一个现成的名字：哑女。不知是哪一天，哑女从箱子里翻出了几件女人的衣服，她把这些衣服认认真真地包起来，然后放到自己的枕边。从此，她每天晚上都要抱着这些衣服入睡。一天，哑女跟田根到镇上去买化肥，她发现一个女人穿着一件非常眼熟的衣服，便紧紧尾随在那个女人的身后，她忘记了田根，竟跟着走进了女人的家里。被人家轰出来后，她已找不到田根了。回到家里，她看见田根正把那包衣服散落在天井里，他喘着粗气，眼里像在冒着火苗。哑女从田根手上夺过火柴，把田根推进屋内。她又一件一件把散落的衣服收起来，并仔细地掸去上面的灰尘。她把衣服紧紧抱在胸前，对着田根突然呜呜地哭起来，哭声如尖利的刀刃划破了黑夜，也划破了田根的心。

哑女没事就到村里的一家裁缝店里去玩，有时也会帮着钉钉纽扣、挽挽裤脚、熨熨衣领。18岁那年，她已能自裁自缝了，跟田根要了几百块钱，就到镇上租房开起了缝纫店。哑女眼睛如尺，对着顾客上下扫两遍就知道了体形特点；她的手也巧，能做得出街上流行的每一种新款式。镇上人渐渐觉得，哑女对中年妇女的生意更拿手、更认真。她为她们缝制的衣服该宽的宽、该窄的窄，该平的平、该皱的皱，穿着不仅合身，而且能显出女人的韵致。哑女把赚到的钱都交给田根，自己只留下几个零花钱。但她每年都要花一笔钱，买两块好布料。在夜深人静的时候，她会用这两块布料缝制一套中年妇女的衣服，她选择最流行的式样，还会加进一些自己设计的花样。她做工讲究，又反复修改，似乎并不想尽快完成这套衣服，而是要在这个过程中宣泄一种深藏的情愫。她没有告诉过任何人，她这是为心中的母亲缝制的衣服！她把一套套衣服装进一只皮箱里，连田根也瞒着。

经人介绍，哑女跟镇上的一位跛脚电工结婚了。一年后，他们的女儿呱呱坠地。孩子耳灵嘴巧，六七个月后就能喊"妈妈"。哑女尽管听不到女儿的声音，但她似乎能感受到女儿嘴里传出的甜蜜、温暖和厚重。她经常盯着女儿两片花瓣似的嘴唇，仿佛沉迷于它们的翕动。在女儿渐渐懂事的一个个日子里，她用眼睛和手势一遍遍告诉女儿：我要去找妈妈！女儿读懂了妈妈的急迫、热切和幽怨，多次到外公的村里打听外婆的下落。他们只知道那个女人已在百里路外一个小村成了家，那个男人患了好长时间的肺结核，他们生了个儿子，日子过得并不如意。

哑女踏上了寻母之路，带着自己的女儿，带着自己缝制的十几套衣服，带着自己心中积满的思念。她乘车来到另一个县城，然后转车来到一个小镇，下车后又步行了将近一个小时，终于走进了运河边上的一个小村。

与运河的喧闹相比，小村显得很静谧，静谧得有些神秘，静谧得让人生怯。女儿问过几个人后，知道了外婆家的位置。哑女抓紧了女儿的手，朝着她30年的向往走去。那是一间破旧的瓦房，瓦楞、砖缝都好像在应和着时光的叹息。一位苍老的妇人倚门而立，凹陷的双眼眺望着远处的天空。她发丝如雪，但梳理得整整齐齐；她的衣服已褪去了光亮的色泽，但也显得干干净净。哑女浑身颤抖起来，眼里的泪水奔涌而出，她仰头向天，突然从整个身体里发出一声呼喊："妈妈——"那声音响亮、深情、凄厉，有一股鲜血的味道。

# 村　庄

## 之一

　　村庄，仿佛是不经意的落脚，亦宛如很随性的构建，更好像是无庆典的完成。她，委实是神造的农人家园。多少年来，一辈又一辈的农人就在这里演绎着生息的仪式、品尝着稼穑的苦乐、期盼着岁月的甘霖。

　　平原无疑是最宜人居的，这里的村庄大抵挨得很近，两村相去不过几节田，远的也只有几里路。村庄大小不等，全由人数而定，数百人的显得玲珑，几千人的亦不失秀气。村庄，是散落在黑土地里的缕缕炊烟，是刻录在庄稼上的阵阵吆喝，是涂抹在晨光中的朵朵色彩。村庄这种不事修饰的存在，把时光流逝的痕迹打磨得平滑如砥。

　　村庄四面环水，又有河流穿村而过，阑干的河道是村庄的脉络，粼粼的河水则是村庄的血液。村庄的河流并不大，但都是与外面的江海相通，那河水不舍昼夜地缓缓东流，流出村庄盎然的生机和婀娜的风情。河水四季都是明净的，满河泛着温柔，大浪很少见，片片涟漪宛如少女的酒窝。鱼虾蟹鳖自然以小河为乐园，悠闲地编排着自己的故事，不断地传出唼喋之声，使河水生出许多诱惑来。

　　村庄，似凛然安坐水中的敦厚长者。庄户人家大都傍河而居，或枕河而卧，或面河而立，占尽水的灵性、便利和给予。人们感念河水的眷顾，与水的亲近几成一种本能。男人女人在码头上抹脸濯足、淘米汰衣，滋润、舒展着自己的肌体,洗出千般洁净、万分清爽,连阵阵笑声也被河水滤得轻盈、飘逸。水上的渔事是丰富的,也最为有趣。对农人们而言,取鱼就是与水相乐。墨鸦抓鱼似一场水中游戏,放鸦者一边跺着船板一边吆喝,墨鸦在水里四处出击,搅得满河生花。用网捕鱼是从容的,无论是拉网还是扳罾,实际上都是对鱼虾们围而歼之,兜起的是活蹦乱跳的欣喜。张卡与钓鱼相像,卡住鱼而得之,但鱼卡是满河布放的,取鱼人怀的是"愿者上钩"的心思。河里的劳作很是费力,可也不让人觉得多么辛苦。罱泥要算是最重的农活了,拿罱篙的必是大劳力,但船舱的黑泥里常蠕动着鲜活的鱼虾,随手捡拾就是一顿美味,泥罱子虽然沉重,却总能从河底捞出希望呢。河边、水上铺陈的是达观随性、惬意恬淡的生活画卷,构成了自然与人情相融的生态意象。

  以广袤田野为背景的村庄,其布局并没有多少细节的意韵,但这里却布满了精致的农事小品,让村庄平添了许多充实与自足。农人们用自己闲暇中的无意挥就,使整个村庄弥散着浓浓的田园意境。家家户户或在屋后的空地上围一块菜圃,或把庭前的院子当作果园,或让扁豆、丝瓜爬上猪圈,或在山墙旁栽一排向日葵。果蔬的色彩毕竟是泥土里长出来的,显得真实而厚重,绿的叶片翠得滴油,黄的花瓣放着金光,紫的豆荚像歇脚的蝴蝶,红的果实似新嫁娘娇羞的脸庞。叶间花下,藤上架中,自由着从万年时光里趑然而出的小小精灵,殷勤的蜂蝶促成了花朵间的一次次亲昵,顽皮的蟋蟀用打斗满足虚荣,多彩的蜻蜓婆娑出美丽的舞姿,敏捷的蝈蝈叫碎了昼夜的寂静。它们营造了村庄特有的神秘,也飘进了农人们口口相传的一首首童谣、一段段传奇。无论是冰锥挂檐的冬日,还是知了放歌的夏天,无论是走在逼仄的巷陌中,还是躺在浓密的树荫下,那阵阵芬芳、甜蜜总是浸漫四周,沁人心脾。这果蔬的气息中充盈着尘世的温馨,消融了生活的负担与不快。

  村庄生活中有着固定的仪式,那是世代绵延的习俗。村庄,是中国千万种习俗的滥觞。多少年来，先人们经历暴政兵燹，遭受天灾瘟疫，勠力垦荒种地，掬泪送旧迎新，沉甸甸的日子里充满艰辛和无常。他们心中便油然而生对上苍的畏惧，对土地的敬重，对祖辈的追思，对后人的希冀，对离别的无奈，对命运的茫然。他们执着地寄望于将来的岁月，用灵魂膜拜着吉祥、幸福，巧妙地利用象征、谐音、暗示、避讳等手段，把心中的祈愿外化为生活中的种种讲究和禁忌。种种仪式成了人们生活的常态，甚至还是可以遗传的生命基因。人们设计着生活的每一个细节，虔诚地表演着各种仪式。每逢喜事就要放爆竹，用声声噼啪驱邪避凶；酒席上最后要端出大鱼，为的是"年年有鱼"；上梁时撒糖果、馒头，当然能讨得口彩；过年倒贴"福"字，图的是有人喊出"福到了"。婚嫁中的讲究就不下几十个，从访亲到回门的整个过程显得严肃、庄重，譬如合八字、跨火盆、闹洞房，等等，而婚礼中传递最多的物品必是筷子、枣子、粽子，洋溢着的是"早生贵子"的期盼。

许许多多的村庄有着大致相同的习俗，似乎是农人们曾经有过共同的约定，这正证明了村庄血脉的相连，昭示着农人命运轨迹的重合。但是，也有的村庄有着独有的风俗。卤汀河边有个村庄的人就把"点灯"说成"点亮"，原因是庄前的河中有个土墩，而方言中"墩"与"灯"同音，忌说"灯"字是怕冒犯土墩上的神灵。不知道这背后究竟有着怎样的故事？

种种习俗是一代一代的农人用生命创造的文化，是村庄里永不褪色的风景。

# 之二

朴素、平和、诗意的村庄，是中国版图上农耕文明的恒久记号。

村庄里并没有什么秦砖汉瓦、唐风宋韵，但她也是历经沧桑的。村庄的前身，也许是一片芦苇摇曳的滩涂，也许是一片野鸟翔集的沼泽，也许是一片草木葳蕤的荒地。只是，那里有一条游鱼穿梭的小河，或者有一棵浓荫匝地的大树，抑或有一块阳光和煦的高地。于是，流浪、逃难、迁徙的人们在这里歇下脚步，架棚为家，开始了不知所终的劳作、繁衍。村庄的先人们当时显然是聚族而居的，那一个个以姓氏打头的村庄名字就是明证，至今还有李姓居河南、张姓居河北的，也有一个姓氏占了大半庄的。

我们这里许多村庄形成于明朝初年，最早的村民来自苏州阊门。这是一段被称为"洪武赶散"的传说，亦为不少仍存于世的家谱所佐证。遥想当年，刚刚在南京登上龙椅的朱元璋记恨曾驻扎过张士诚军队的苏州城，"虑大族相聚为逆"，没收了支持和拥戴过张士诚的许多士绅商贾的家产，用皮鞭和大刀驱其迁徙到外地垦荒屯田。那时的苏州城彻夜萦绕着永别故土的哀嚎，满街忽闪着回望家园的泪眼，但面对着"奉旨击散"的官兵，无告的人们不得不迈开蹒跚的脚步，最终漂过长江。传说，这些可怜的流民为了有朝一日能回苏州认祖归宗，都忍痛把自己的小脚趾剁了一刀，用淋漓的鲜血在身体上留下了一个永远的印记。但是，他们惮于新生的明王朝的强权，无法明言背井离乡的真正原因，只在族谱中作了这样的记载：明初，苏州阊门一带偶生红蝇（也有说是红蜂的），这种小东西见人就叮，叮人就死，于是人们便纷纷踏上逃亡之路。一段血泪汨汨的历史，竟成一个稀松平淡的传说，这背后隐藏着多少的苦痛，又饱含了怎样的刚毅！

烟柳画桥、吴侬软语、深宅大院、琴棋书画，在他们身后渐行渐远。如今，天空中飘浮着瘆人的陌生，满地的荒凉似沉重的暮霭。但他们已经不再流泪，而是冷静地直面苦难。哪一方水土都能养人，且把这里作为新的家园吧。他们眺望东方，第一次见到大海，那种苍茫淹没了尘世的纷争，那种浩瀚冲刷出心中的释然。他们情不自禁跪地而拜：大海啊，感谢你给了我们生路！起初他们煮盐为生，用汗流浃背的辛劳换来那白色晶体的缓慢形成。其后他们又完成了盐业发展史上的革命，用阳光在砖场上晒出白花花的盐来。海水渐渐东退以后，他们便专事春播秋收，把莽莽荒原侍弄成万亩良田，让五谷之香在四季里飘荡。我的多灾多难的先人们啊，是你们用不屈与勤劳给我们脚下的土地带来了勃勃生机！

尽管姑苏繁庶依旧，但他们对故园的思念似乎已弱如游丝了。他们感激村庄的养育之恩，对之萌生挚爱之情。安详、贫瘠的村庄在他们眼中是一块宝地，在他们心中是一种神奇。请听听村民们带着憧憬的描述吧：我们这个村庄是一块龙地啊！周家垛是龙头，垛子上的两口井是龙眼，垛前大河里的土墩就是龙嘴里含的球，狭长的石家嘴就是龙尾。接着，那些大字不识几个的白发翁媪还会讲出一段故事来：早年间的一个夜里，一条外地的出殡船经过我们村庄，船上人见村庄上空似有红光翻滚，便停船靠岸，把一截烧焦的杨树棒插进土里，不一会儿，杨树棒竟返青吐叶了。他们断定这里是块宝地，便偷偷把灵柩下葬于此。谁知棺材刚刚埋入地下，一群野狗就用四爪把棺材扒出来。这位死者天生一身凡骨，根本不配葬龙地！令我惊奇的是，在许许多多的村庄，至今还可与藏着龙的眼波的水井对视，甚至还能寻见那散发着祥和之光的龙球！

村庄的天性是安逸、温和、自信的，似遗世的隐逸者。但是，她们怎么也躲不开时代风雨的吹吹打打。翻开村庄残破的历史，我们会依稀可见：曲折的河流里反刍着统治者的恣睢，颓败的茅屋上燃烧着清兵的嚣张，低矮的围墙上晃动着倭寇的刀枪，袅袅的炊烟中掺杂着太平天国的硝烟。在当权者的暴政和侵略者的掠夺面前，一代又一代的村民没有畏葸、逃避，而是不惜用自己的鲜血乃至生命，捍卫着村庄的尊严。至今，村民们还经常对人讲起三支扁担打倭寇、水灾之年吃大户、抗租自救闹暴动的往事。令我刻骨铭心的是发生在抗日战争时期的一段惨烈的故事：那是1942年，十几个日本鬼子开着小汽艇来到一个只有300多人的小村庄，他们抢夺了不少财物不算，还强行拉走一位 16 岁的姑娘。为了不让这位姑娘遭受蹂躏，村里的男人们手拿钉耙、大锹堵住鬼子。鬼子用机枪一顿狂扫，男人们死伤大半。鬼子一阵狞笑，拖着那姑娘上了汽艇。谁知汽艇开出不远，就被满河的渔网缠得直打转，潜在水里的几十个妇女猛然出水，一起掀翻了汽艇。那些妇女死死抱住鬼子，硬把他们拖入河底……正是在历史一次次的磨难中，村庄也有了令人景仰的血性！

村庄无言，村庄有心，她滋养了村民们昂然挺立的风骨，孕育了生生不息的乡村精神。

## 之三

村庄应该是人类最早的栖居之地。她是慷慨的，四季里生长着鲜嫩、饱满的食粮；她是慈爱的，土坯茅屋总是固执地挡风避雨；她是静谧的，清凌凌的河水冲洗着喧嚣与纷扰。村庄里有不竭的生命之源、生活之需、生存之力。在村庄的怀抱里，人们享受上天的恩泽，感受人与自然的和谐，并一天天长大、成熟。这正是每个人都有一种依恋村庄、向往村庄的天性的原因所在。我们也许不难理解：为什么头戴乌纱的人会辞官重返田园？为什么久居城市的人会以乡村游为乐？为什么浪迹天涯的游子会哭求叶落归根？村庄，也只有村庄，才是芸芸众生真正意义上的家园，才能让每个人心底油然而生家园意识。

桑树是曾经茁壮在《诗经》里的嘉木，几千年来一直与家宅相依傍。村庄里就有许多桑树，路头、河边、庭前、屋后，到处都是。有人家就有桑树，有桑树必见人家。我不知道是桑树引来了如种子一样四处飘落的先民，还是先民们定居后才栽下了一棵棵桑树。桑树确实是一种家园之树，总能给人以温暖和充实。春天到来后，桑树便兴奋起来，心形的叶子尽情地舞动,舞得满树喧闹。采桑女子仰着红扑扑的脸蛋,伸手一摘就是满篮的鲜绿。初夏时节,桑葚成熟了,紫的肥硕圆润,白的晶亮剔透,摘一颗放在嘴里,那是会甜入肺腑的。桑树的伫立,似乎是一种衣食无忧的象征。

我曾在一个村庄见过一棵古老的桑树,树干要两人合抱,不算高,但枝丫繁密。这棵树究竟是何人于何时栽种的,村里已无人知晓。多少年来,村里人从来没有伤害过它,而是视之为神物,经常到树下祭拜。原来,这棵树曾发生过一个令人怦然心动的故事。有一年,一对外地夫妇带着3岁的儿子到这个村庄讨饭,见村里人并不欺生,就在那棵桑树下住了下来。不久,天像漏了一样连下十几天雨,洪水很快淹没了村庄,村里人纷纷外出逃难。乞丐夫妇自知已无力带儿逃命,把儿子放进一个洗澡的木桶里,让他随浪漂去,然后携手沉入滔滔的洪水中。那只木桶在洪水中颠上颠下,但一直绕着那棵还露出水面的桑树。小孩弃桶攀树,稳稳坐在枝丫上。孩子靠那一粒粒饱满的桑葚填肚子,竟没有饿死。几天后,洪水退去,小孩从树上下来,被村里人收养。这个穷孩子长大后,参加了张士诚的部队,还当了大官。在一次战事大捷后,他就在桑树下大宴部下。至今,村里人还把这棵桑树称为"摆宴树"。

桑树是村庄不老的故人,总是平静地送别一位位旧相识,微笑着迎来一个个新朋友。

村庄多桥,大河上的桥如长虹卧波,小河上的桥似鲤鱼跃空。除了简易的木桥、竹桥外,村庄里的砖桥、石桥大都有一个好听的名字:太平桥、丰收桥、幸福桥、安定桥。这当中,该是寄寓着农人们的绵绵期盼吧。那些伴着村庄的人烟而出现的砖桥、石桥,虽历经成百上千年的风雨侵蚀,但依然端坐水上,默默承载着农人的脚步,深情注视着村庄的变迁。这座座桥上,唤醒过沉睡的黎明,迎来过喧闹的黄昏;肩挑过劳作的艰辛,手推过收获的喜悦;洒落过回归家园的热泪,投射过走向远方的身影。村庄里的人总能说出哪座桥是谁捐建的，哪位捐款建桥的人出了做官的后代。直至今天，村民们仍然把捐款建桥作为积功积德、庇佑后人的善事。

　　泥土是村庄的胴体，村庄的泥土叫"千脚土"，"千脚土"是经过千千万万双脚踩踏过的，泛着油光，这是一种用汗水浸润过的泥土，一种不甘寂寞的泥土，一种孕育生命的泥土。村庄如一位沉默的母亲，敞露着自己的胸膛，用身体袒护着农人，用乳汁喂养着农人。只有在村庄生活过的人，才会真正感受与泥土的肌肤之亲，才会真正享受泥土的无私馈赠，才会真正眷恋泥土仁慈的母性。对泥土的敬重、报答、思念，是伴随村庄人一生的情结，在他们心中，泥土就是家乡，就是故园，就是老宅！

　　村里一位青年幼时丧父，是母亲含辛茹苦把他养大。他高中毕业后考取了北京大学，后又获得去美国留学的机会。在美国期间，他与一位金发碧眼的姑娘坠入爱河，后来便在美国成家立业，还拿到了绿卡。2012年，他的母亲在三间破旧的老宅中患病辞世。他从美国匆匆飞回，处理完后事，他围着老屋转了几圈，禁不住潸然泪下。他对村里人说："送走了母亲，我恐怕很难回来了。但不管怎么说，这里是我的家呀。"他在老屋的墙脚边挖了一小坛子泥土，然后带回美国。远在大洋彼岸的他，是免不了思念故土的。也许他会经常凝视那坛泥土，深情地表达对家乡的祝福；也许他会经常在那坛泥土前燃上一炷香，算是对父母的祭奠。但愿因这坛泥土的相伴，他能一生平安！

　　有人说，无论是农村人，还是城市人，进入老年以后，所做的梦都是关于村庄的。一个人不管走多远，都走不出村庄。村庄，那是我们的身体之根、生命之根、灵魂之根啊！

## 殷家庄传说

　　村庄不仅生长野草、鲜花和粮食,也会生长传说。如果你做一个有心人,就能从那一个个只有几百人、上千人的小村子听到一个个神奇的故事来。那些无可稽考的故事,正藏着村庄数十年乃至数百年不停的脉动。

　　譬如,我生活了20年的村庄——殷家庄。

　　这个位于江北周庄东北部的小村,最早有人落脚是在何时?一代又一代的老人都说,他们的祖上是明朝初年"洪武赶散"期间播迁于此的,先人们以为此地可以安身立命,名之为"乐业庄"。这些说法本是无法证实的。

　　但是,我能确定的是:殷家庄的地形宛若一条游龙。龙头在村庄的东头,向着太阳升起的地方。那是庄台的最高处,是一种昂起的姿态。过去的年岁里,水乡常常闹水灾,这里却从来没有被淹过,而且总是露出水面最多的。龙嘴里含着一个宝球,那是独立于河水中的一个圆形土墩。宝球上杂草丰茂,是飞鸟们的游乐场。龙眼是两口距离约莫百米的古井,里面的粼粼水波直溜溜地望着天空。"文革"期间两口井都不出水,再后来就被填埋了。西延的庄台婉转而又舒展、丰腴而又灵动,那就是龙身。龙尾在村庄的西头,一条长长的地块蜿蜒于九龙口大河里。

　　村庄里最久远的传说,几乎是和村庄同时产生的。

　　那时候,村庄还是一片凄凉地,杂草肆意地生长,鸟兽的出没编织着没完没了的荒芜。刚在这里定居的几户人家,或者是十几户人家,他们并不知道此生已入宝地,商议着在龙身地段开挖一条小河以便于农耕。他们举家出动,老老少少都到工地上去挖土、挑担。可是,他们遇到了很奇怪的现象:白天挖成的河,夜里竟然又长出土来。一连多日,情况都是如此。他们中的断文识字者大感惊骇:动锹的地方难道就是《山海经》里所说的息壤?他便叫大家收工回家,等请人堪舆过后再说。第二天,一位风水先生不请自来。他到开河的地方来回踱步,不住地捻捻胡须,脸上挂着神秘的微笑,最后出了个主意:民工夜间须将铁锹插在河里,还要把草鞋挂在锹柄上。说完,他飘然而去。纯朴的村民们果然听了他的话,收工后将一把把铁锹深深地插在新挖的河里。第二天一早,村民们发现:河里的泥土倒是没有长出来,但河里的水却是一片殷红。一位远道而来的风水先生站在小河边,仰天长叹:这里本是龙地,河里流的是龙血,你们伤了龙骨,破了龙脉啊!他告诉村民们:昨天来的人并不是什么风水先生,他是朱元璋的谋臣刘伯温!他给你们出这个坏主意,就是要破了这里的风水,他是怕这里日后再出贵人,会跟朱家争夺江山。

龙身已断,先民们心里悔意深深,不愿再称此地为"乐业庄",而是换了个寻常的名字"殷家庄"。幸运的是,殷家庄的贵气一直绵延不绝。每当更残灯灺的时候,整个大地都沉入黑暗之中,唯有殷家庄这块小小的地方,总是散发着微微的光亮。从远处看来,这里仿佛独享星月的照耀。一条出殡的木船正是为这种祥瑞之光所吸引,悄悄地朝殷家庄驶来。船上的棺材里躺着一位刚刚去世的财主,他的家人总想将他葬于龙凤之地。风水先生命人舣舟,把一根烧焦的杨树棒插在岸边。第二天一早,那根焦杨竟然冒出许多米粒大的嫩芽。他满心喜悦:"这里就是宝地!"丧家白天移船到草荡里,晚上便偷偷地把棺材抬上庄南的一处高田里。谁知道,棺材入圹后就来了一群野狗,那些畜生也不咬人,就是拼命地把填埋的泥土扒出来。快要天亮时,棺材还是无法入土。风水先生无奈

111

地摇摇头:"凡骨终究葬不了宝地,另寻他处吧。"木船离开时,风水先生一直注视着殷家庄,直到殷家庄从他的视线中消失,他才轻声说道:"罢罢罢,这里也只能出夜皇帝了。"

既无天荫,唯有抗争。殷家庄的许多青壮男子干起了昼伏夜出、飞檐走壁的营生,他们扛起了劫富济贫、替天行道的大旗。那些好汉撕碎了皇帝老儿确立的人间秩序,成为暗夜里的天下主宰。那时,殷家庄的好汉有多厉害?反正他们出门时总能遇上顺风,返程时风向又会变过来。他们的故事早已湮没在时间的河流里,但有一句歇后语却一直挂在村民们的嘴上:"殷家庄的好汉——请上。"可见,殷家庄的好汉是颇有江湖地位的。村民们还记得殷家庄的好汉的一句切口"起风了",说的是在打家劫舍时如果有人受伤,便喊一声"起风了",抬着伤员立即撤退。我还在兴化文化丛书《古镇述林》中见到这样的记载:殷家庄的"夜皇帝"石广秀曾驾船到十几里路以外的校家庄行抢,这一次他碰到的对手是成吉思汗的后裔校秀,校秀本是武举人出身,单手可举600斤石磙,千丈之外竟一箭射中船篷上的铃铛,石广秀的船既落不了篷,也靠不了岸,只能在河流当中打圈……不知现在庄上的数十位石姓村民可是石广秀的后人?

清末民初,那些贪夜奔突的好汉们全部收手了,他们慷慨解囊,在庄北建起一座尼姑庵。一天,一位独眼的女人投身庵中。她究竟来自何方?又为何遁入空门?庵里的老尼姑也曾多次问过她,她终究未能给说个分明。她沉默寡言,每天就是念经拜忏。直到几年后有人到庵里寻她,人们才得知她的大致情况:她的家乡在几十里路以外,本已嫁人,但因是独眼,屡遭夫家欺凌。她一咬牙断了尘根,便循着梵呗清音来到殷家庄……后来,庵里的老尼姑断断续续传出话来:年纪轻轻,怎能不怀春?夜深时分,她常常用香火烫手指啊!几十年过后,从未摸过针线的独眼老尼姑开始绣制一幅佛幔。她要在佛幔上绣上56尊佛像,以表自己的向佛之心。那一根铁针仿佛是长在她手上的，要怎么走针就怎么走针；那缕缕彩线仿佛是从她心里流出来，想怎么行线就怎么行线。她不仅白天绣，夜里也绣，绣呀绣呀，她熟练得连蜡烛、油灯都不要了。月光下，她想绣哪一尊佛，那尊佛就会站在她的面前，她便可以一边与佛对话一边飞针走线。佛幔绣好后的第二天，这位独眼的尼姑含笑示寂。这幅佛幔长可达两丈、高近一丈，一直张挂在尼姑庵的佛堂之上，上面的佛像面貌各异、栩栩如生，深情地注视着芸芸众生。

这幅佛幔后来竟流落他乡，庵里的最后一位尼姑多方央人求取而未果。在她赍恨逝去的几年后，庄上的几位善男信女竟然找回佛幔。其间的牵牵扯扯，也发酵成曲折离奇的故事。

日月其迈，这些传说已经渺然远去。殷家庄安然端坐于水乡一隅，一直吟唱着咿咿呀呀的乡间小调……

近年来，殷家庄加快了建设省级特色田园乡村的步伐。那个在河水的侵蚀下已经不见身影的宝球，被村民们建成一座水上凉亭；作为龙眼的两口古井的井栏也被清理出来，村民们有意淘出清水来；龙身的断裂处早已建成拱桥，桥的两岸栽满鲜花；九龙口大河的驳岸和栈桥工程即将完成，正建设游船公园……

家园的腾飞，不正是殷家庄百姓创造的最新传说？

## 圣洁的杨丽萍

有杨丽萍的舞蹈可看，是我们的幸运。

十多年前，在北京的舞台上看她的《雀之灵》；最近，又在泰州的剧院里看她的《云南的响声》。我不能不惊异于她的仙性，更惊异于她的诗意。永远的杨丽萍，她是上苍从久远的时光中派来的信使吗？

当红衣绿裤的身影飘然而至时，我顿时感受到一种在天地间孕育了千万年的光华。她的脚步轻盈得如履彩云，她的眼神澄澈得如山间清泉。那种清醇、高贵、超逸，竟让我不敢用美丽来形容她：带着红尘色彩的赞美，于她也许是亵渎。

她天生就是跳舞的精灵。云南那个白族村寨的每一寸土地、每一个角落，都是她翩跹的舞台。舞蹈是自然对她的滋养，是她与自然的对话。当天地的灵性融进了她的灵魂后，她成了孔雀，成了高山，成了春雨，成了太阳，成了河流，成了大树，成了宇宙中的一粒穿着红舞鞋的尘埃。踏着四时的节拍和万物的韵律，她从小村山水中的舞者跳成艺术殿堂里的舞神。她用舞蹈让我们听见了月亮的脉搏，猜透了蝴蝶的心事，摸到了小草的温度，看出了溪流的欢愉，多少人无可抗拒地沉溺，多少人因她而专注于自然的生息。

在不息的舞蹈中，杨丽萍离人更远，离神更近。

她近于不食人间烟火了。她吃得很少，是一个自觉的苦行者。她说她尊重身体的每个部分，就像尊重宇宙的每个部分一样。她的这种尊重，其实是源于对舞蹈的敬畏。她把自己的生命交付给舞蹈，面对世间的美食而不动欲念，只是为了让身体剔透如玉，只是为了让身体轻盈如羽。她喜欢静谧，静谧的她可以成为自然的一部分。她躲避着尘世的喧嚣，把自己的居所安置在渔家小岛上。当这个居所成为游客景点后，她又弃它而去。离凡间越远的地方，她的生命越能与舞蹈相约。在参观梵呗萦耳、香烟缭绕的西藏大昭寺时，当一缕阳光穿过屋顶投射在壁画上，杨丽萍觉得自己也融入了来自天庭的光亮，竟本能地随之舞动起来。

她的爱情亦如石上清泉般波澜不惊，未能激起太多的风景。面对许多仰慕、追求的男人，她常常心如止水。尽管她已走进了婚姻的殿堂，但她并不愿为生育而一时放弃舞蹈。她曾猛然拍着身边的椅子说："这椅子就是我的孩子！"在杨丽萍看来，世间万物都是她的孩子，包括太阳、月亮，包括蚂蚁、绿荫。她时时觉得："我肚子里怀着一朵花。"守着女儿身的杨丽萍偏偏把女人分娩的过程呈现于舞台，她向天的圆腹、扭动的身躯、舒张的四肢没有丝毫情色的意味，而是散发着美的光芒，让我们看到了女人的苦难、牺牲与伟大。心有大爱，才能摒弃欲望、私利、狭隘，去参悟爱情、婚姻、家庭的意义。

她膜拜自然、师法自然，她拒绝任何轻视自然法则的束缚。她要吮吸泥土的乳汁尽情生长，她要凭借长风的力量自由婆娑。在中央民族歌舞团，她不愿做那种写在教科书上的程式化弯腰、抬腿，她只按照自然的启示去造型，她只听从身体的呼唤去跳动。正当她的舞蹈在舞台上让世界惊讶的时候，她却毫不犹豫地办理了提前退休的手续。在远离京城几年后，她又带着她的乡亲和她的山水、她的草木、她的生活惊艳亮相，让《云南映象》霸占了人们的审美视线，让云南的响声萦绕于人们的耳际。在培养她年幼的外甥女的过程中，她不教舞蹈的动作，而是让她去观察花儿如何盛开，让她去观察雏鸟如何长大。她是自然之女，用自己的生命传递着自然的音讯。

舞蹈是她的语言，是她的表达，是她的倾诉。她最终也会因为身体的老去而离开舞台，但她依然是大自然的舞者，她会像她 80 岁的奶奶一样，一直跳到永远。永远的杨丽萍是一尊女神，在天地间矗立成圣洁的峰峦，她的圣洁不是因为她舞姿的曼妙，而是因为她精神的挺拔、灵魂的清雅、生命的自由。

# 第二辑

## 麻石街的记忆

如果说，大山是地球最古老的记忆，那么，麻石街就是唐庄最修远的记忆。

不是吗？一代代先人远去了，化作尘土；一段段恩怨消逝了，宛如烟云；一间间草房颓败了，瓦房四起；一片片荒滩变良田，五谷飘香……唯有麻石街依然静卧在唐庄的大地上，不喜不悲，不恭不倨，深沉得像一位威严的长者。

在水乡兴化，古村不少，但村里的麻石街并不多见，何不到唐庄走走？

仲春时节的唐庄，土地里已经传出畅快的呼吸，河水鲜活得如少女的眼波，一处处草木都披上碧绿新衣，一朵朵鲜花竞相绽放着美丽，鸟雀的欢鸣不时从角角落落传出。从庄东头西行数十步，便踏上麻石街。街心的石头一块块并排横铺，两侧则以竖立的条石锁边，每块麻石长65厘米，宽25厘米，厚6厘米。数着石板前行百米，便是一座横跨于夹沟之上的拱形单孔砖桥，这座桥始建于1911年，栏杆中央镶嵌的罗底砖上镌刻着"积善桥"三个字。下桥继续西行百余米，便是麻石街的尽头。在这条东西走向的麻石街上，向北延伸出两条60多米的脚，一只脚踏向金家巷，一只脚踏着安乐桥。麻石街就像一张东西摆放的长凳，表达着永世安稳的祈求。

走过麻石街，便可走进时光深处。

# 一

唐者，大也。

唐姓的远古始祖是帝王尧，他13岁被封于陶，15岁迁于唐，有陶唐氏之号。20岁称为天子后，他便以唐为国号。尧死后，他的继位者曾封自己的儿子丹朱为唐侯。

明代初年，在奉旨击散的官军面前，苏州城的唐姓大户登甲公泪别故园，渡江北迁。他带着一家老小，四处颠沛，日夜流离，终究未能选定一块落脚之地。有一天，他伫立在卤汀河之东、蚌蜒河之南的一片土地上，环顾四周，只见滩涂平展，水流悠悠，百草丰茂，野鸟翔集，便捻捻稀疏的胡须，幽幽地说道："此地甚好，可以为家。"唐登甲把一个宏大的愿景扎根于江北水乡，那片广袤的沼泽芦荡升起了轻盈的炊烟。此后的数百年间，来这里安家的流民络绎不绝，但是，唐姓之人总在半数以上。

唐登甲的第10世孙唐永达生于同治八年（1869），30多岁便成了唐庄首富。这位16岁就娶妻成家的乡绅，连生三女而无一子，后来又娶了一房太太，谁承想二房又是连生三女。他多方寻医问药，但一直未见梦熊之兆。他也曾收过一个义子，指望他支撑门庭，可这位义子终日寻衅滋事，成为唐庄人口中的"癞剥皮"。夜深人静时，唐永达常常陷入香火已断的自责与恐惧之中。万般无奈时，同胞弟弟唐永庆留下三个儿子赍恨而亡。作为伯父的他，望着三个年幼的侄子总不免泪眼蒙眬：他们也是唐家的血脉啊，何不寄之以香火鼎盛的希望？

1917年的一天，唐永达到十几里路以外的穆家堡看望表弟董宝生。董宝生也是当地的大户，当时正忙于铺修庄上的麻石街。酒桌上，表弟说：穆家堡的麻石街先人已经铺了50多年，现在庄子大了，人也多了，他要出资重铺麻石街，该修补的修补，该延伸的延伸，让庄上人走上城里的路。他不图今生积余多少钱，只图死后留个好名声。唐永达仰头喝下一杯酒，朗声说道："我也正有此意啊！此生无子，已成定局。我只有多做修桥铺路的善事，修得来世的有子之福。"董宝生端着酒杯，神色凝重："积善积德，本也是光宗耀祖的大事。"唐永达突然挺直身子，与董宝生重重地碰了一下酒杯："我弟弟留下一子唐云，已过周岁，我看这孩子一脸聪慧，甚是喜欢。表奶奶身怀六甲，不日就要生养，如若生下女孩，可否愿意许配唐云侄儿为妻？"董宝生一口干掉杯中酒，爽快地说："我同意这门娃娃亲，但有个要求：你必须在唐庄铺一条麻石街，将来我家三小姐要踏着麻石街进你唐家的门。"唐永达站起身来，把一杯酒倒进嘴里："我视唐云为亲生，董三小姐就是我儿媳。我保证，不让儿媳的绣花鞋沾上唐庄的泥。我唐永达不铺成麻石街，绝不来迎娶三小姐！"

　　小老婆陆喜子是个守财奴，直骂唐永达是傻瓜，但唐永达"行善修子"心如石，很快就打发购石船驶往苏南。购石人踏着山歌寻石头，哪里歌声响就往哪里跑，他们去无锡，到吴江，进常熟，最后在湖州购得满意的麻石2110块。荒坯从卤汀河运到庄上后，唐永达又从四邻八乡招来石匠，这些石匠"叮叮当当"敲打了几十天，终于洗成有棱有角的条石。铺路时，全庄男女老幼都使上了劲，挖土的挖土，抬石的抬石，送茶的送茶，递烟的递烟……1918年8月，一条平平整整的麻石街从庄心穿过，如一声长长的惊叹，亦如一曲悠悠的吟唱。在欢乐的鞭炮声中，董宝生带来喜讯：他的老婆平旦时分产下一女，三小姐名唤启明。董宝生说："麻石街牵线，唐董两家结了亲。穆家堡铺路还剩下些麻石，唐庄铺路也余了些麻石，两地的石头加在一起，还能做些事情。"后来，唐永达用两地铺路剩余的麻石绕着唐庄建了九个水码头。

　　1933年，唐云17岁，董启明16岁，唐董两家为一对新人择定吉日。一夜春雨后，麻石街上纤尘不沾，宛若抹过梳头油，清亮如镜。唐永达早早起床，在麻石街上走了两个来回，他抬脚看看，鞋子的百页底还是白的。他抿嘴一笑，向接亲的水码头投去得意的一望。唢呐声中，八抬大轿把董三小姐抬上麻石街。她顶着红盖头，在福奶奶的搀扶下缓缓下轿。她踏石微步，施施而行，红色的绣花鞋如鲜花惹风，轻摆于林间枝头。那时，清纯如水的她并不能说清楚：是一条麻石街成就了一场婚姻，还是一场婚姻成就了一条麻石街？但是，她能感觉到，每往前跨一步，心中就会多出一分踏实。

一队护院的家丁沿街而立，他们对天鸣枪，清脆的声响在唐庄的上空激荡，那是祝福新人的礼炮。

## 二

朝天麻石街，见证了多少爱恨情仇？

唐云和董启明婚后第二年生下大女儿大兰，三年后又生下小女儿小兰。以后几年里，董启明的肚子一直没有动静。

唐云的心头，还有比香火将断更大的忧愁。

1940年，日本鬼子的炮楼筑到蚌蜒河北岸的老阁。这时的唐云正值身强力壮，又是玩枪的高手。为了防止鬼子和"二皇"扫荡，方圆百里成立了联庄会，唐云任唐庄联庄会长。唐云还和卢成章以抗日的名义拉起一支独立营，卢成章任团长，唐云任参谋长。独立营是杂牌军，而且脚踩两只船，卢成章投靠的是独立团团长刘大辉，唐云投靠的是东台韩德勤的部队。吃双饷的独立营究竟该为谁卖命？卢唐二人的嫌隙日渐加深。后来，东台的韩军司令部纷传唐云和刘大辉私下勾结，便命唐云率部前往，唐云则找出种种理由拖延行动。

1943年年底，北风如嚎。一种不祥的预感不时从唐云心头泛起，他在入庄口和庄中心都增设了岗哨。唐云白天生活在自家大院里，晚上便悄悄避到庄东头的草屋里过夜。阴历十一月十七天黑不久，唐云依稀听到一阵脚步声。他赶忙吹灭油灯，蹑脚出门，翻身越过院墙，蹲在夹墙边。陪夜的妹夫也跟在后面翻越院墙，他在慌乱中碰落瓦片，那破碎之声毫无顾忌地划过夜幕，引起一声喊叫："冲过去，别让他跑掉！"凭着唐云的上好水性，他完全可以纵身跳入草屋旁的大河里，一个猛子扎下去，一直潜到河的对岸。但他的脚步突然变得迟缓起来，那是因为他陷入深深担忧之中，为娇美的妻子，为年幼的女儿——没有他的保护，她们能否躲过劫难？唐云只跨出20来米，就中弹身亡，他的身躯旁边，月色殷红。

究竟是哪路人马取了唐云的性命？谁也说不清。1996年，79岁的董启明在弥留之际告诉女儿们：我的娘家侄子董政在共产党队伍的文工团里，他曾给你们的爸爸来过一封信，说是有六条船要从唐庄卤汀河入口，进老阁穿蚌蜒河向东，要求你们爸爸手下的联庄会和独立营放行。后来东边打了一仗，新四军吃掉日军一个连、伪军一个排。一下子冒出那么多的新四军，他们是从哪里来的？日伪军追查好久，就怀疑到你们爸爸的身上了。你们爸爸的真实身份究竟是什么，我也不知道，但我能肯定的是，他没有做过汉奸的事。此中秘辛，谁能说得分明？

25岁的董启明一夜之间成了寡妇。唐永达的女婿、东台第八区的区长周锦拍着胸口说："等我查出个眉目来，我也要拉几个来陪葬！"董启明连忙制止他：杀来杀去何时了？如果杀错了人，唐庄就更不得安宁了！烧过"六七"，董启明向唐永达提了个要求：我不想卷进唐庄的是非恩怨了，我要带孩子们去泰州念书。

她身边的孩子已不仅是大兰和小兰，还有一个长于姐妹俩的干儿子小五。这小五姓李名长天，是唐云家女佣的第五个儿子。李长天常随妈妈来唐家，嘴甜手脚勤。大兰小兰和他处得融洽，"哥哥"绕在嘴上喊。大兰小兰上私塾，李长天也跟着去读诗文。征得唐永达同意，唐云和董启明收李长天做了干儿子。

麻石街上，董启明挪动沉重的脚步，一双白布鞋如灌满沙子，一步三回头。她的身后，李长天拉着两个妹妹，他们满心悲苦，只能低头饮泣……

进了泰州城的李长天已到了读中学的年龄。但他只念了几年私塾，对数学是一窍不通。董启明决定送他到五巷双科学校补数学，让他参加中学的招生考试。李长天懂得体谅干妈，表示不想上中学了。董启明瞪着眼睛批评他："一个人不读书，哪来出息！大人的困难，你们不要管！钱不够，卖房；再不够，就卖地！"不久，李长天就考进了中学。

乱云飞渡，时局板荡。唐庄与泰州城连着一条卤汀河，两地之间常有人员往来。董启明一见到唐庄人，心里就涌起一阵忧愁。她越来越觉得，泰州已不是安全之地。她一咬牙，带着自己的妹妹和三个孩子踏上逃亡之路。一行人渡江南下，先在无锡落脚。妹妹提出，到乡下找个偏僻的地方住下。董启明不同意，他说：乡下闭塞，消息不灵通。董启明到无锡街上转了转，终于租了三间小房子，她有一句话没有跟妹妹讲，她看中的是房子的旁边有个邮局。

安顿下来后，董启明偷偷给娘家侄子董政写了一封信，意思是李长天已经16岁了，希望董政能把他带到共产党的部队去。董启明把信送到邮局后，就天天盼着回音。10天过去了，半个月过去了，一个月过去了，仍然没有等到鸿雁来。莫不是董政没有收到信？莫不是董政不认这个亲姑妈？一天，一位陌生的姑娘找上门。她不是来送信的，而是来接人的。姑娘说："董副团长说，兵荒马乱，回信也不保险，叫姑妈带人去上海更有危险。他命我亲自跑一趟，接李长天弟弟去部队。"

送走李长天，董启明踏上逃亡杭州的旅程。但大兰却不愿意与她同行，她要回老家继续念书。董启明皱了皱眉头，小声说了一句："随你吧。"她知道女儿的心思，长长地叹了一口气。

却说李长天在解放军部队文工团，一直打过长江。中华人民共和国成立之初，他又参加了抗美援朝。在朝鲜战场上，他立功提干，回国后便转业回乡，当上了竹泓乡的文卫科长。

那时的大兰正好在竹泓中学读初中，李长天让大兰住到自己父母的家中，包下她的生活，还替她交了学费。不久之后，一纸调令把李长天调到扬州行署水利局，大兰以为他高升了，其实她的干哥哥已经没有任何职务。李长天一直不明白：是因为他的严厉作风得罪了人，还是他关心"黑五类"女儿犯了错？但是他对大兰的资助并没有中断，他放不下这个干妹妹。

大兰初中毕业后没有去杭州，而是到唐庄北边的蒋庄当了一名代课教师。她嘴上不说心里明白，她真的离不开干哥哥了。李长天在她的心中，已经不是一个哥哥，而是一种依靠，一种思念。朝也相思暮也相思，钟情的少女无处诉。代课教师当了没几天，她却因成分问题被开除了。李长天从扬州赶回家中，诉说着自己的无奈与痛苦。两个人相顾无言，唯有声声叹。

董启明给大兰来信了：如果李长天背上你的关系，他将公职难保。你必须离开他，那是你爱他的唯一选择！大兰抹去眼泪，决绝地转过身去，背对唐庄，背对干哥哥。她头也不回，一直走到安徽广德。情缘已断，往日只当一场梦。

干妈和干妹妹都已远走他乡，但李长天怎敢忘记她们的恩和情？大集体时期，李长天曾任兴化磷肥厂厂长，只要是唐庄人找到他，他总能批个十吨八吨的计划。改革开放后，李长天与干妈一家取得了联系，得知干妈生病的消息，他立即汇去五百块钱。1996年干妈去世前，他带着孙子赶赴杭州，不仅尽了服侍之责，而且帮助处理了后事。

## 三

街道和商贸，是一对孪生兄弟。

一条麻石街，让世代农耕的唐庄成为名扬江都、高邮、兴化的商贸繁华之地。鼎盛时期，麻石街两边开办的各种作坊、商铺、茶馆、浴室、肉案、赌场等多达数十家。

"卢万盛"百货店是麻石街上第一店。这家老字号经营时间始于1923年，位于积善桥北侧，与安乐桥相通，是唐庄门面最多、规模最大、货物最全的百货商店。万盛百货有青砖小瓦房前后两栋，大小16间：前栋10间，大4间为店堂，小6间为住房；后栋6间，3间作磨房，3间作库房。"卢万盛"店招高悬于店堂中央，店内的货物品种繁多。

店主卢宝珊本是邻近高里庄人，15岁入赘于唐庄卢家。卢家原来是靠小食品营生，也就是打烧饼、炸馓子、贴桃酥饼、炕金刚脐，生意越做越火，店面越扩越大。卢宝珊便把生意延伸到布匹鞋袜、桐油麻丝、洋钉洋火、刀锅铲勺、大米麦面、油盐酱醋等方面，农村人需要什么就卖什么。有时候缺本钱，卢宝珊又动起了借钱生钱的脑筋，但他上月借钱下月还，信用叮当响。庄上的那些有钱人，总愿意为卢宝珊的生意添把柴。卢宝珊还发行了"卢万盛"流通券和流通签，一券一签当钱使，流遍冯唐乡，流到泰州城，卢家的百货店不仅募得了经营资金，更打通了经营的脉络，生意活络得就像卤汀河的水。

麻石街的店铺旺发了，唐庄的商机也就多了。1929年，乡绅唐访贤把自家的两进6间房改成澡堂。澡堂取名"清泉"，招牌由庄上的私塾先生书写。

清泉澡堂在唐庄的西北角。一间是供水房，就是在一口大灶上支了一口大铁锅；一间是更衣室，倚墙的木台上由浴客放衣服；脱光衣服的浴客沿着草垫子走过3米，掀开布帘便进了浴池；长方形的浴池用大方块罗底砖砌成，四边均可坐人。洗浴后，那些有钱的浴客倘有闲暇，便可踱进休息室里，往椅子上一躺，或喝茶聊天，或叫人捶背修脚，或哼几段小曲。

唐访贤有个绰号为"唐一棒"，因为他的浴室出奇招：向女人开放，一棒打出个新花样。那年月，浴室本不多，敢接女客的浴室更少，乡村浴室向女人开放还不是稀奇事？唐庄有个大户的女人爱打扮，想到清泉浴室来洗澡。唐访贤开始也就是试一试，谢了男客留女客。试过两回，唐访贤有些心疼：满池的热水只洗了几个人，真是浪费。如果这一天就向女人开放浴室，不是可以多赚几个钱？唐访贤刚刚放出话来，庄上开明的女眷纷纷走进清泉浴室。消息一传开，方圆百里的富家女也常到唐庄来洗澡。那些刚刚出浴的女人带着满面红晕，难掩一身的风情，从麻石街上招摇而过，走出一道绚丽的风景。一时间，卤汀河两岸传出顺口溜：清泉澡堂真大胆，女人包汤男人看。

1937年，唐庄西头的碾米坊里响起了蒸汽机的轰鸣声。碾米用上洋机器本是稀罕事，更稀罕的是碾米坊的创办人竟是个年轻的女子。这女子姓王，娘家王梅庄，她18岁嫁到唐庄来，当的是唐家的儿媳妇。新娘子腿长个子高，庄上人喊她"高脚子"。婚后两年，"高脚子"也未能生出一儿半女来。一天夜里，她的丈夫竟暴病而亡。

"高脚子"一直守在唐家，从未表示过再醮的意思。这个花季女人倒不是窝在家里流眼泪，而是不改爱唱爱说的本性，她天天往外跑，交结三教九流做朋友。也有人搬弄她的闲话，她从不往心里放。有一天，她竟做出了一个决定：买一台机器开碾米坊。唐家有的是钱，独苗儿子又不在了，现在留在门上的媳妇要做事，公婆怎能打坝头？"高脚子"花一百担稻子买地建厂房，又花一百八十担稻子买来一台二手机器。这台机器是独轮机，庄上人称之"独角兽"。"高脚子"从东台招来机工安装调试，又在本庄找了两个人站米斗。独轮飞转，唐家的小寡妇成了唐庄的女老板。

……

　　我当然不会止步于麻石街，还要继续往西走，不管是水泥路，还是青砖路。一步一步出庄西，我便看见一片千余亩的天然湿地，满眼是水波粼粼，芦苇摇曳。湿地的周边原本是一条两米多宽的圩堤，圩堤两边绿树挺立。去年，圩堤上已经用五色石子铺成一条软面大道，因为道长正好是520米，故而被命名为"520步道"。久居唐庄的主人，还有新来唐庄的游客，都可以在大道上留下一串款款脚印，或者在树荫下藏一段绵绵私语。这是一条通向外面世界的大道，也是一条通向人们心灵的大道，还是一条通向未来岁月的大道。

　　这条时尚的大道与古老的小街相连接，这就让麻石街与我们的生命有了相反的走向。日月如新，麻石街的记忆怎会老去？

# 红色东浒垛

东浒垛是兴化市周庄镇的一个自然村庄,位于渭水河东岸。我很小的时候就知道了这个村庄,总以为它跟"李家庄""王家舍""陈家堡"是有些不同的。我当然无法知道这个村庄形成于何时,但我固执地以为给它取下这个名字的该是一位丰神俊朗、满腹诗书的先生。浒者,水边也,有人在河东择高地而居,乃是村庄的开端吧?《诗经》中有"绵绵葛藟,在河之浒"的诗句,诉说的是流浪之苦,在那里落脚的祖先,不正是四处颠沛的流民?一部《水浒》的背景就在水边,说的是一百零八将梁山聚义的故事,一个水边的村庄也是必有抗争的,那里出过多少好汉?

## 一

20多年前,我终于走进了那个充盈着水韵、诗意和豪气的村庄。那时,我接受了编写全镇革命斗争故事的任务。这项活动的发起人是原江苏省委宣传部部长、原江苏省人大常委会副主任戴为然,而年轻的戴为然正是经常到东浒垛播撒革命火种的人。当我去南京拜望这位精神矍铄的老人时,他说:"东浒垛是抗日战争时期我党在兴化农村第一个支部的诞生地,那里是一座富矿。"

我幸运地走进了一段红色的历史。

我于是听到一个响亮的名字:盛坚夫!他原名占福,1907年生于东浒垛。1928年，盛坚夫走进了南京晓庄师范。他受到学校里地下党组织的影响，经常参加进步活动。晓庄师范被蒋介石查封以后，他便跟随陶行知到了上海。1932年"一·二八事变"后，他在江湾举办工学团，一面课书教学，一面宣传抗日，同时加入上海救国总会等进步组织，创办《江北同乡会会刊》。

1937年"八·一三事变"后，盛坚夫回到家乡。在那个偏僻的村庄里，他多次接待从泰州城坐船而来的戴为然等进步青年。盛坚夫与他们商量后，以打鬼子、保家乡的名义成立了民众自卫队。自卫队起初只有十几个人，后来发展到了四十多人。盛坚夫先跟泰州城警察局借了十几支毛瑟枪，又跟地方的开明士绅借了几十支枪。

1938年秋天，泰县文化界抗战工作团在泰州城成立。盛坚夫担任理事，负责里下河地区的宣传工作。初冬，盛坚夫在东浒垛成立冬防讲习会，对百余青年进行抗日战争形势教育，还进行基本的军事训练。

1939年春节前，戴为然、盛坚夫等6人，在泰州城荻柴巷一个隐蔽的小厢房里，宣誓加入中国共产党。同时，中共泰县县委宣告成立。盛坚夫任工委委员、军事部长，便着手以东浒垛为中心正式建立武装青年抗日大队。苏鲁皖边区游击总指挥部为了扩充实力，给了他们一个特务连的番号。县委书记俞铭璜任指导员，盛坚夫任连长。这支队伍不仅有东浒垛及邻村的青年，还有泰州城的青年，人数最多时有一百以上。特务连领的是苏鲁皖边区游击总指挥部的军服和军需，但是为他们进行政治教育和军事训练的都是新四军的干部。特务连经常在周庄、宁乡、边城、茅山一带活动，游行宣讲、站岗放哨，其影响南至泰州城北的港口，北至蚌蜒河一带的穆家堡、沈伦，东至时堰、溱潼，西至卤汀河西的樊川、小纪。

在宣传抗日、保卫家乡、抗捐抗丁、打盐侉子等斗争中，特务连里的汤铭、盛秋收、盛秋实表现突出，盛坚夫秘密发展他们入了党。那时，苏鲁皖边区游击总指挥部的一支队就驻在东浒垛,党员的身份不能暴露,党员的活动只能悄悄进行。几位党员就利用群众拜把子的习俗,建立了四个兄弟会、两个姐妹会。谁家有红白喜事,谁家遇到生活困难,几位党员借助兄弟会、姐妹会的身份,总要出手帮忙。他们如遮风挡雨的大树,赢得了贫苦群众无限信赖的目光。

这年秋天,中共泰县县委决定,在国民党杂牌军割据的里下河地区建立党支部,地点选定东浒垛。那天晚上,盛坚夫带着汤铭和盛秋实悄悄走进自己的家中。这座位于庄中心的普通民宅三间一天井一龙梢,前后均有遮挡。油灯如豆,人心如炽。盛坚夫以党支部书记的身份,宣布东浒垛党支部正式成立,并任命汤铭为组织委员,盛秋实为宣传委员。他带领大家重新学习入党誓词,布置了今后一段时间的工作。这座民房,从此便深深嵌进抗日战争和解放战争波澜壮阔的历史之中。

在东浒垛的带动下,邻近的十几个村庄也建立青年抗日大队。盛坚夫受邀前去点编、讲话,带着一个班的人,打着鼓吹着号,从水路进发。苏鲁皖边区游击总指挥部副总指挥李长江因盛坚夫拒绝其收编进城,派泰县自卫总队在岸上袭击他们。盛坚夫不幸落入顽军的手中,被关押起来。李长江气势汹汹,发狠要枪毙盛坚夫。泰县县委的领导立即开展营救工作,连陈毅司令员也过问此事。李长江在多方压力下,只好把关了3个月的盛坚夫放了出来。

盛坚夫出狱后,改名换姓从事里下河地区的地下党工作。这年冬天,兴化、泰县、东台边区工委成立,盛坚夫任工委书记。此后,他的活动范围不断扩大,在里下河地区发展了百十来名党员,建立了十几个支部。到1944年10月,抗日战争胜利在望,东浒垛党支部的党员已发展到22人,是兴泰东三角地区党员最多的农村基层党支部。

## 二

《边城星火》终于成书，戴老甚为高兴。对戴老来说，东浒垛已深深刻在他生命的记忆里，他不愿忘怀，也不能忘怀。多少次梦中曾回东浒垛？多少次与他人说起东浒垛？青春留故土，暌隔50年！1998年的秋天，我陪同戴老踏上了重返东浒垛的旅程。

船近东浒垛，我告诉他："快到了！"他摘下老花镜，朝那个他曾经熟悉的村庄望去。蓝天依旧，绿水依旧，村庄的模样变了，他如何寻得见那年那月的影子？他看到的是一幢幢俨然的瓦房，看到的是一座座飞虹似的大桥，看到的是一个个穿戴鲜亮的行人……他脸上露出笑容，感慨地说道："东浒人过上好日子啦。"我向他报告："东浒垛是远近闻名的富裕村，有许多专业大户呢。"弃船登岸后，戴老也不要人带路，他边走边看，径直踏上了中心街。走到盛坚夫的旧居前，他突然停下脚步。这座低矮的瓦房显然是空关已久，长期无人打理，砖墙变形而剥蚀，门框破裂而暗黑。戴老注视良久，一脸凝重："这就是抗日战争时期兴化农村第一个秘密党支部成立的地方。那时候，我是经常到这里来的。"

戴老的思绪仿佛回到了那个戎马倥偬的年代，尘封许久的记忆被打开：东浒垛的百姓觉悟高，他们其实知道谁是共产党，也知道常有外地人进进出出，就是没人去向顽军告密。泰县县委的领导就经常到东浒垛落脚，也经常在这里布置战斗任务。戴老在泰县县委是负责宣传的，就经常到东浒垛宣传共产党的精神，许多青年人都来听他的课，还有人给他送来吃的。东浒垛南边仓场的王向明由盛坚夫介绍入党后，就隐藏在北细沟的草舍里，表面上是帮人家放牛，暗地里是在搜集情报。中共泰州地委的领导储江也曾经到东浒垛联系工作，一进村就遇到李长江部下的盘问，当时负责接应的是保长盛粥臣，这个同志实际上是个地下党，他说储江是自己请来喝酒的，才使储江顺利通过了岗哨。

说到这里，戴老笑了笑："新四军打败了顽军后，东浒垛第一次获得解放。东浒垛的人民真是高兴，热闹了好几天。300多户人家，给新四军将士做了800多双鞋子。"

戴老清楚地记得：抗日战争胜利后，东浒垛的党支部依然十分活跃，人数也在不断增加，我党的部队经常驻扎在这里。

离开盛坚夫的故居，戴老站在一条狭小的巷口，他朝四周看看，一脸喜悦："这些房子都比盛坚夫家的好啊，看来东浒垛的百姓真的有钱了。"沉默片刻，他向我问道："知道1947年秋天的那场大火吗？"我说："知道。"

那时，共产党的江都独立团在官河西歼灭国民党部队的一个营，打死打伤敌人近300名，缴获了大量的武器弹药。江都独立团转移到东浒垛后，溱潼独立团一部也来到这里，两支队伍为庆祝胜利，在贾家滩搭台演出《白毛女》。演出期间，江都独立团的侦察员报告消息：东浒垛周边的敌人正在形成包围圈，企图偷袭共产党的队伍。两支部队连夜把搭建舞台的物件送还给百姓后，立即转移走了。东浒垛党支部的盛学成带领村里的游击武装，分头组织群众向周围的田野疏散。

第二天早上，从沈伦、周庄、港口等地扑来1000多人的国民党。他们扑了个空，气急败坏，见物就抢，见人就开枪。最后，就在村子里四处放火。有一处瓦房曾经摆放过共产党的弹药，他们唯恐烧不掉，就把稻草塞进堂屋、房间，还浇上汽油。东浒垛成为一片火海，熊熊大火映红了整个天空。

这场大火共烧掉民房103间，未被抢走的2000多担稻谷化为灰烬。

戴老感慨道："东浒垛百姓作出的牺牲太大了！"

在镇领导的提议下，一行人往汤铭的家中走去。对东浒垛这位最早的共产党员，戴老一直视为战友，半个世纪来，心中从未忘记。这几年间，他每每向我问起汤铭的身体和生活。他还多次提醒我，一定要写写汤铭的妻子陈根宝、盛学成的妻子李玲扣。

　　国民党反动势力不仅残害东浒垛的共产党员,还把他们的家属作为抓捕的对象。在汤铭、盛学成等人转移后,反动乡政府的自卫队闯进东浒垛,一下子抓捕了13名新四军及共产党员家属,其中就有陈根宝和李玲扣等12名女性。当时,李玲扣就要临产,敌人只好放她回来,孩子生下3天后就夭折了。产后第五天,敌人又把李玲扣绑走了,连同其他12人,一起押往港口。13人挤在一条敞口小船上,个个冻得瑟瑟发抖。到港口后,他们又被关在一座四面通风的破庙里。敌人也不给他们饭食,只允许他们上街乞讨。敌人反复审问他们,就是要他们说出新四军和共产党员的下落。无论敌人给他们灌辣椒水,还是给他们上老虎凳,他们始终没有一个人屈服,没有吐露一点亲人的消息。直到溱潼独立团打了回来,被关押四个多月的他们才又重见天日。

　　说话间,我们来到汤铭的家中。其时,汤铭身染重病,他躺在椅子上,几次欲起身而不能。戴老走到他身边,俯下身子抓住他的手:"兄弟,你要好好保重啊!"戴老情意殷殷,汤铭泪水盈眶。

## 三

　　2015年9月,泰州市副市长王学锋到东浒垛考察时,认为盛坚夫的故居是一座有纪念意义的建筑物,要求加以修葺。她说,要把东浒垛建成红色文化教育基地,让红色历史永远流传下去。她还拨款10万元,作为修葺工作的启动资金。

　　村党支部非常重视这项工作,迅速成立了由4名退休镇领导、教师和村干部组成的专门班子。4个人明确表示:我们不要一分钱报酬。

　　他们请来建筑队伍,开始对盛坚夫的旧居进行维修、加固、刷新。

　　他们分赴南京、扬州、兰州等十几个城市,寻访革命先辈的后人。

他们多次去盐城、金坛等纪念馆参观，学习展示红色历史的经验。

他们请媒体人帮助整理纪念馆的文字材料，帮助拍摄专题片。

……

辛劳的奔波中，那些让他们心生感动和敬畏的人和事，总让他们如经受洗礼，永远不敢懈怠。

盛坚夫的后人在其遗物中，竟然发现盛坚夫在东浒垛宣传抗日的新闻图片，摄影者是一位战地记者，刊发在当时共产党的报纸上。

汤铭的孙子连夜整理出爷爷的回忆录，交给纪念馆。

盛秋收、刘通元、刘广义的后人捐出先辈的手表、钢笔、帽子；盛坚夫的后人给纪念馆赠送书法作品；一位先辈的后人匿名向纪念馆捐出10万元。

他们曾有一个大胆的设想：一定要让早期的22名共产党员的形象展示在世人的面前。但是，他们碰到了一个无法解决的问题——因为早已牺牲，其中有7人并无照片存世。他们根据其他纪念馆的经验，请人画像。他们向一位画像专家提供两张烈士亲人的照片，由画像专家画出人物的草图，再请熟悉烈士的人提出修改意见，最后由画像师定稿。

2016年6月，兴化市抗日战争时期第一个农村党支部纪念馆对外开放，成为党员教育基地，成为青少年教育基地。

2019年6月初，我再访东浒垛。

别后经年，我是专为瞻仰那座浸染了先烈们鲜血的纪念馆而去。步入小巷，我驻足凝望。盛坚夫的旧居已经告别颓败，展现出全新而悠久的意蕴：青砖山墙笔直挺立，白色的勾缝显得严密有序；屋面上黑色的鱼鳞瓦紧凑齐整，如一轮轮微波。进得院门，便有肃然之感。我看见了三个人围坐在方桌前的塑像，那是党支部成立时的情景；我看见一件件先辈的遗物，那上面仿佛还散发着他们的体温；我看见了一个个血与火的故事，那里面鲜活着多少英灵！在东浒垯22名早期共产党员的照片和画像面前，我的眼睛不禁模糊，那些英气逼人的青春面容，仿佛突然生动起来。

他们个个目光如炬，不也正注视着这个别样的世界吗？

# 文昌胡官庄

## 一、百年薪火

　　胡官这个庄名在水乡大地上的出现，是缘于盐民起义首领张士诚的点化。

　　江苏人民出版社出版的《兴化古村》载：元末至正十六年（1356），张士诚在从白驹盐场的南进途中，屯兵于距泰州城五六十里路的村落间，那里真是一片水草丰茂之地啊。起义队伍即将挺进泰州时，张士诚自是得意在胸：好吧，围筑土城的地方就取名"边城"，养马的地方就叫"腾马"，喝酒庆功的地方就是"摆宴垛"，有好汉来投奔的十三个村庄都叫"官庄"吧。十三官庄至今仍有木匾、乐曲、坟茔等各类遗存，都可佐证这一段史实。

　　那位胡姓先人早已化为一抔黄土，但他的姓氏一直被冠于一个小庄之前。

　　岁月其徂，转眼就是数百年。胡官庄闭塞依然，贫穷依然，农人们睁着一双双黯淡无光的眼睛，根本无法寻见一丝生活的彩虹。媒体上的一段口述历史，引出了一位姓章名印仁的先生，说的是清代道光年间，章先生从卤汀河西涉水来到小村，他竟结草为庐，就此住了下来。这位章印仁先生并没有留下片言只字的印迹，但胡官人一直以口口相传的方式坚定地保存着一个外乡人的鲜活形象：仙风道骨，举止儒雅，学识渊博，谈吐不凡。

从此，胡官庄有了一位倾心传道的先生。他头戴道冠，身着儒袍，足蹬释履，将儒释道的装扮集于一身。他用通俗的语言告诉那些粗鄙的人们，儒释道本不是互相排斥的，三教恰是一棵繁茂的大树，道如根、儒如茎、佛如叶花，习得其中的良善、仁爱、向上等思想，便可以成为"儒表、佛心、道骨"之人。他的身边聚集了大批信徒，方圆数十里均有人慕名而来。

他在草庐的四周栽满药草，经常为百姓免费看病。村民王洪富身患重病，求医无门，在章先生的悉心医治下，终于断了病根。王家心怀感激，捐出庄前五亩良田作为酬谢。那块田地北连座座农舍，南有潺潺清流。章先生在田地间踟蹰多日，说："就在这里建一座文昌宫吧。"附近的自隐禅寺和复兴禅院给予他鼎力资助，胡官庄的村民也纷纷捐款捐物，咸丰二年（1852），一座正殿三间、偏殿三间的文昌宫终于落成。文昌宫坐北朝南，掌管人间读书和文上功名，倘若能教化一代代胡官子弟，功莫大焉。章先生拈须微笑，喊出一声："妙哉！"

第二年春天，章先生在文昌宫东首栽下一棵香樟和五棵冬青。他是在描绘斯文长青的理想，还是在表达百年树人的愿景？村民们知道的是，章先生在文昌宫设馆办学了。在文昌帝君的注视下，他把一个个农家子弟招到自己的面前，无论贫富，无分贵贱。他从来不收学费，只要学生家里轮流代伙，又不讲究吃喝，随粥便饭也当作美味。每年春节，他都要指定一名学子为文昌宫撰写一副对联，他已记不清大红对联换过多少次了，但最喜欢一个孤儿写下的两句："积谷千斤不如识字一斗，明眼一双方可阅世千年。"90岁生日的那天下午，讲完课后，他在蒲团上盘膝休息，竟安然离世。入殓之时，先生面色红润，躯体柔软，但身轻若一袭空衣。村民们大为惊奇：这样的好人，该是升天了！送别章先生后，一个传说悄然流播：这位章先生原本姓张，是张士诚的后人，为了躲避朱明王朝的追杀，只得隐姓埋名。他来到十三官庄布道、义诊、讲学，也就是为了报答那里的百姓……

先生已逝，但文昌宫还在，薪火灼灼，书声琅琅。五代塾师相继舌耕于此，直至中华人民共和国成立之初。让我们记下他们的名字，以示怀想：朱永龙、陈怀寿、黄鹤凤、朱如康、卞文光。走进文昌宫，胡官庄的农家子弟学会了"赵钱孙李，周吴郑王"的写法，悟出了"天地玄黄，宇宙洪荒"的奥秘，思考了"人之初，性本善"的道理，更看清了人世间的真假、善恶、美丑。

在风云激荡的现代历史中，一个个文昌宫学子走上报国救民的人间正道。时至今日，胡官人还在讲述他们的故事：周金堂，生于1901年，在文昌宫读过4年私塾，1941年参加革命队伍，是里下河地区早期的共产党员，1946年秋，被还乡团杀害于本村的场头；陈元旺，生于1915年，在文昌宫求学4年，1945年加入中国共产党，参加渡江战役后，曾任丹阳县委书记，其后又援藏19年；朱春锦，生于1927年，全面抗日战争爆发后，正在文昌宫读书，解放战争初期，加入中国共产党，1947年10月22日，被国民党杀害……

## 二、教育之村

章先生的阴骘未断，文昌帝君的护佑尚存，一代代胡官人以自己的命运反复昭示着一个朴素的道理：人不能没有文化。在时光无情的流逝中，崇文重教的基因却深深地沉淀在这个小村庄的每一寸土壤里。

20世纪50年代初，胡官人开始在文昌宫的周围新建学校，他们捐出自家准备建房的木头、竹料，他们忙完农活就赶往工地帮工，他们抱着铺盖到香樟树下守夜，他们端出家里的饭菜给瓦匠木工加餐。这所学校尽管只有一个教师，只招了十几名学生，但胡官人还是欣喜万分，毕竟这是中华人民共和国的第一批村级初小啊。1955年，胡官庄办起了高小。那时候，为了解决学校教学经费和学生学习费用的困难，学生们经常利用课余时间捡鸡粪、拾破烂、搓草绳、打草包、出鱼塘，千方百计增加收入。老师们购置了理发工具，免费为学生理发。学校还组织学生垦荒十余亩，让许许多多的学生免受断粮之苦。

20世纪60年代，胡官学校已发展成四个小学班、两个耕读班、一个农中班。农中班只有一名教师，无法开设全部课程。学校老师便把普通教育、职业教育、业余教育三个体系的教师和学生进行整合，在兴化全县率先成立了含小学和初中的七年一贯制学校。学校举行开学典礼时，数百名校长、教师、社队干部前来观摩。一年后，这种"以学为主、兼学别样"的办学模式在兴化全县开花。

粉碎"四人帮"后，胡官学校成立了全镇西部地区学校教导组，形成区域教育中心，胡官庄理所当然地赢得了"教育之村"的美誉。1977年至1979年，胡官学校增设一个高中班。这个高中班的班主任王纯祖，是从安丰镇插队到胡官庄的知青。为了筹建这个高中班，早已下定决心进大学深造的他，只得放弃高考的机会，继续以民办教师的身份，带着70多名学生向高校进发。1978年10月，学生刘正祥的父亲不幸因公去世，他深夜得到消息后，走了十多里的小路，护送刘正祥回家，反复叮嘱学生不可陷入消沉。刘正祥后来考取扬州大学，并留校成为教授。学生滕加俊高考前只填报了一般院校，后来他竟考出了全县第二名的高分，王纯祖多次到兴化、南京与有关方面沟通，终于使他如愿走进南京大学。这名学生在南京大学一直读到博士，后来也成为高校教授。

胡官初中施教区的学生，多少年来几无流失。这所条件简陋的学校，一直不断地创造着令人赞叹的教学业绩。1985年，朱云进同学荣获江苏省数学竞赛第一名。1990年，施华山同学考出了兴化市中考第一名的好成绩。1994年和1996年，有两名学生先后被省重点高中提前录取。最值得称道的是 1994 年，学校仅有 66 人参加中考，其中有 1 人考取省重点高中，6 人考取兴化中学仅有的两个市招班，4 人考取师范学校，6 人考取中专学校，还有 10 多人考取普通高中。在那个中考如挤独木桥的年代，这样的成绩何异于奇迹？

胡官人做过统计，改革开放 40 多年来，这个只有 1300 人口的小村庄，已经走出了 8 名博士、18 名硕士、130 多名大学生，他们在世界各地施展着小村的才智，演绎着小村的故事。

2002 年、2015 年，胡官初中、胡官小学被政策性撤并，在兴化全市，这是两所最后消失的村级小学和初中。胡官人心中难免惘然，望着空寂冷落的教室，走过杂草离离的操场，常常会发出声声叹息。书声从未断绝过的胡官庄，就这样永远告别了办学的历史？但就在那时那地，他们也清晰地听到了教育现代化车轮的铿锵作响，又转而释然了，文昌胡官庄难道不可以表现为另一种实现形式？

到如今，如果你走进胡官庄，就会有一个惊人的发现，这个小村里从事教育工作的人特别多！在一个 126 米长的寻常巷陌，总共只有 22 家住户，那些人家竟走出 25 名教师，其中有 4 人是大学教师。村中人会自豪地告诉你：我们庄上在外面当老师的有 48 人，连他们的配偶有 70 人，在国内和国外从教的，都有！

## 三、香樟巍巍

章印仁先生亲手栽下的那棵香樟一直以无比忠贞的姿态挺立在胡官庄的土地上，默默地经受着风霜雨雪的侵袭和日光月华的沐浴。在她面前，胡官人总是心怀敬畏，是对于那位外来塾师的追思？还是因为多年以来向风慕义的民情？抑或是源于对天命的遵从？香樟树以 160 多年的盎然生机诉说感激：无论是历经战火，还是遭遇贫困，或是陷入动荡，胡官人从未对她加以斧锯。

如今的香樟树俯瞰故土，浑身飘溢着香气，枝叶苍郁，冠盖如云。她生长的时间越长，生命力就愈加旺盛，就越发显露出灵性，就有了永远生长的意义。在村民们的眼中，香樟树的生生不息寓意民运昌隆，独木成林是教谕人们抱团求兴旺，五根枝丫则象征着五子登科。百年香樟啊，是胡官人的情之所系、心之所往、目之所向。

2019年4月，胡官庄被确定为泰州市特色田园乡村。如何传承香樟精神、挖掘香樟文化，一时成为村民们共同的话题，并很快形成共识：建立以香樟树为中心，以文昌宫、校史陈列馆、百姓大舞台为主体的文昌广场。那些离开故土创业致富的胡官学子，纷纷为小村的振兴慷慨解囊：朱云飞捐款建设了百姓大舞台；朱圣华捐款修建了村头停车场；朱云岭捐款扩建了通村公路……围绕在香樟树旁的破旧围墙和房屋被拆除，香樟树如巨人一般巍然屹立于村前；文昌宫的复建工程开始了，古色古香的门楼惊艳亮相；原来的教室修葺一新，陆续布展优秀学子的资料；广场上的舞台搭建起来，栏杆、灯柱、地板次第安装。一个延续着胡官人崇文血脉的广场，一个洋溢着浓郁田园气息的广场，一个寄托着代代人未来希冀的广场，终于初露容颜。广场上树香幽幽，清风习习，笑语盈盈，是多么动人的浮生意象！

乡村文化秩序的构建，怎能没有乡贤的身影？

那位在胡官初中当了十多年校长的邰春和，已经年近八旬，他把自家院落收拾干净，在里面布置了花木、石凳。他正在办一家"乡村茶吧"，让村民们闲暇时谈天说地，让浪迹天涯的游子在此消解乡愁，让留守村中的孩子们有个读书的去处。

那位在高中教美术的老师陈爱民，是胡官小学老校长陈高盛之子，他领着自己的学生，把时尚前卫的涂鸦艺术带到故里。他们在十几户人家的墙壁上描红涂绿，画人物，画风景，打造出一条水乡农村独有的涂鸦巷。

那位从胡官初中走出去的画家陈学宏，是扬州八怪书画院副院长，他向校史陈列室赠送了多幅作品，还在村里建起了"陈学宏工作室"。他计划在每年的假期当中，回到村里为孩子们义务教授绘画。

"香樟讲坛"应时而生，似乎是一种必然。胡官人的逻辑很简单：乡村振兴必须有文化的振兴。他们要学文化、学理论、学礼仪、学科技，何不办个讲坛？！旧时的塾馆、新式的学校，都在香樟树下，这个讲坛也设在香樟树下，当然应该冠以"香樟"。

2020年5月9日，香樟讲坛开启第一讲。那一天，熏风自南至，胡官庄宛如过节，本村的和邻村的村民都端坐在香樟树下。在民俗舞蹈打莲湘和本土民歌《拉纤号子》演出之后，主讲人刘根勤走上讲坛。

刘根勤是胡官初中的学生，31年前他告别母校后，便到外乡读高中，到扬州读大学，到南京大学读硕士，又到中山大学读博士、博士后，现在已是中山大学的副教授，常愧于从未回到香樟树下小坐片刻。

他在开场白中说："今天我有一种寻到'根'的感觉，这个'根'因香樟树的蓬勃而蓬勃。"他讲授的主题是"文武之道：文昌崇拜与关帝崇拜"，通过一个个故事诠释了向上、向善、向义的传统意蕴和现实意义。他望着台下一张张纯朴的面孔，越讲越兴奋，丢开讲稿，滔滔话语竟如流水泻地。

讲坛结束时，香樟树的上空正有一片白云悠悠飘过，有人说像骏马，还有人说像麒麟……

## 江北周庄

江南周庄是用庄周的蝴蝶梦捏成的,她带着先哲的淡泊闲逸浸泡在江南水乡。江北周庄也是一个从庄周的蝴蝶尖上掠过的梦,只不过她曾被历史遗忘在兴化水乡。几百年凝碧的河水已把她冲洗得晶莹剔透,如今她带着喧闹和生机向人们的记忆走来。

周庄的四周都是水,登舟而往才是一种真正的享受。无数的时光都已从水面上飘然而去,历史的爱与恨也深深沉积于河底。河水总是晶亮的,如同少女的眼波。这水定是有仙气的,周庄人喝出了聪明和能耐,也用它洗去了心中的顾虑和怯弱,把日子打扮得红红火火,为我们引路的那位姑娘也许就是水做的女儿呢,她那份清纯、秀气是容易养成的吗?躺在悠悠而行的舟中,心情也会变得宁静起来。隔着水面向岸上看去,会看见一面面白色的山墙上斜披着黑色的小瓦。我知道,瓦楞间会藏着许多沧桑世事,但不知怎的,我的思绪总飞不回那久远的年月。

隔着距离看周庄总不大实在,弃舟上岸吧。穿过那一面面白色的山墙,便可踏上一条石板小街。这条小街似乎没有忘记历史。几百年的人情世态就隐匿在石板的罅隙里,或者已变成屋脊上的蓑草和墙脚根的青茎?那位早已作古的富翁铺就的这条石板小街,就如一道无形的屏风挡住了岁月的流逝,曾把周庄人的生活捂得苦涩涩的,使人的心情也如石头一般沉重。一位小脚老太太蹒跚于街中,我们看她就像看从古装戏舞台上走下的角色一般,她走得很慢,但还是渐渐消失在拥挤的人流中。这条石板小街太狭窄、太短促,它真的装不下周庄人的希冀与追求!

走出石板小街，才算真正走进周庄。在这里，我们可以看到周庄历史与我们生命历史的不同走向，一条宽阔的公路穿过周庄的南北，把周庄与世界、与未来的距离拉得更近。紧挨着石板小街的这块土地是周庄人的日历，每翻开一页都可见不同图案。一幢幢居民住宅楼仿佛是从地底下长出来的一样，临路的窗户总是笑眯眯的。从楼里走出的俊男倩女心里总装着卡拉OK、溜冰场，只有胡须稀疏的老人才把往昔浸在酒杯中坐在走廊上慢慢品尝。商店里掌柜的脸上挂着灿烂的笑容，他们讨价的声音也不会惹人烦恼，沿路小贩的叫卖声也是有滋有味的，比他们筐子里的瓜果蔬菜还清纯鲜嫩。不到"双蝶集团"走走是不行的，那里集中了周庄的工业精英。他们把周庄的土地垒得高高的，也把周庄人的心垫得高高的。他们把生意做得老远，也把周庄人的眼光拉得长长的。踏上红色的地毯，便走进熠熠生辉的双蝶宾馆。玉液珍馐间，服务员也斟出了周庄人的豪爽与气魄；呷一口热热的酽茶，心里便自然会升腾起融融的春意来。

　　周庄真好。来过周庄，便忘不了周庄；离开周庄，心中总有一种拂不去的"周庄情结"。江南周庄和江北周庄应该是中国版图上的双璧吧。

## 感恩之旅

往事并不如烟。对章志远、李玉萍夫妇来说，1969年到1979年的插队岁月，一直历历如昨，是无论如何也不敢忘怀的。那个沉重如磐的10年啊，在江北周庄，他们饱尝过犁田之累、倒悬之苦、另册之冤，但是更感受到了乡亲们的关怀、呵护和体贴。返回省城以后，他们常常回望那条随于身后的狭长的来路，总能依稀看到田野里自己青春的身影，看到乡亲们一张张忠厚而纯真的笑脸，看到左邻右舍屋顶上手臂一样的炊烟……

红尘滚滚去，何曾解乡愁？离开周庄的章志远，早已成为著名的山水画家，可谓阅尽人间美景。但是，这对夫妻对周庄的思念却与日俱增。初冬的一天，章志远站在画案前幽幽地说道："真想画一画周庄，不知道那里变成什么样了？"夫人说："我们回周庄看看吧。"章志远点点头："乡亲们恐怕要忘记我们了。"夫人说："你画些画，写些字，我备些礼物，我们回去谢谢那些好心人。"章志远晃了晃手中的画笔，一脸欣然："我先给第二故乡画一幅牡丹图，名字就叫《独占人间第一香》。"夫人说："好！这幅画送给镇政府，就算是我们的祝愿吧。"

一别40年，韶华悄然流逝。再次踏上周庄的土地时，章志远、李玉萍夫妇都已是耄耋之年。站在世纪大道上举目四望，他们根本不知身在何处，脚下是宽阔的水泥路，轿车、摩托往来穿梭，两边楼宇俨然，沿街店招醒目。章志远感慨道："这里哪像小镇？那时的县城也不过如此吧。"陪同的镇领导说："这里是新镇区，老镇区在西边呢。"李玉萍问：

"那条麻石街还在吗？"镇领导说："已成步行街了。"

古镇周庄已有近800年的历史，其街市形成于明末。1926年，一位高姓商人出资把原先的青砖街重铺成麻石街。这条近700米长的主街道，牵连着一代代周庄人的命运。章志远、李玉萍夫妇到江庄大队八小队劳动3年后，被调到镇上，章志远在供销社上班，李玉萍在中心小学教课。他们本该最为美好的人生，就在这条狭窄的街道上蹉跎而过。一进老街，章志远、李玉萍夫妇的脚步便变得迟缓起来。曾经熟悉的足音，青灰砖墙上的苔藓，还有迎街而立的门头，都在催醒尘封的记忆。

这里原来是周庄高中吧？那时候，学校里有个姓钱的民办教师，好像是社会关系也有些问题，上不了大学。章李夫妇与他之间有些走动，也就认识了他的母亲。有一次，李玉萍到钱老师娘的老家村子里拍照片，正好钱老师娘在家，她硬是把李玉萍拉到家里。她对李玉萍说："小李啊，天已经很晚了，你如果一个人回去，还要走十几里路，不安全。今晚就住在我家，明天早上再走。"钱老师娘为她下了面条，晚上又为她换上干净的被子。

小街的南边原本有一家杂货店，还在吗？他们记得，开店的是位姓顾的中年妇女。那时候，章志远想着赚些零花钱，就画了些玻璃匾，要找个代销的地方。李玉萍就到顾女士的杂货店里探口风，想不到顾女士爽快地答应下来。她说："小章有这个特长，不能闲着。以后你们就把我这里当作代销点，一缺货我就通知你们。"只要章志远的玻璃匾一卖掉，顾女士就会把钱交给他们。

石板街的尽头到了，李玉萍记得这里正是中心小学的北大门。出身于武术世家的她，不仅教学，还带着武术队、腰鼓队、宣传队，至今还有一些学生和她保持联系。她从一个电器商店的后门出去，看到有几处破败的房子端坐在残照中。李玉萍伸手一指，那是教室，那是教室宿舍。一阵伫立，一声叹息。

再往西走数十米，便踏上一座水泥桥，章志远扶着栏杆，望着河边的水码头，一会儿，摘下眼镜，揉了揉眼睛，又戴上。他说："我们离开周庄的那个早上，就是在这个码头上刷牙、洗脸的。那时，心里还是蛮感伤的。供销社的徐主任和他的太太起了个大早，专门来送我们。"李玉萍说："徐主任比我们家老章年长 10 岁，就像兄长一样关心我们。"章志远对李玉萍说："我们去看看徐老主任。"

踅进一条沧桑息息的小巷，便可见一座老旧的瓦房。砖墙剥蚀，天井逼仄，房顶低矮，但徐主任夫妇依然精神矍铄。章李夫妇拉着他们的手，诉说着那个年代受恩的件件往事：徐主任送给章志远的几斤粮票，徐夫人带给孩子的一包饼干，他们家请吃的一顿酒席……四双手松开后，章志远说"我为你们画了一幅画"，慢慢展开画卷，那是一张《吉祥富贵图》，画面上花繁叶茂，一时间，满屋里春光流转，芬芳洋溢。徐主任兴奋地说："好！"李玉萍从包里拿出一块翡翠玉佩递到徐夫人的面前："我给你带了个小礼物。"徐夫人连连推辞："我不要，我不要。"李玉萍硬是塞进她的手里："一点心意，收下吧。"徐夫人抹抹眼泪，说："你们还能记住我们，我们就心满意足了。"

第二天早上，章李夫妇直奔江庄八队而去。就在那个偏僻的生产小队，他们度过了插队后土里刨食的最初 3 年。跌落于命运的深渊里，他们心中总是暗生悲凉，但那些如泥土一般朴实的农民，却用自己本能的善良给他们带来温暖。汽车在田间穿行，一直开进村庄里。那里的土地，那里的屋舍，在他们的眼中，都已是陌生的景致。但是，一张张曾经熟悉的面孔却渐渐鲜活起来。

刚到八队的第一个春节前，章志远回南京了，李玉萍怀着身孕，一个人守在茅屋里。生产队里杀猪分肉，李玉萍根本不敢去领肉，他们才来不久，还没拿工分。等其他社员拎着肉回家后，队长乔荣先派人把李玉萍叫过去。他对李玉萍说："这里有几斤骨头，还有一块猪油，你拿回去，可以过年了。"李玉萍回家后，发现骨头上留着好多瘦肉。

章志远随船上南京运肥料，一路上要用纤绳拉船。乔荣先看到章志远拉不动，就把章志远支开了，他给章志远安排了讲故事的临时活，说是拉纤时听了故事就有力气。乔荣先说："你讲故事拿工分也是应该的。"到南京后，他们把做肥料的猪小肠拿到船上烧汤吃，章志远没敢动筷，竟染上河鱼之患，很快就脸色蜡黄，浑身无力。乔荣先连忙叫船靠了岸，带着章志远到一家诊所打了一针氯霉素。

卤汀河西祁西大队的宗才玲，那时候不到20岁，就已经是大队的妇女主任，也是赤脚医生。祁西大队经常要章志远去修有线广播，宗才玲怕章志远过摆渡不方便，总是撑船接过去，完工后再撑船送回来。每到中午，她都要留章志远在她家吃饭，桌上还少不了荤菜。饭后，宗才玲总要给章志远打个手巾把，还要在手巾把上洒上花露水。一次，她无意中看到章志远的脚上有伤，立即帮他清理了伤口的脓血，还做了包扎。

接待他们的村会计说："我把这些人都叫过来，你们也好见见面。"李玉萍说："他们都有恩于我们，我们应该登门感谢。"

轻叩那一扇扇木门，他们总忍不住怦然心动；手拉手诉说别后情景，一声声哽咽一双双泪眼；当带来的字画、玉佩、手表送到乡亲们的手上，他们便感到一阵阵宽慰……烟花易冷真情在，重逢亦如初见时！

第三天上午，周庄高中接待了画家夫妇。校园里传扬着他们在逆境中不甘沉沦的故事，许多老师、学生都在朋友圈转发章志远驰骋画坛的种种消息。让章李夫妇喜出望外的是，镇领导一一联系了他们提到的那些好心人。92岁的钱师娘坐着轮椅来了，杂货店掌柜顾女士来了，李玉萍父亲的徒弟赵先生来了……几十年前的一次伸手，好心人已经记忆模糊，但章志远李玉萍夫妇却能说得清事情的来龙去脉，说得清每一个细节，说得清当时的感受。章志远说，1984年，江苏电视台曾为他拍过一部专题片，他们夫妇随摄制组回过一次周庄，去了江庄村，也踏过麻石街，但要服从拍摄的需要，是当"演员"，根本没时间与乡亲们叙旧，也就没有回乡的感觉。他们离开周庄后，心里颇有遗憾。

我想，章志远定然能够画出一幅出色的《江北周庄》来。因为，周庄的那些人和事，那些土地河流，那些花草树木，是他心目中最美的风景。

# 清明的麦田

清明是从麦田里开始的。童谣唱道："清明到，吹麦哨。"从青青的麦秆中流淌出来的本真、鲜嫩、醇厚的哨音，不就是清明的咏叹吗？

这个生于仲春与暮春之交的节气，大约始于两千五百多年前的周代。隋代天文学家刘焯在他的《历书》中如此解释清明："春分后十五日，斗指丁，为清明，时万物皆洁齐而清明，盖时当气清景明，万物皆显，因此得名。"煦暖的熏风在空中得意地婆娑着，时而如水袖远掷，时而如团扇轻摇，让广阔的田野充盈着欢乐的韵律。太阳因兴奋而涨红了脸，吓跑了一团团阴郁的黑云，金色的光芒便密密地斜射下来，把天地之间擦拭得晶亮。牛毛般的细雨时断时续地飘洒着，把地上的万物清洗了一遍又一遍，让它们都换上新颜，有时还缀满闪光的水珠。

田里的麦子早已从寒冷中苏醒过来，它们带着泥浆下的宏愿，带着白雪下的憧憬，很快就完成了返青的生命旅程。现在，它们开始了生命的拔节，主茎的各节争先恐后地向上冒着、蹿着，一天比一天欢实、活泼。你如果蹲下身来，甚至可以听得见麦子筋骨发育的声音。不几天，麦子们就长过孩子们的腰眼了。它们的身姿显得秀颀，一转一摆都如美目顾盼；它们的身材日渐丰腴，绿油油的色彩中透露着娇羞；它们的身板变得结实，站立出一派昂然之势。麦子们正自豪地宣告，它们已经进入生育期了。在这之前，从匍匐状态慢慢爬起来的麦子状如弱息，叶片青紫，心叶初露；在这之后，麦子们将从孕穗期走向成熟，它们会把整个生命献给饱满的麦粒，献给麦秸的枯黄。清明的麦子，告别了柔弱和稚嫩，迎来了生机和活力；远离了衰老和枯萎，拥有了沉稳和自信。它们摇曳着处子的纯洁，张扬着青春的风致，倾诉着炽热的思慕，岂不是田地里的美新娘？

麦子们抑制不住将成为母亲的激动，把全部的幸福铺展在广袤的平原上。农人们看着沉醉在绿色里的一块块麦田，脸上和心里都是轻松的，因为麦子懂得疼人，不需要他们付出繁重的劳作。麦子们知道，在已经过去的那个冬天里，农人们曾冒着凛冽的朔风，挑着沉重的泥桶，给它们盖上一层黑色的泥浆；麦子们也知道，在即将来到的这个夏天里，农人们还将顶着炎炎烈日，不怕身上晒褪几层皮，才能把金色的麦穗收上谷场。这时候的农人，只是三三两两地走进麦田，脚步是缓缓的，号声是低低的。他们没有抢太阳的焦急，麦子会数着日子慢慢长呢。他们也没有对天气阴晴变化的担忧，清明的天气能坏到哪里去？有人弯腰隐身在麦田里，他们用大锹清沟理墒，为的是田间流水的畅通，既不能干了麦子也不能淹了麦子；有人在给麦子撒化肥，麦子马上就要孕穗了，只有给它们施足了肥料，才能有个颗粒饱满的好收成；有人在寻找麦田里的杂草，他们不愿意用除草剂，每当看到看麦娘、野燕麦，便走过去连根拔起来。又有几个人来了，他们不是侍弄麦子的，而是舍不得荒废了一条条田垄，要在这里栽种些瓜豆呢。他们在东西向的田垄上种上了黄豆、绿豆，在南北向的田垄上栽上了香瓜、水瓜。过不了几天，黄豆绿豆便会枝叶茁壮，和麦子们并肩唱和；香瓜水瓜也会藤蔓蜿蜒，成为麦田里生动的装点。麦收时节，这些瓜瓜豆豆便会给农人们生活带来阵阵香甜。最后走来的是一位刚从邻村嫁过来的新媳妇，她是来挑野菜的。她自己也不知道为什么，就是想吃马兰头了，婆婆抿嘴笑笑，递给她一只篮子："你自己去挑吧，也好透透气。"她只走过一条田垄，就挑满了一篮子的马兰头，她看着肥嫩的马兰头，满心欢喜："这可是春天的滋味，怎能不好吃？"

阴气散去，阳气升腾。麦田四周圩堤上的小草已经很泼辣了，一片一片的，密密匝匝的，使硬实的泥土变得温馨、柔和。各种各样的小花都争着开放了，红的黄的蓝的白的都在晃着、跳着，仿佛整个圩堤都在笑着，直笑得浑身抖动。泥土中不时有昆虫的吟唱传出，有的短促，有的悠扬，声声唱着欢乐。一群赤脚少年奔上圩堤，"打过春，赤脚奔"，双脚接着地气，不冷。他们头上戴着柳条帽子，把自己伪装成柳树，柳树长腿了，在圩堤上飞起来。他们是从不远处的油菜地里来的，每个人都在菜花上捉了几只野蜜蜂，他们把蜜蜂装进玻璃瓶里，等待着它们酿出蜜来。他们是来放风筝的，他们都懂得圩堤上的风是正的、稳的。一只蝴蝶风筝从他们的手上飘起来，先是摇摆不定，待稳住身子后，才缓缓地升向高空。少年们都仰着头，看着空中那只蝴蝶得意的笑容。一个少年用白纸撕出一个圈圈，然后套在风筝线上，白纸圈圈不住地向空中滑动，一直滑到风筝的脸上。少年拍起手来："信寄到了！"突然，少年拉过风筝线，用力扯断，又猛地松开。风筝便摇摆起来，急速地向远方飘着，飘着，飘着。少年们目送着远去的风筝，齐喊："风筝远飘，病除灾消！风筝远飘，病除灾消！风筝远飘，病除灾消！"麦子们应和着少年们的节拍，翻起一轮又一轮的绿波。

　　我们无可避免地会跟清明的麦田相遇，因为那里是我们追荐先人的去处。千百年来，麦田里埋葬着多少祖辈的骨骸？他们无论是殒命于异地他乡，还是寿终于咫尺茅舍；无论是喋血于抗击外敌入侵的沙场，还是为了农田里的劳作流尽汗水——都会把麦田作为最后的归依，在进入麦田后才瞑目安息。小村的历史也只有几百年吧，但村民们却能指着麦田里的坟茔讲出一段段动人的故事。那座高高的土堆里埋的是村里的一位秀才，他在去省城考举人时被人害死在旅馆里，他没有后人，是村里派人去把他的尸体运回来的。也不知他死去多少年了，村里每年都有人给他添坟呢。那座大理石的墓碑下长眠着一位抗日的烈士，他在去刺杀鬼子的一个队长时被捉住了，据说他的尸首被敌人运到医院里做研究，家人只得给他建了衣冠冢。中华人民共和国成立后他被追认为烈士，经常有学生来扫墓。那座用砖头砌成的坟墓就是王老六的，他为了守麦子睡在麦把堆上过夜，被毒蛇咬了一口，就死在田里了。他的儿子就把他葬在堆麦把的地方，说是让他继续看麦子。在麦子一年又一年的青黄变换里，麦田里的亡灵定会感受到大地的慈爱，便能永无忧愁，永享安乐！

麦田里不仅埋葬着先人的亡灵，也埋葬着他们带走的秘密、传奇和祝福。他们永远向苍天默念着未尽的祷告，永远向一代代后人传送着共同的力量，永远用热切的眼光凝望着麦田的枯荣。麦田便因此而厚实、丰腴，因此能生长出金光灿灿的果实。我们的麦田啊，不仅在生长着丰收，而且在生长着希望、幸福，也在生长着勤劳、坚韧。

面对先人冰冷的墓碑，我的心里油然而生悲哀之情。这时，我看见几座多年没人祭扫的荒冢上铺着白色的饭粒，才想起撑会船的乡亲已来撒过水饭，他们每年都要祭奠那些孤魂野鬼。这种代代相传的习俗，顿时让我心中暖意融融。人间有此温情，亡灵何足忧？环顾四野，更觉得自己被麦田包围着。青春般的绿色亮得逼眼，显露着葱茏的生长态势；母乳般的清香扑鼻而来，让人浑身泛起赤子的依恋；情话般的絮语缱绻缠绵，把人撩拨得思绪飘荡。在对麦田的注目里，我表达着深深的敬意。我的心间顷刻便朗润起来，也觉得墓地变得朗润起来。此时此地缅怀先人，该是我们对生命真谛的又一次思考和领悟：与其感伤于人生苦短，何不乐观于生生不息？与其退缩于困苦之前，何不坚持于收获之后？与其忧伤于惨淡的过去，何不遐想于美好的未来？

在先人的墓碑前，我们把自己也站成一片麦田。

## 落叶物语

它是有名字的，叫丑桑。

它是由谁栽下的？没人知道。它的年纪多大了？也没人知道。

它肯定是记不得自己落地生根的故事了，这种永久的遗忘给若干年后的我以想象的自由：也许，有一只搭窝在桑的飞鸟曾经在这儿落下一坨屎，而鸟粪中有几粒未被消化的种子，其中的一粒便悄悄地钻入柔软的泥土中，又坚执地在泥土中孕育出树的生命；也许，有一位怀春的姑娘曾经坐在这里等候心上人，她认真地把一把桑葚埋入土中，期待来年的春天冒出一棵小树苗，能留住那份等候中的甜蜜；也许，有一个使牛的老农嫌这里的田野太空旷、太寂寞了，便把一棵被丢弃在猪圈旁的桑苗带来栽下了，为的是将来有一棵树陪牛说说话，或者让自己有个吸旱烟的阴凉处……

旷野的风太恣肆了，常围着独处的桑树逞凶。桑树刚刚窜出几根向上的枝条，就被大风推揉得伤筋断骨，它只得向四周伸展着胆怯的枝丫，让自己顶着一头蓬乱的冠盖。树干自然是不敢挺立身姿的，只能偷偷地扭着歪着生长，树皮也被吹得疙疙瘩瘩的，还皲裂出一道道沟渠。薪苏的老妪嫌它长得偏僻，不肯为它动那么多的腿脚；小木匠每看到它都要叹一口气，怨它连一张长凳也打不成；天上的雷公也轻视它的猥琐，愤怒的目光从不曾落在它的身上。它从不自卑，也不抱怨，而是恬然地坚守着脚下的土地，有滋有味地品尝着从身边流过的日日夜夜。当人们把"丑桑"的名字送给它时，它的身体还摇摆出几分得意。

春天来时，丑桑比别处的树绿得早，似乎在赶着释放长时的憋屈，也好像在争着讨好和暖的熏风。几场春雨过后，叶片便一天天见长，鲜嫩得发亮，出奇的肥厚，尽情张扬着储蓄了一冬的活力，仿佛要把浑身的风韵都表现在其上。桑叶是丑桑最美的容颜，也是它暗自争春的资本。招摇时，一树婆娑，窣窣有声，似少女的裙裾舞动；静挂时，欢颜承阳，姁姁有仪，洋溢着母性的娴静。密密匝匝的心形绿叶，给丑桑平添了几分满足和自在。

养蚕人家是会记挂着它的。早来的是一位红脸膛的村妇，她对着丑桑打招呼似的笑了笑。桑叶们兴奋起来，随着妇人手中长长的竹竿翩然翻飞，纷纷飘落在她的身边，等着她的轻柔一捏。后来的是一个赤膊的男孩，他猴子一般爬到丑桑的枝丫上。丑桑并不恼，听任孩子把一根根枝条牵来推去，温顺地让一片片桑叶凑近孩子，逗引孩子快快摘取。

刚刚入秋，丑桑便已成为一处荒凉的存在。它的空疏、凌乱的枝丫上，只剩下数十片稀稀落落的桑叶，它们有的是那些采桑人遗漏的，有的是暮春里才长出来的。这些叶片已经褪去所有的绿色，呈现出满身的暗黄；它们体内的水分也已挥发一空，变得干枯薄弱。它们没有光泽了，没有柔性了，没有生机了，没有气息了，奄奄如涸泽之鱼，沉沉似沙中之蚁。但是，它们却毫无畏惧之色，凛然地悬挂在干枯的枝丫上，似一面面昂扬的旗帜。它们在笑迎肃杀秋意的到来，准备着用最后游丝般的生命，演一幕告别的大戏，唱一曲死亡的欢歌。

"九月节，露气寒冷，将凝结也。"地下的蛐蛐们已经无力去争食夺地，其呻吟短促而凄婉；地上零零星星的野菊张着瘦小的黄花，诠释着孤寂和落寞；空中偶尔飞过的孤雁发出几声哀嚎，把阴晦的乌云惊成破絮。扶风如鞭，一阵阵抽向丑桑。

一片悬挂在一根瘦枝末端的黄叶不停地摇摆，轻柔地拍打着身后一只死去的雄蝉。这片桑叶的一边让野蚕啃出一个缺口，便被采桑人留下

155

来了。缺口桑叶亲见雄蝉的成虫在那个黄昏从树根下缓缓地爬上来，用屡软的前腿紧紧抱在它身后的树干上。这时有一颗饱满的桑葚粗暴地落下来，正砸在雄蝉幼嫩的薄翼上，使得这双翅膀再也无法张开，雄蝉便永远不能飞翔了。缺口桑叶一直用自己的身体遮挡着残蝉，让残蝉躲过了许多贪婪的目光。残蝉把短暂的生命唱给夏天后，依然紧紧地黏在缺口桑叶身后的树皮上。现在缺口桑叶要离开丑桑了，它不忍心丢下残蝉的尸体。它要把蝉尸带走，带向那片厚实土地。它摆动了一下身体，想插入蝉尸左边的前爪，但蝉的这只爪子已刺进树皮，拨也拨不动。它只得调整自己的身姿，从蝉尸右边的前爪插入，蝉的这只爪子被拨开了，蝉的身子开始抖动。缺口桑叶乘势猛地往里一插，便托住干枯的蝉尸。

缺口桑叶带着蝉尸离开那根瘦枝，但是它没有径自下坠，而是努力地在空中浮着、飘着，为的是圆残蝉一个飞翔的梦……

它们终于一起落在树根盘曲的地上，旁边有一个圆圆的小洞，缺口桑叶记得，这里是曾经护育了雄蝉数个冬夏的故园。缺口桑叶借着风势，颤颤巍巍地立起身子，用叶边推着蝉尸，艰难地推向洞口。近了，更近了，蝉尸猛然滚进洞里，依稀传出轻轻一叹。缺口桑叶疲惫地倒在洞口，满脸安详。

一片长在最高处的枝丫间的小小黄叶，已经无法再站立一回身子，它连摇晃的力气都没有了，只能蜷缩在逼仄的角落。这片叶子是满树的桑叶被采摘殆尽后才冒出来的，无福消受早春的阳光雨露。丑桑便用满身的营养喂养它，还用近乎袒露的身体为它遮雨挡风。但是，它最终还是没有能够走向成熟，在英气甫发时，便入商秋。它的生命被定格在青春岁月，只能无可奈何地接受早衰的来袭。它深深依恋着丑桑，唯恐失去母亲的呵护。但是，它还是被无情地拉离了母体，它感到肝肠寸断，肌肤欲裂。它太小、太轻了，飘得很高，但它不敢飘远，只是在丑桑的上空盘桓。它看准了丑桑粗糙而歪斜的树干后，便一头俯冲下来。它把自己单薄的身体贴在树干上，贴得很紧很紧，仿佛是用多少双手脚抱着，仿佛是用整个生命抱着。

它慢慢地向下滑动，滑动的声音似悲伤的啜泣。突然，它不动了，又紧紧贴在树皮上，好似在给母亲深情一吻。此生一别，何世再成母子？然后便飘离树身，重重地拍在地上。

此时，丑桑的树干上流出两行水珠，浑浊而闪亮，那不就是丑桑的老泪？

一东一西的两片树叶本隔得很远，但它们却长得惊人的相像，其他的桑叶们都说它俩有"夫妻相"，不断给它俩献上祝福的掌声。它们相互传送了整个春夏的眼波，心底里曾无数次为对方深情地祈愿。但它们未能牵手，满怀相思终成空。到如今，它们容颜已老，不知道，能否共蹒跚？东叶先离开树身，它本想飞向西叶，但却意识到自己正向东飘去，便用不停地翻滚减缓速度。西叶惊慌于东叶的远去，使劲地扭动身子，在与树身分离的一刹那，急切地向东叶飞去。两只枯黄的叶片终于挨近身子，它们挽起手来，幸福地翻飞着，向天地宣告着真爱。

西叶渐渐体力不支了，缓缓地下落，落在水塘里，飘泛在肮脏的水面上。

东叶急了，它害怕西叶会很快沉入水底。它也飞入塘中，掠过水面，若不能把西叶拉上来，宁可一起沉塘！一次没成，两次没成，三次没成，这一次，东叶正好擦着西叶，便搂着潮湿的西叶，腾空而起。当它们一起落在丑桑的身旁时，四野阒寂。

一阵旋风袭来，落叶的尸骸全都飞离地面，它们在丑桑的身边，疯狂地飞翔。丑桑的所在，热烈起来，喧闹起来，生机盎然！落叶们竞相炫出优美的轨迹，或如婀娜的花朵，或如团圞的月亮，或如欢噪的鸟雀。一束束残阳的光芒从云层中穿出来，投射在片片落叶上，阳光便随着舞动起来,让片片黄叶涂满喜悦。黄叶越飞越欢,与旋风斗出沙沙的绝唱,声音弥散,应和着千古诗经里传来的歌谣:"维桑与梓,必恭敬止。靡瞻匪父,靡依匪母。不属于毛,不离于里。天之生我,我辰安在……"

旋风既歇,片片落叶不知所之。

## 幸遇易卜生

30多年前，我曾迷恋挪威戏剧家易卜生。我把大部分课余时间都交给学校图书室，在那里认真地搜寻他写下的文字。我沉溺于《玩偶之家》《人民公敌》《群鬼》等剧作激烈的冲突、紧凑的情节、精彩的对话当中，还写下了上万字的读书笔记。我更为诗剧《培尔·金特》跌宕、离奇的故事所困扰，实在无法理解一个浪子懵懂的堕落、肆意的贪婪和平静的归依。人究竟应该怎样活着？那时的易卜生把这个"伟大的问号"牢牢地挂在我的心中。

在时光无声的消逝中，我心中的问号似乎越来越重，不仅为培尔·金特的神秘之旅，也为自己的吊诡之遇。我时时记起那位曾伴我青葱岁月的易卜生，也经常想去解开那个"培尔·金特之谜"。于是，我让新华书店里一本厚厚的《易卜生剧作选》成为30多年来案头的必备。夜阑人静时，我便经常反复品味培尔·金特那驳杂的人生。多少回，易卜生入梦而来，但他总是沉默不语，让我不能请教。

但是，我终于可以拜见易卜生了！那一天，属于2009年12月28日。孙海英、吕丽萍夫妇来泰州大剧院演出"最难排的戏剧"《培尔·金特》，他们把易卜生引到泰州来了。

晚上，我特地换上挺括的西装。我清楚地意识到，此次走进泰州大剧院，并不是为了一睹明星的风采，也不是为了欣赏一个荒诞的故事，更不是为了装一回高雅，而是为了去圆一个难醒的美梦，去消解积郁心中的谜团，去寻觅慰藉心灵的答案。

易卜生，我拜见您来了！我要感受您的思索，聆听您的诉说，分担您的苦恼。

观众陆续入座，但剧院里并不显得喧闹、嘈杂。也许他们都和我一样，心中也怀着直面"现代戏剧之父"的虔诚？

大幕拉开。舞台上时空纵横交错、人物上天入地，培尔·金特放浪、历险、辗转的生命历程生动地展现在观众面前：这个纨绔子弟先是诱拐别人的新娘，接着又与妖女私通，后来竟贩卖奴隶大发不义之财，但他最终还是遭遇海难，变得一无所有。在孙海英身姿敏捷、表情放诞、眼神迷离的表演中，我看到了人类欲望的膨胀、人性的险恶和心灵的争斗。

随着故事的推进，我仿佛看到易卜生高大的身影出现在舞台上：他一头浓密的卷发，两颊上胡须如蒿，面容俊朗，目光似炬。我真切地看到：他时而对游戏人间的人生发出叹息，时而对不择手段的逐利行为进行呵斥，时而对邪恶的人性托腮沉思……

剧院里突然响起幽怨、凄婉的乐曲，那不是音乐天才格里格专为《培尔·金特》谱写的《索尔维格》吗？在令人心碎的旋律里，培尔·金特终于回到等了他一生的爱人索尔维格的身边。扮演索尔维格的吕丽萍以她特有的京腔唤回浪子，让培尔·金特在她的怀中回归宁静和净化。这时，舞台上的易卜生慢慢舒展眉头，脸上露出浅浅的笑意……

我心有所悟，他不是在透视着人性、人生、人世吗？

我激动地站起身来，向着舞台上的大师送去埋藏在心底30多年的敬仰：您好，易卜生！

默默步出泰州大剧院，我感到久未有过的幸福、满足、轻松。

谢谢泰州大剧院，你让我的生命中又多了一次幸遇。

# 兴化庙会

苏中的兴化，是一片水乡。这里的水灵动、清澈、缱绻，早在新石器时代晚期就孕育出绚烂的良渚文化之花。

兴化在春秋时曾长期浸泡在吴文化当中，兴化人"好淫祀"。早在唐宋，兴化人就为那些曾经护佑过百姓的神明和那些曾经福泽于地方的英雄建起一座座寺、庙、观、宫，把他们请到自己的身边，让他们留在自己的心间。从龙王、土地老爷到各路神仙、菩萨，从孔子、关羽到张士诚、周顺昌，数十位神祇、圣贤陆续相会于"昌兴教化"之地，向芸芸众生投去关爱、悲悯、热情的目光。最初的庙会，应该是神人对话的结果。神说：我保佑你们。人说：我们奉祀您。兴化域内依托于宗教场所的庙会一年当中竟有200余场，形成了独具特色的民俗风情。从古至今，只在"文革"的十年间仓皇止步，那些在城镇、乡村次第上演的一场场庙会，就如一本本全息地方志，生动着历史传奇、英雄故事、民间文化和百姓日用。

何不跟我一起去看看兴化的庙会？

## 庙会起于民间祭祀

兴化的都天庙在各类庙宇中比例最高，有近二十座。民国时的都天庙会是最原汁原味的，我给你说一场农历五月十六的迎会吧。迎会是兴化庙会的独特形式，就是让神像像帝王一样巡视民间。

马弁（兴化人发音"马皮"）开道你没见过吧？值得一说。出会之前，马弁要到神像前焚香磕头；然后到僻静处脱去上衣，喝酒暖身；接着就要到河边用水净身，冬天亦须如此。马弁准备工作中最重要的环节是穿锥，亦叫上"嚼口"，就是把一根长可盈尺的铁锥从一侧面颊插入，从口中伸出；也有用铁锥从一侧的面颊穿进，再从另一侧面颊穿出的。马弁之所以能颊上穿锥，是因为他的颊上有现成的洞，当然这个洞是马弁忍着疼痛打出来的，就像姑娘家为了戴耳环忍痛打耳洞一样。

马弁穿上铁锥后就开始蹦冲蹿跳，表现出疯狂之态。人们便纷纷让出道来，以恭敬的心情看神像起驾。疯马弁在神像前且跳且行，他手执钢刀，若见路中有人挡道则抡拳踢腿以吓之，若见路旁有马桶之类的不洁之物则以钢刀击之。

充当马弁的一般都是生活贫困的无助之人，如搬运工、浴室跑堂、流浪汉之类，他们如遇自己或父母生病，既无钱治疗又无处告借，只得到神像前许愿，允诺为神灵效犬马之劳，只求神灵宽宥其前世今生的罪过，保佑其来世平安幸福。他们在面颊上打洞穿锥，明显是为了表示皈依神灵的决心，是欲以虔诚感动神灵，就像佞佛之人的禁欲与苦行一样，亦像烧肉香者将香炉用针钩悬于肉身一样。

都天菩萨便在仪仗的护卫下开始出巡。轿中的神像是一座上肢下肢可活动的行像，身着崭新的黄缎龙袍。神轿前边的木牌上写的是"睢阳太守""开元进士""御史中丞""江淮保障"等字样。你也许会问我：都天菩萨是不是安史之乱时曾以六千之众死守睢阳的张巡？我说，表面上看，这位都天就是"杀爱妾，以飨士"的张巡，但隐在张巡身后的是另一个"张王"，即从兴化白驹场起兵的元末农民起义领袖张士诚。先卖个关子，理由留到后面说。

神像后面，便是表演神话传说、历史故事的方阵：有八仙过海，有唐僧师徒西天取经，有白蛇娘娘和许仙的爱情，有刘关张桃园三结义，有表演二十四孝人物，有张仙送子，有刘海戏金蟾，有济公活佛……他们以各种各样的造型，演绎着感动了代代民众的场景。这么多的神祇、圣贤伴着百姓，兴化城怎能不吉祥浩荡？

都天巡游该走怎样的路线？在朱明王朝，兴化人是不能公开祭祀张士诚的，他们把张士诚隐身在另一位"张王"身后，当然要遵从张士诚的意愿了。

西门外的"教场"和东门外的"大码头"是一定要去走走的。

中正街、四牌楼、东城内大街的四牌楼至八字桥段、东城外大街和东寺桥东巷是一定要避开的。

直至"文革"之前，神像巡游路线一直循此规矩。

改革开放以后，庙宇里的宗教活动得以恢复，民间信仰有了存在的空间，兴化庙会作为一种民俗又重现生机。可以告慰张士诚的是，民众对他的祭祀已经由隐蔽走向公开。

张士诚曾在兴化东南的边城一带筑土城御官兵，还亲为十三官庄、摆宴垛、腾马等村庄取名。边城是兴化境内最早修复都天庙的地方，也最早让张士诚亮出真面貌。早在二十多年前，民间艺人周裕圣就开始了挖掘古曲《苍龙出来了》的艰辛历程。这首古曲是边城人在明清两代的都天庙会中创作出来的，把张士诚比喻成一条横空出世的苍龙。周裕圣走上街头、田边，走进农舍、商铺，采访了上百位老人，记下了几百张曲谱。经过三年的努力，《苍龙出来了》终于回旋在边城的上空。现在边城的都天庙会上，总有边城民乐队演奏这支古曲，那声音时而如泣如诉、委婉哀怨，时而慷慨激昂、气势磅礴，让人如闻狂风惊雷，如见云起龙骧。

在都天庙会的推动下，边城各界人士捐款60多万元为张士诚塑像。2013年年初，一尊头戴盔甲、身披战袍、手拔宝剑的张士诚铜像矗立在边城的大地上。这座立在三米高的底座上的三米高铜像，是苏中苏北地区唯一的张士诚塑像。铜像揭幕那天，张士诚的后人曾带来13层斗香祭拜先祖。张士诚的19代孙吴元大说，先祖被朱元璋俘获后，其后人避祸于姜堰等地，生前只能姓吴，死后才敢姓张。现在好了，我们可以承认是张士诚的血脉了。

## 庙会兴于商品交易

在兴化东城外的竹巷，有一栋破旧的两层小楼，门额上刻有四个阴文隶书"竹业公所"，这里就是清代竹叶组织庆福会的会址。作家毕飞宇对"文革"前期的竹巷尚有记忆："竹巷里到处都是竹子。可你千万不要误解，是到处'都是'竹子，而不是到处'长满'竹子。这里的竹子都是原料，因为两侧的住户基本上都是手工业者。不用猜了吧？他们都是篾匠。"

据《兴化县志》记载，兴化民间由各行业组织牵头，以迎会的形式出现的庙会，产生于清代嘉庆年间（1796—1820）。当时的县府为了繁荣地方商贸，增加财税收入，便指令县城的商贸界同业公所牵头，将民间的小型庙会予以整合，规定每年农历五月十二日、五月十六日、五月二十二日分别举办城隍会、都天会、龙王会，每个庙会历时三天。为此，兴化城十个规模较大的同业公所组建了十班大会，统一以"福"排行，表达祈福之愿：蔬菜行业叫"万福会"，米行业叫"积福会"，估衣行业叫"多福会"，南货行业叫"降福会"，柴草行业叫"接福会"，竹业行业叫"庆福会"，京广绸缎行业叫"增福会"，布业行业叫"锡福会"，酒业行业叫"普福会"，典当钱庄行业叫"聚福会"。各个行业公所成为庙会的组织者、参与者，这就不仅使庙会有了稳定的经济保证，也促进了庙会和商贸的高度融合，"经济"可以堂皇亮相了！

这座"竹业公所"如此完整地保存，在江苏省实属罕见。那一块块砖瓦虽已残破，但却散发着旧时的光泽；那浅浅的窗棂虽已暗淡，但依然在闪动着历史的眼波。"竹业公所"老了，但是还记得那时的情形。

"庆福会"的董事常在这里议事，他们的算盘精得很，老在算计要花多少、能赚多少，想借庙会发一把呢。对商家来说，庙会不就是庙市吗？迎会前，商家会备足商品，那是一个商品短缺的时代，哪家商店能够天天商品齐全？迎会时，同业公所打出旗号行进在街巷中，表演各种节目，这不就是形象宣传？卖风味小吃的来了，卖传统工艺品的来了，求医问药的来了，敬香拜佛的来了，走亲访友的来了，各地的民间艺人来了，有兴化农村的，有周边县镇的，兴化城四周的大河小河里泊满大小商船、帮船、住家船、农用杂船。这不就是活旺人气吗？十几天的时间里，兴化城的主要街区张灯结彩，人流如织；商场、酒楼、浴室、茶社里顾客盈门，人声鼎沸；几十座寺庙宫观里香客络绎，香烟缭绕。你看，庙会真是把兴化的市场刺激得活力四射了。

对庙会恢复后的情形，"竹业公所"也是有所见闻的。

兴化各地的庙宇都是那些致富能人捐款修建的，兴化的庙会是伴随着商品经济的大潮而复活的。哪里有庙会，哪里就有市场。精明的商人看见了庙会中的商机，造出一个新词叫"庙会经济"。追着庙会做生意，总会赚一把的。有时候，同赶一场庙会做生意的商贩竟达1000多家。最远的如山东、安徽的商贩，也会远道而来摆摊设点。与兴化相邻的扬州市吴堡镇，就出现了一批"庙会商人"。他们都备着一辆货车，有卡车，也有拖拉机，还有三轮车；赶到庙会举办地，有的人是拉开帐篷做店铺，有的人就用自己的货车当柜台，有的人就把商品摆在路边。他们卖服装，卖农具，卖生活用品，卖花草树木……一位姓刘的老板已做了30年的庙会生意，他闭着眼睛也能说出全兴化200多场庙会的日期。这位年近花甲的农民商人甚至不愿意随儿子到北京去生活，就是舍不得丢下那一场场庙会啊。

庙会举办地的乡镇政府也把庙会当作展示地方风情的一台戏，当做推介投资环境的一张牌，当作招商引资的一个平台。庙会期间，他们会邀请外地客商莅临做客，邀请在外创业的能人回家乡探亲，邀请新闻媒体的记者、作家、艺术家前来采访、采风。西郊镇借庙会介绍十多平方公里徐马荒的原始生态，引得许多电影电视导演前来取景；陈堡镇蒋庄村的红富宝番茄通过庙会的宣传赢得"仙果"美名，成为该村的支柱产业；缸顾乡的"千垛菜花"也是因庙会的数度推介而成为响亮的旅游品牌，每年都能吸引十几万外地游客……一场庙会也就是几天的热闹，但对发展经济的效应却是持久的。

## 庙会盛于娱乐活动

庙会也是一次民间娱乐活动的大展演。

庙会与娱乐的结缘似乎是它们的宿命。是庙会成就了民间的娱乐艺术？还是娱乐给庙会增添了活力？都说得通的。

我要说的是，因为这种结缘，庙会的表情就由严肃变得和悦，庙会的队伍就由单薄变得庞大，庙会的色彩就由冷淡变得热烈；因为这种结缘，兴化的大地上就有了不绝的欢声笑语，有了不谢的姹紫嫣红，有了不眠的憧憬遐想。

古时的兴化交通闭塞，人员流动不畅，人们丰富精神生活的最好做法就是自娱自乐，这也正是兴化的民间艺术较为发达的重要原因。

孕育于农耕文化土壤中的舞龙、打连厢、荡花船、踩高跷等娱乐方式，究竟产生于何时？这个问题已不重要。这些娱乐方式一旦成为庙会的组成部分，就获得了不断提升艺术水平的动力。人神大联欢啦，人们怎能不把自己的节目演好？兴化人亲水，几千年都以龙为图腾。兴化每年不仅要举办十多场龙王会、龙灯会，而且每一场庙会都有舞龙节目。

有的庙会舞彩龙，有的庙会舞白龙，有的庙会舞黄龙。蒋庄的都天庙会上舞的是九条不同颜色的巨龙，舞龙人可以舞出"老龙翻身""乌龙摆尾""腾云驾雾""翻江倒海"等动作，因龙中有灯，翻舞时则流光溢彩。沙沟段式板凳龙起源于明朝沙沟东岳庙，后在庙会上发展成熟。镇上的男女老少都到庙里烧香磕头，每人总要带着一张"拜香凳"。拜佛的人多，大殿上摆的小凳也多。一张张连接在一起的小凳弯弯曲曲，很像一条条游龙。民间艺人李兆龙在出会时给每张"拜香凳"的凳面上糊上一层白纸，又在上面粘上红、黄、青、蓝等色彩的鳞形纸片，巧妙地设计出一条条形态各异的"板凳龙"。多张小凳可以拼接成蜿蜒长龙，一张凳子可以独龙腾空。

　　这些年的庙会中，娱乐活动更为丰富。经受过工业文明和信息文明的熏染，民间娱乐活动中有了明显的文化自觉。茅山镇的东岳庙会上，农妇们唱起了清越悠扬的插秧号子，既有赞美真诚爱情的传统内容，也有介绍风土人情的新编歌词。蒋庄村高跷队所踩高跷都在一米以上，必经严格训练才能掌握技术，踩跷人扮演渔、樵、耕、读四种角色，个个扮相俊美，其表演技艺精湛，动作灵巧。边城的三四十名妇女打破"女人不耍龙"的旧规，成立了女子舞龙队，她们从外地请来老师做指导，常年坚持训练。这些巾帼舞出的彩龙翻转生风、腾跃成威，可摆出10种造型。在兴化市首届舞龙大赛中，边城的女子舞龙队勇挫多支男子舞龙队荣获第三名……正在泰州考察乡村政治生态的著名文化学者费振钟说，庙会很好地保全并提升了民间文娱艺术，这或许可作为庙会自信地存在于现代化进程中的最后理由。

## 农家的厨德

农家的厨房是生长着鲜香之味的。

细雨如织，收工的新媳妇从田埂边上随手掐几把马兰头，回家洗净后，用开水一焯，挤干，切细，放半勺盐、一勺白糖，再浇上几滴麻油，拌匀，搛上一筷子放进嘴里，便能嚼出阵阵柔嫩、清幽和活泼。烈日炎炎，玩水的孩子在河边上两手一抄就是一捧螺蛳，那螺蛳个个都比大拇指头大，带回家养到清水里，往水里滴几滴香油，待螺蛳吐清了泥土，一个个剪去它们的尾巴，洗净后拌好香油豆酱、生姜蒜瓣，炖进饭锅里，饭熟了，螺蛳也能吃了，猛一吸，螺蛳肉随着汤汁游进嘴里，整个舌头便沉浸在滑腻、圆润、生动之中。金风送爽，屋后的晚茬韭菜已经长足了劲，割上三四棵，从水里过三四回，切成寸把长，灶膛里用大火，把韭菜放到油锅里三拨两搂即可装盘，吃一口便可品出一种爽亮、利落和畅快。瑞雪纷飞，扒渣的男人从船舱里拾起一碗小鱼，都是活蹦乱跳的鳑鲏、昂刺、虎头鲨、罗汉儿，女人掐破鱼肚子，两指挤出鱼肠，再用指甲刮清鱼鳞，便可烧出一锅咸菜小鱼，掀起锅盖，一股清纯、热烈、生动的气息便撩逗着人的味蕾。

农家烧菜是不大讲究厨艺的，人们图的就是方便、快捷、省事。茄子切块的大小、形状有什么要紧，吃到嘴里就是一回事嘛。闲时可以多往灶膛里添个草把，忙时菜一熟了就要起锅。菜盛到大盘子小盘子里都行，吃菜又不吃盘子。用萝卜雕成宝塔装饰到盘子里就更没必要了，菜是由吃的不是由看的。人们认为，只要厨房里有了带着温度的鸡蛋，冒着热气的猪肝，刚从土里扒出来的芋头，才从藤蔓上摘下来的南瓜……何愁烧不出鲜香浩荡的美味？

农人们念念在心的是传承千百年的厨德，那是他们面对着五颜六色的瓜果蔬菜、挣扎不已的鸡鸭鱼肉必须恪守的常伦。在享受着阳光雨露、河流大地的无私馈赠时，在延传家族血脉的生活重压下，在一代接着一代的艰难劳作中，他们的厨房里保留着坚硬的规范。他们也许大字不识一个，也许从没有走出过偏僻的村庄，也许卑微得已经丢失了名字，但是在忠厚的灶王爷面前，他们却是不敢有丝毫的造次、孟浪和颠顶，宁可花费时间，宁可承受辛苦。那些煮饭烧菜时恪守的德行是他们心灵中婆娑的旋律，是他们鲜血里绽放的花朵。

高中毕业不久，我们五个要好的同学曾经有过一次聚会，做东的是周大福，他的妈妈是庄上的裁缝。那天，周大福切了几个卤菜，抓了一包油炸花生米，说家里还有豆腐和黄豆。周大福的爸爸跟生产队的大船到泰州逮小猪，他的妈妈被人家请过去做嫁衣了，我们都少了些拘束，在八仙桌上闹腾起来。

一瓶粮食白酒喝光后，桌上的几个菜都见了碗底。这时，周大福的妈妈回来了。她看见桌上的情景，口气中有些责怪："大宝，你怎么不多弄几个菜？"

周大福说："厨房里还有豆腐和黄豆，你帮我们烧一碗菜吧。"

一会儿，周大福的妈妈就端出一碗油煎豆腐。又过了一会儿，周大福的妈妈端出一碗青椒炒黄豆。我们几个心生感动，都说："合起来烧一碗就行了，何必这么费事？"

周大福的妈妈说："你们懂什么，豆腐和黄豆是不作兴混在一起烧的。"

我们都愣了一下，甚至有些莫名其妙：能在一起吃却不能在一起烧，其中有什么说头吗？

周大福的妈妈笑笑，说出一番道理来：豆腐是黄豆做的，黄豆就是豆腐的妈。豆腐烧黄豆，就是当着儿子煮妈妈，当着妈妈煮儿子，丧良心的。不信，你们以后试试看，豆腐和黄豆一起烧，锅里的声音总要大一些，那是豆腐黄豆一起哭呢。

我再把筷子伸向这两碗菜时，便会多出一些小心来，哪怕只搛住一粒豆子、一角豆腐，都觉得它是重重的。

师范毕业后，我到小镇上教书，一个星期天，庄上一个承包鱼塘的朋友约我去钓鱼。我是初握钓竿，只钓了几条大鲫鱼。回到他家里后，他就钻进厨房忙活去了。我有些过意不去，便抢着处理自己的渔获。面对着巴掌大的鲫鱼，我的想法是，首先要去鳞，然后再剖肚，因为在鱼肚子裹裹胀胀的情况下，去鳞会更方便一些，如果先割肚去肠，鱼鳞就不容易刮净了。我一手压住平放在地上的鱼身，一手用菜刀从鱼尾向鱼头刮削，鱼尾在我的手下不停地掀动，拍打出"噼噼啪啪"的声响。

朋友端出一碗红烧肉放在桌上，盯着我说："你到现在怎么还不会杀鱼？"

我不解："我已经烧过好几次鱼了，都是这样杀的。"

朋友说："如果是死鱼，可以先去鳞后剖肚。如果是活鱼，就一定要先剖肚后去鳞。懂不懂？"

我问："这是为什么？"

朋友解释道："鱼的身上有上百片鱼鳞，一片一片刮下来，就等于给鱼来了个千刀万剐，活鱼能不难受？你先给它破肚，让它早点死掉，再给它去鳞，它就不知道疼痛了。它既然能够满足我们的口福，我们就该让它少受点罪。"

这位养了几年鱼的大男人，对鱼真的是有感情了。他看着我用刀拍死几条鲫鱼后，又进厨房了。

进城工作后，我就难得回村子了。一位远房亲戚邀我参加他儿子的婚礼，我当然不好拒绝。正好是周末，我就早早赶了回去。现在农村也有家政服务了，一帮人会根据主家的要求搭好敞篷，放好桌凳，带足锅碗杯盘，操办几天的酒席。我到敞篷里刚喝过几口茶，就听亲戚和厨师争执起来。事情其实很简单，厨师私自换掉了一个菜：他没跟主家沟通，就把笋鸡炒韭菜变成蒜薹爆烧小公鸡。

厨师是庄上有名的巧农民，"文革"期间演过《红灯记》里的李玉和。他的父亲曾经当过私塾先生，他的性格也有些迂。他支支吾吾："我不会做笋鸡炒韭菜。"

我有些生气："这有什么会不会？和韭菜炒鸡蛋还不是一回事！"

厨师朝我望望："我不想做这道菜。"

我追问道："这是为什么？"

厨师固执地说："小鸡还没有出壳，人是吃不得的。婚宴要图个喜庆，图个吉利，图个顺遂，不是每道菜都可以上桌的。"

我忍不住想笑："也难怪人家喊你迂师傅，公鸡吃得笋鸡怎么就吃不得？"

厨师点上一支烟，慢悠悠地说来："我们人喂养了公鸡一场，公鸡长大了就该让人吃。你想啊，如果我们不吃公鸡，这世界上还会有公鸡吗？猪啊，牛啊，鹅啊，鸭啊，都是因为愿意给人吃，人才愿意养它们，它们才会越养越多。老虎比人厉害，不愿意让人吃，它马上就要绝种了。笋鸡不一样，笋鸡还没有变成鸡，还没有真正活过一回，人还没有喂养过它，怎么能吃它？"

亲戚也不愿意闹出不愉快来，笑着说道："你说的有理，就依你的意见办。"

现在想来，农家的厨德中所蕴含的逻辑也许是迂腐的、陈旧的，甚至是可笑的，但却是符合最为朴素的天道。农家厨房里鲜香无比的最大奥秘，也许正在于乡亲们对天地的敬畏，对自然的敬畏，对各种生命形式的敬畏。

## 且把相思付流水

一个听来的故事。

20年前，他们正是韶华灿烂的人生。他大学毕业后被分配到小城的一家医院坐诊，利用休息日到江南欣赏山水秀色；她高中毕业后在等待招工的机会，有空便去无锡看望舅舅。于是，他们便邂逅于烟雨如诗的太湖之滨。乡音像一双深情召唤的手，让他们在微微的欣喜中注意到对方。几乎是同时，他们说出了同样的话："嗨，我们是老乡吧？"亦惊亦问中，他们成了旅伴。他帮她拎背包，为她买饮料，拉她爬山坡，给她讲故事，她则第一次恣意地享受着一个青春男人的帮助、服务和体贴，第一次觉得自己已经不是一个中学生了。一天的彼此相随，他们读出了对方眼中的情愫，听懂了对方心跳的声音，嗅到了对方每一个动作传送的气息。他眼里的她，秀丽如吐芳的鲜花，清纯如潆潆的碧水；她眼里的他，浑身散发着煦暖的阳光，满肚子装着新奇和有趣。

回到小城后，他们便是一对恋人。在她生病时，他用汤匙一口口喂她吃饭；走过马路时，他总是紧紧牵着她的手；她不敢走夜路，他就天天晚上送她回家；她喜欢吃橘子，他就跑遍全城买来最好的橘子。他们没有互赠信物的仪式，没有"执子之手，与子偕老"的誓言，没有桑间濮上的浪漫，甚至没有过分的肌肤之亲。但是，他们都在心里认为两人已经彼此相属。她有时会使点小性子，骂上一句："你真是个坏蛋！"他则嘿嘿一笑："谢谢夸奖。"

在他的辅导下，她重温了一遍高中的旧课，不久就顺利地通过了招工考试，进了百里之外的一家企业当仓库管理员。一位和她同去当工人的女同学不知出于什么动机，告诉她说，他根本不是真心爱她，因为他早就有女朋友了。她遭遇了有生以来的最大打击，心中自然是非常失望和愤怒。她不仅不主动给他写信，还把他的来信原封不动地退了回去；他到厂里去找她，她却请病假躲进了电影院；她回到小城后，故意拉几个男同学到他工作的医院门口逛上几趟；她还在他的同事面前放出话来，说自己已经谈了男朋友。几个月过去了，他并没有从她的心里离去，他在她的梦中依然那么俊朗，他成了她越来越重的思念。她这才清楚地意识到，自己所有的坚清决绝都是装出来的。她终于提笔给他写了一封信："你真是个坏蛋。"但就在她准备把信丢进邮箱的时候，她的手又缩了回来，她想等他的来信，她要再品咂一回他的追慕。

但是，她再也没有收到他的来信。又过了几个月，她在小城的大街上看见他挽着新女友走进了照相馆，她的心中如有寒风吹过，觉得小城的面目变得陌生起来。在听到他的婚讯后不久，她也走进了一桩无法心动的婚姻。无意之中，她总是拿丈夫跟他相比，更记起他的种种好处来，便不得不常常让思绪飘落到他的身上。此情难诉，她便让自己的思念倾泻在日记本上。她对自己立下誓言：如果能把日记坚持写到20年，她一定去见他。

她每天都会写自己的日记，从不肯停下自己的笔。当丈夫和女儿酣然入梦后，她便拿出日记本来。她记下了每一次心痛，记下了每一次落泪，记下了每一次浮想，记下了每一次伤神。她写得最多的话是："你真是个坏蛋。"当她把墨迹留在那一页页白纸上的时候，她不仅是在倾诉一种刻骨铭心的情感，更是在与旧日时光约会，更是在回味曾经的甜蜜，更是在阻拦记忆的流逝。

她写啊写啊，写了一年，两年，三年……一直写了20年！她给他打去电话，说自己想见他。他给她一句幽怨的回话："我等这一天已有20

年。"她回到睽隔已久的小城,以患者的身份走进他的家。他的妻子以一张真诚的笑脸接待她,为她忙了一桌子的菜。他儿子与她很亲近,一声声"阿姨"喊得她心疼。他借口让她到医院检查,把她带进桃林中,桃花映红了他们渐秋的容颜,似在渲染着他们内心的躁动。他把20年前被她退回去的信递给她:"这是我一生中写过的情书,都是为你而写,我一直留着它,只为有一天你读到它。"她又骂了他一句"你真是个坏蛋",然后带着他的长吻留在舌尖上的疼痛凄然离去。

她从20年前的情书里读到了他的情、他的泪、他的血,她长长地舒了一口气。这么多年来,她爱着的人也在爱着她,痴情的守望,便有了无悔无憾的意义。生命中曾有过如此的诗意、传奇和绚烂,岁月便成风景。但人生里也不可缺少平淡、安静和从容,无论多么珍贵的旧爱都不应成为生命的羁绊。在这个有情人难成眷属的世界上,默默的祝愿也许是比痛苦的相思更为高贵、更为美丽、更为优雅的感情。她的身体有一种飘然欲飞的感觉,如同卸掉了千年的重负。在一个和他们初见相同的烟雨里,她只身来到长江岸边,把他的信和她的日记慢慢地抛入江中,看着它们在汹涌的江水中无可奈何地飘逝、沉没,她竟然没有泪水,也没有感伤。她突然心有所悟:两情相悦的确比流水更长,奔腾不息,但它终究会流向苍茫,化为虚无。她的目光随着江流投向大海的方向,等待那一轮喷薄而出的杲杲红日……

记下这个故事,只为礼赞人世间的一切真爱。

## 听《二泉映月》

著名指挥家小泽征尔说，听《二泉映月》是要跪着的。

一个残缺之人用生命创造的至美世界，怎能不如仙乐一般呢？

我多次静静地聆听过阿炳以后的那些二胡演奏家演奏的《二泉映月》，没有一次不惊异于它的优美。但我似乎只止于欣赏它的精美与流畅，并没有真正动过心、动过情。直到有一天，我从收音机里听到了阿炳自己演奏的《二泉映月》，我才真正走进了阿炳的世界，禁不住泪水涟涟。

1950年夏天，同乡的音乐大师杨荫浏受中央音乐学院之托，专程来到无锡，为阿炳的演奏录音。其时的阿炳只靠修琴为生，已三年没有操琴。阿炳借来琵琶和二胡，在老伴的搀扶下，蹒跚于街巷，又拉响了《二泉映月》。三天后，他才开始灌录音。他孱弱的身躯已经伛偻，就像一把琴弓；他枯槁的手指显得僵硬，艰难地在琴弦上滑动揉弄；他失明的双眼陷得更深，只能挤出几滴浑浊的老泪。阿炳，是用最后的生命奏一曲绝响啊！就在这一年十二月，他永远地告别了二胡。

那张老唱片已失去光泽了吧？但那上面记录的是从阿炳指间流出的声音，是从阿炳心中传出的讯息。尽管它是粗糙的，但却是真实的。那乐曲嘶哑、沉闷，甚至有些呆滞、生硬，但十分苍凉、悠远。正是从这样的曲调里，我才听得出阿炳沿街卖艺时的种种辛酸，我才听得出阿炳双眼暗淡后的凄苦生活，我才听得出阿炳在小阁楼中的彻夜哭泣，我才听得出阿炳在穷困潦倒中勃发的音乐天才……不是阿炳，谁人能用这样的曲调诉说人生！

我想，倘去无锡，定要拜拜阿炳。

## 一网打尽

1948年底,严寒覆盖着大地。我华中野战军和中原野战军集中了60多万强大兵力分割包围了蒋介石50多万精锐部队,淮海战役胜利在望。蒋军不断被歼的消息像一股强大的冲击波震慑了苏中各地的敌人,他们纷纷南逃,企图凭借长江天险,加强防线,保住摇摇欲坠的蒋家王朝。

苏中敌后战场上,我各地武装积极配合正面战场,展开了一场追歼逃敌的战斗。我溱潼县独立团正是抓住这个战机,在瓦庄、陈家舍一带打了一个漂亮的歼灭战,把从兴化撤逃的敌人一网打尽。这正是:惊弓鸟有翅难飞,落荒狗无路可逃。

一

12月10日,溱潼独立团由沈垜镇向南开进,奉命消灭周庄镇的敌人。严冬,朔风呼啸,寒气袭人,但战士们心中却暖洋洋的,脸上挂满笑容。20多天前,这支部队消灭了由汤庄、老阁开赴沈垜的敌人,一举收复了沈垜镇。行军途中,副团长葛东、政治处主任林子平、副参谋长赵育生,步履矫健,威风凛凛,他们在反复酝酿着这次战斗的计划。部队行进至距周庄镇六七里的颜庄时,侦察员回来报告:"周庄的守敌已弃镇南逃!"听到这消息,葛东气得狠狠地骂了句"孬种"!接着,他与林子平、赵育生一起研究部队下一步行动方案。经反复商量,他们决定边休息边找战机。

夜幕降临，小镇寂静得出奇。葛东辗转反侧，难以入睡，战机在哪里？突然，一阵急促的脚步声打断了他的思索，紧接着一位参谋在门外报告："报告副团长，抓到了一个敌人。"葛东忙跃身下铺打开门，一个哨兵押着一个人走进来。那人30岁出头，不停地擦着眼泪。葛东问："你叫什么名字？"那人答："张牛小。"葛东又问："你怎么没有逃走？"张牛小往地上一跪，边哭边说："我是兴化保安团三中队的，是周庄人。部队已接到命令，正准备南撤过江。队长怕中你们的埋伏，叫我假装回家，探听一路的情况。"葛东听说兴化的敌人准备南逃，心里一喜："好，战机来了。"他不动声色，对哨兵说："你看好他，我出去一下。"一会儿，他把林子平、赵育生都叫来了。张牛小以为葛东叫人来处置他，连连磕头："你们不能杀我，我上有老、下有小啊！"林子平说："不杀你可以，你要立功赎罪。"张牛小说："你们给我指一条路，我一定走。"葛东说："行。我问你，敌人什么时候南撤？"张牛小答："13日早上。"葛东接着说："你马上回去，就说一路上没有发现共军。"张牛小忙说："好、好。我一定按照你们的话说。"葛东把手枪往桌上一放，正色道："你若骗了我们，我们枪是会找到你的！"张牛小从地上爬起来，说："我马上把我的父母、老婆和孩子领过来。要是骗了你们，随你们怎么处置他们。"葛东对哨兵一挥手："带他出去吧。"

　　屋内静了下来，三人陷入深思中。他们一言不发，只顾一个劲儿地抽烟，过了一会儿，葛东走回桌旁，指着地图："我看，伏击的地点就放在——"

　　三个齐声道："瓦庄。"

　　这时，天已破晓，一声鸡鸣从屋外传来。

## 二

瓦庄距兴化城 30 多里路，地处"丁"字形河流的交界处。西边是一条宽阔的南官河，南北流向，从盐城、兴化接卤汀河，直通泰州、口岸、长江。北边是北澄子河，它接着南官河，拐弯向西一直通往高邮城。瓦庄北边两里多路的南官河西，有一个陈家舍。瓦庄和陈家舍，分布在南官河东西，两岸对角而立，正好夹住两条河的岔口。这里是兴化之敌南逃长江或西撤高邮的必经之路，是打埋伏的好地形！

葛东、林子平、赵育生三人察看地形后，合计了一下，决定由葛东、赵育生带领一连、六连、九连和特务连埋伏在瓦庄，把特务连的重机枪、迫击炮和三个连队的轻机枪集中配置，构成一个强大密集的火力网，待敌人进入火力圈后，先用各种火器杀伤敌人，然后再出击歼敌。林子平则率领三连、四连和武工队在陈家舍集结，待战斗打响后，迂回到敌人背后，断敌退路而聚歼之。方案定下后，葛东提出："为便于水上作战，必须准备一些船只。"林子平很有把握地说："我们部队本地人多，就近借几十条船不难。水上由我负责就是了。"

几天没打仗，战士们手痒痒的，听到有战斗任务，个个摩拳擦掌。12 日深夜，部队全部进入预伏地点，二十几条木船停靠在河边，一张歼敌之网撒开了！

天刚蒙蒙亮，一只由南向北急速行驶的木船闯入瓦庄地段，船后架着木棚，前有两个年轻人使劲划棹。突然，一战士惊叫起来："不好，这是我庄刘善德家的船！"这个战士叫李威，是距瓦庄南十几里路的花庄人。葛东问："怎么回事？"李威说："刘善德是我庄的地主，他有个儿子在兴化城保安团当排长，他说不定是上兴化报告情况的。"葛东点点头："嗯，有道理。"他随即一招手："李排长，快把船拦下来。注意，不能打枪，防止惊动敌人。"李排长走过来，用手罩住嘴，对着河心的船大喊："喂，快把船靠过来！"可小木船非但没有向岸边划，反而加速向北行驶。李排长对手下的战士命令道："用船去拦，千万不要开枪。"三个班的战士划着三条船像离弦之箭穿向河心。快要追到那条船时，刘善德从船棚子里爬出来，扯开嗓门大喊："你们开枪吧！开枪吧！"话音刚落，他猛地往河里一跳，一个猛子潜到深水里去了。几个战士毫不迟疑地把船桨一丢，也跟着跳进冰冷的河水中。一会儿，几个战士就将刘善德从水中拎了上来。

岸上的葛东看到刘善德被捉，不禁深深地舒了口气。

## 三

兴化城四面环水，如一片荷叶漂浮在水面。1946年10月底，国民党占领了这座水城。他们在城内构筑了许多防御设施，妄想盘踞这块土地。但好梦难圆，两年刚过，国民党军队已节节败退。12月9日，我兴化总队奉命向兴化城推进。匪县长王正明如惊弓之鸟，于11日拂晓率县保安团悄没声息地弃城南逃。而驻扎在西鲍的敌保安三中队和匪三区的土顽武装，已被我中堡、海河、平旺三区游击队及县武工队包围两天两夜，经过一番激战方才突破重围，沿下官河逃至兴化城。当日，由朱道广率领的游击队、武工队亦追赶而来。

13日清晨，敌人分水陆两路由兴化城向南逃跑。保安三中队的一个排和一部分土顽武装沿着南官河岸南撤；一大批土顽及其家属带着大量的物资，分乘20几条大小木船，在保安团两个排的掩护下，循南官河南行。陆上的加劲奔，水上的拼命行，实指望早日过江保性命，哪晓得已闯进了"网"。敌人刚行到瓦庄，葛东一声令下："打！"所有的轻重机枪、迫击炮一齐开火。岸上的敌人失魂落魄，水上的敌人鬼哭狼嚎，他们没法东躲，也不好西藏，只得掉头往回撤。葛东命令特务连的战士用火力封锁南官河，把水上的敌人往陈家舍逼。随后，他又命令一连、六连和九连的战士立即出击，消灭从大路上北逃的敌人。战士们人人像小老虎，追得猛、打得狠；敌人个个像过街鼠，吓得连头都不敢回。

　　集结在陈家舍的部队，听到枪声也立即出击。宽阔的河面上成了一片火海，敌人前后遭受袭击，死的死，伤的伤，只好掉转船头，想撤回兴化城保命。林子平下令："同志们，上船追敌！"我独立团不少干部、战士都是当地人，从小就会戏水弄船，对这里的一河一沟都了如指掌。一个班战士划一条船，二十多条船像游龙一般。他们抄近路，穿小桥，一下子就迂回到了逃敌的前面，把敌人的逃路堵住。不少敌人见无路可逃，纷纷缴械投降。追敌的船只行到十里亭附近时，河岸上有人在喊："长官，有两个排躲在庄东边的小河里，你们快去抓吧！"林子平抬头一看，是张牛小！一条船靠到岸边，张牛小一跃就上船，他指着路，一下子就找到了隐藏的敌人。这些敌人已无心抵抗，纷纷举手投降。林子平握着张牛小的手说："你为我们立了一大功啊！"

　　这时，枪声已经停息。林子平手往北方一挥："上兴化！"船很快划到兴化南岸，与朱道广率领的游击队、武工队合兵一处。葛东对空鸣枪，然后用洪亮的嗓音喊道："同志们，兴化城解放啦！"

　　水乡大地从朦胧中苏醒过来，火红的朝阳放射出万道金辉。

# 人间腊雪

　　一直喜欢南朝谢灵运的诗句："素雪纷纷鹤委，清风飙飙入袖。"雪花飘落，便如白鹤委身大地，这样的比喻，真是道尽了雪景之美妙。自古而今，爱雪之情是共通的吧？

　　其实，雪也是有贵贱之分的。最让人生畏的是六月之雪，炎炎的烈日下，竟然飘起雪花，这不是太反常吗？人间有冤，六月方才飞雪。春暖花开时节，也会下几场雪，麦子刚刚起身，怎经得起彻骨的寒冷，那雪里又有虫卵，有道是"春雪吊百虫"。最金贵的当然是腊雪，腊雪是真正的瑞雪。腊月是年岁之尾，已入深冬，应时而来的雪花会像被子一样覆盖在娇弱的麦苗上，昭示着来年的丰登。

　　冬雨的飘落，是一种无奈的下跌，就像游兵散勇一样，脚步凌乱而粗重。当冬雨在空中结晶成六角花瓣，穿上梦的衣裳，它们的飘落就有了飞翔的姿态，如婆娑的曼舞，如轻盈的行走，如娇嗔的蹙眉。腊雪如洗，整个空中便清亮得无一丝尘埃，人的眼睛可以看到从未有过的远，亦可以看到从未有过的高。若有飞鸟从头顶上掠过，它们眼中的神情也是能够识得的。大地上白茫茫一片：绿菜地白了，黄草堆白了，土墩子白了，泥坑子白了，茅草屋顶白了，黑瓦屋顶白了……那种恣肆的白啊，填平了高低，抹掉了贫富，遮盖了新旧。身边的白茫茫连着远方的白茫茫，仿佛天涯就在眼前了，喊一声就能传过去，跑一阵就能赶过去。

　　小时候，空中本无飞尘，地上一片冰封，家乡的腊雪便有着纯洁无比的品格。那满世界的白雪，墙角下的，猪圈旁的，小巷里的，大门口的，都清净得如天宇之上翻滚的罡风，如深地里流出的泉水，如刚出世婴儿的心灵。在这样的纯洁和清净面前，就连那些愚钝的农夫农妇们，也忍不住陶醉了，甚至会发出一连串"啊啊啊"的赞叹。他们说得最多的一句话是："天水啊！"那时候，河边的水码头也被大雪覆盖了，说不定，小河上已经结了一层厚厚的冰。天水就在手边，何必再到河边取水？他们会拿着水舀子，或者是干脆拿着洗脸盆，随手就从雪厚的地方，装几次回去倒进锅里。他们只知道，这无根之水比河水干净，大可以用来煮饭做菜烧茶。

记得，庄后庙里的那位叫隆修的尼姑是喜欢藏雪的。这位一年四季身着袈裟的尼姑面色红润，声音清亮，一脸和善，遇见人总是清浅地笑着。曾听庄上的大人们说过，隆修是结婚的当天晚上逃出来的。人们一直未能明白，她究竟为什么选择出家？尽管无法解开她身上的谜团，但庄上人对她修行的诚心并未有过怀疑。庄上还流传着这位尼姑的一句话：腊雪化水，烟尘不沾。

一场腊雪过后，隆修就会搬出十几个大小不等的陶坛，在庙前的空地上，用一只碗掫雪，小心地装到坛子里，再慢慢压紧。这时候，隆修嘴里会一遍遍地轻声念道："阿弥陀佛，阿弥陀佛，阿弥陀佛……"装满那些坛子后，隆修就把它们一只只搬到庙后的墙脚下一字排开，给大口的盖上木板，给小口的盖上瓦片。有两只最大的坛子，隆修要搬到厨房西侧的菜地里，再用两只瓷碗覆盖在坛口，然后挖个坑埋下去。

开春后，她到庙后的墙角下搬回一只坛子，放到灶台上，掀开盖子一看，半坛雪水清澈得无遮无拦，坛子里的每条纹路都清晰可辨，窗口里的一缕阳光射进坛子，像在坛底丢了一枚铜钱。隆修又轻轻念出一声："阿弥陀佛。"坛子里的雪水，隆修只会用来煮茶，不会用来烧饭做菜，更舍不得用于洗涮。这坛水吃完了，才去搬下一坛。雪水吃完了，春天也就过去了。

直到夏天，隆修才会去把厨房西侧的两只藏雪的坛子挖出来。在滚滚的热浪中，那两坛雪水依然带着上一年的寒意，看一眼，都会觉得清凉习习。隆修把坛子搬进屋，放在自己吃饭的小桌子上；她把两只当盖子的瓷碗洗干净，重又盖在坛子上。隆修不会再用坛子里的水烧茶了，她要把在地里储存了几个月的雪水留给庄上的孩子们。那些在后庙里念经的老人们会把隆修的话传开去："腊雪化水秉承冬气，能够清热解毒。"谁家孩子喉咙疼了，隆修就倒一碗雪水出来，那孩子"咕噜咕噜"喝下去，一抹嘴："喉咙里不冒烟了。"谁家孩子身上生了痱子，隆修倒出一碗雪水给人家，大人给孩子擦过几回身子后，那些痱子就都焦了头。谁家孩子害眼睛了，隆修也会给人家一碗雪水："回去用干净棉布蘸水，给孩子洗眼睛。"两天后，那孩子的眼睛真就不红不肿了。我的老姑奶奶曾经带我到后庙里喝过一次雪水，隆修只给我倒了半碗，我一仰头就喝光了，只觉那水清淡无味，但有一种月光般的凉爽，从喉咙流进肚里，又向全身蔓延。

此后经年，我在大观园的栊翠庵又认识了一位叫妙玉的尼姑。这位身在佛门心系红尘的奇女子，有着超逸的气息。她那高洁如玉的品性，在茶道上就能表现出来。妙玉也是用雪水煮茶的，而且是从梅花上收集的雪。那天，贾母带着一帮人途经栊翠庵，妙玉请林黛玉和薛宝钗喝体己茶。那茶定然是上好的，要不然怎为体己？林黛玉喝过茶后，觉得清雅无比，但也不知道是什么水，便问了一句："这也是旧年蠲的雨水？"妙玉竟然冷笑着数落了林黛玉一顿："你这个人，竟是大俗人，连水也尝不出来。这是五年前我在玄墓蟠香寺住着，收的梅花上的雪，共得了那一鬼脸青的花瓮一瓮，总舍不得吃，埋在地下，今年夏天才开了。我只吃过一回，这是第二回了。你怎么尝不出来？隔年蠲的雨水哪有这样轻浮，如何吃得。"雪后的清晨，阳光如银。一身素净的小尼姑站在梅花丛中，见梅枝上裹着白雪，梅花上盖着白雪，如蜡塑的一般。她一手托着瓷碗，置于梅花之下，一手捏着玉片，渐渐地挨近花瓣。柔荑轻动，梅花上的白雪便随着玉片飘落到瓷碗里面。她虔敬在心，用力很软，她怕雪花会飘到碗外去，也怕伤着娇嫩的花瓣。碗里的雪满了，小尼便把它倒进鬼脸青的花瓮里。收了一个上午，她才把花瓮装满。朵朵梅花露出了笑脸，红晕粲然。人心似雪，人面如花。

　　这样的水，既有冬雪之洁，又有梅花之香；既有蓝天之高，又有大地之厚；既有岁月之修，又有青春之短，恐怕是可以洗濯心性的。倘若不是冰清玉洁之人，怎能够品出它的妙处来？

　　今年的腊雪说来就来了，大地一新。此时可读闲书，便抽出一本《养小录》，作者顾仲是康熙年间的嘉兴人，书中记录的是浙江的风味小吃，诸如蜡梅汤、茉莉汤、木香粥等，都带有明显的文化味。古人认为烧饭做菜乃小事，吃吃喝喝不过是养小而已，摸索出花样繁多的食谱，恐怕还是为了寄情于吃喝。书中有一段关于腌雪的文字：

　　　　腊雪贮缸，一层雪，一层盐，盖好。入夏，取水一杓煮鲜肉，不用生水及盐酱，肉味如暴腌，肉色红可爱，数日不败。此水用一样制他馔，以及用来合酱，俱大妙。

　　雪也可腌？真是奇了！腌雪并不复杂，也就如腌咸菜一样，在缸里放一层雪后，就放一层盐，再放一层雪，又放一层盐，如此这般，把缸放满。腌雪的缸并不需要埋在地下，放在家里，或放在室外的阴凉处，都行。想来，加了盐的雪很快会融化，一缸腌雪就成了一缸盐水。文人喜欢这一缸盐水，定是因为里面贮存着腊雪的飘逸、洁净和柔美。闷热的夏天，三五知己围坐在桌旁，品尝着客冬的滋味，是不是有一种别样的淡定、从容和乐趣？

　　不知怎的，我突然想起东晋时的王子猷来，王羲之的这位五公子因雪而想去见戴逵，行舟一夜，但到了戴家门口，竟又兴尽而返。一个雪中的故事，鲜活着两位高士。很想问他们一声：可肯教我腌雪？

## 天大的烧饼

跟着父亲走过不到 10 里的泥土路，我便踏进小镇上的麻石街。顿时，一阵烧饼的香味扑面而来，我浑身的细胞都兴奋起来，腿上的疲惫也消失了。经常性的饥饿把我的嗅觉打磨得十分灵敏，我循着香味一眼就能看见那家烧饼店。我会拉着父亲，踱到烧饼店前。我仿佛永远看不够的，是一只只烧饼在炉子中的诞生。

那位做烧饼的男人一年四季总是光着上身，皮肤红红的。炉膛里的炭火正旺，炉口升腾着水汽般的热浪。他看准位置，快速地把一只只生面饼贴在炉壁上。他的胳膊在炉膛里进进出出，让我暗生惊奇。一只只生面饼渐渐地有了生命，它们在长大，在发胖，在变成如人的皮肤一样的颜色。

父亲摸摸口袋，间或会给我买一只烧饼。记得，我吃过的烧饼有两种：一种是普通的，一种是插酥的。普通的烧饼是纯面粉的，咬在嘴里感觉有些发硬，但在咀嚼的过程中，醇熟的麦香便在嘴里弥散开来。插酥的烧饼里面夹着香油和面做成的黄酥，整个烧饼泛着微微的光亮，吃在嘴里更觉得酥脆和绵香，有时还会从嘴角喷出些饼屑来。烧饼的味道之于我，就是街市的味道，就是优裕的味道，就是幸福的味道。那时那地，我的思绪会在恣肆的饼香里飞翔起来。

家在小村，我的生活是远离麻石街的。母亲的铁锅里盛不出烧饼的味道，别家的厨房里也飘不出烧饼的味道。我对烧饼的思念常常化成对父亲去镇上开会的盼望，因为，只有在那样的日子，我才有可能与心爱的烧饼相遇。那天上午在学校考完试,我回到家里吃过午饭,父亲正好从镇上回来,他从布袋子里拿出一个报纸包给我,我打开一看,断定这是一只插酥烧饼,它的外皮已有几处碎成饼屑,里面的黄酥也渗出明显的油斑。我没有在家里吃掉烧饼,而是带着烧饼往学校走去。一路上,我舍不得几口就把烧饼吞进肚里,而是小口地咬着,尽量让烧饼更多地停留在嘴里。我这样的细嚼慢咽,其实就是为了炫耀自己的享受。突然,有人在我身边闪过,他一把从我手中抢过大半只烧饼,然后迈开大长腿飞奔而去,我分明看见他一边跑,还一边把我的烧饼往嘴里塞。我也追了一阵子,但很快就看不见他的身影了。我认得他是我的同班同学大牛,只好赶到学校要他赔我烧饼。令我失望的是,此后我在学校里再也没有见过他。做教师的父亲有一次无意中提到大牛,说是他随母亲改嫁到其他地方了,他还欠着学校的学费,恐怕也是要不到了。到邻村上初中后,我再次遇见大牛,他已高出我一头,说是早已跟在继父后面做农活了。他嘿嘿一笑:"那半只烧饼真好吃!"我狠狠地说:"大半只!"

我读高中就在小镇上,但我与小镇似乎一直相互隔膜着。每每走在麻石街上,我总是心怀胆怯。这种卑微的心理正源于弥漫在空气中的烧饼香味,它非常自然地唤醒我儿时的记忆,但因为家里给的伙食费是有限的,我还是不能随意地去吃烧饼。读高二时,我患了疟疾,发了几天高烧后,嘴里真是寡淡出鸟屎味来。我想起了烧饼,也许它能够唤回我的食欲。我找出身上仅有的一两粮票和3分钱,起早到麻石街上买了一只普通烧饼。当时还没有舍得吃,而是偷偷地藏在床头的木箱里。一天三顿,我还是和同学们一起吃着食堂里的伙食。下了晚自修,我们都回到宿舍,作为晚饭的两碗薄粥早已变成一泡长尿,个个都是饥肠辘辘。刚刚响过熄灯铃,我悄悄摸出烧饼,将整个身体埋进被窝里,又用屁股把被子顶起来。那个小小的空间,成为一个独立的世界,只有我,还有烧饼。我开始享用我的烧饼了,轻轻地咬慢慢地嚼,一只手拿着烧饼,一只手在下巴下等着饼屑。烧饼的香味不仅在抚慰着我的胃口，也在刺激着我的情绪，让我感到生命的可贵，感到生活的美好。烧饼的香味也在暴露我的秘密，不知谁叫了一声："谁在吃烧饼？"我吓得停住咀嚼，赶紧把嘴里的烧饼咽进肚里。在一阵"吃独食，烂肚肠"的喊声中，我赶紧把剩下的半只烧饼压在枕头下面。这时，我的被子被砸了一下，一伸手就摸到一个软软的小动物，我知道那是壁虎。不知是谁扔过来的，还是墙缝里窜出来的？我没有吱声，只想等他们睡着了再吃完枕头下的烧饼。

我终于成为小镇上的居民了，那是在我师范毕业之后。那时尽管收入微薄，但总算不用靠烧饼解馋了。教课之暇，麻石街依然是我眼中的风景线。满街的烧饼香，常让我感到莫名的满足。不知怎的，有关烧饼的场景，还会吸引我的目光，深深地储存于心里。我离开小镇几十年了，但我一直忘不了这样几个片段：

——一位长着络腮胡子的壮汉挑着两桶刚刚榨出的菜籽油，那油桶上面还冒着热气，他把担子放在烧饼店旁边的小巷子里，到店里买了一只刚出炉的普通烧饼。他快步回到油桶边，把滚烫的烧饼插进滚热的菜油里，不等烧饼泡烂，又抽出烧饼来。他猛咬一口，烧饼就剩下一半了。他吃完烧饼后，嘴角变成了黄色，他用手抹了抹，放到鼻子前面闻了闻。他这才挑起担子向河边的装油船走去，留下一声响亮的号子："哎嗨吆——"

——一位女士年轻时婚姻不幸，年长后身体又不好，她的脸上很少有笑容，倒是常常挂着忧愁。她每天早上都要拎着一只油瓶，到烧饼店里去做一只烧饼。师傅会用她带来的香油加到黄酥里，把她的烧饼做得更厚、更香、更脆。她站在烧饼炉边的时候，脸上才会多出些温和、愉悦、期待来。在幽怨满怀的日子里，那一只只特制的烧饼也许是她留恋红尘的理由之一？

——那个殷实之家的男人也是经常买烧饼的，他要从麻石街的西头跑到东头来。买到烧饼后的返程，仿佛一场盛大的仪式：他举起右手，用小拇指、大拇指、食指翘成鼎足托着几只烧饼；两眼直视前方，脸上挂着微笑；不停地与人招呼，仿佛满大街的人都是他的朋友。当时的人们并不认为他是显摆，反而对他心生羡慕。

　　现如今的烧饼已是寻常食物，但它在贫困岁月里对我生命的慰藉却深深留在记忆里，偶尔吃上一回烧饼，便会有重遇故人的欣喜。最近的一天夜里，我梦见父亲递给我一只烧饼，我还没有来得及伸手去接，那只烧饼突然飘了起来。它不断地上升，不断地伸展，一会儿，就成为我头上的一片天，烧饼上密密麻麻的芝麻，宛如一颗颗闪亮的星星……

## 旧书难舍

　　父母相继去世后，小村的老屋便不再有家的意义了。但是，我还是常常记起老屋，记起老屋里的那张书橱，记起书橱里的那些旧书。它们在偏僻一处的默默存在，会让我牵念无既。

　　时光快得像刀，把我们曾经的岁月剁得稀烂。许多年前，我的身上背着并不清白的"社会关系"，又往往饔飧难继，碰到的总是硬冷的面孔，连夜梦都是苦涩的。但是，我还是省下所有的钱来用于买书。我买下了浩然的小说、张永枚的诗歌、叶永烈的童话，买下了上海人民出版社出版的《无机化学》《有机化学》《解析几何》，买下了《十万个为什么》《科学小实验》《家庭日用大全》……当我终于有了自己的房间后，父母又为我打了一张书橱存放它们。

　　我终于离开小村出去读师范了，便不得不与我的书们告别。父母怕它们散失，还专门在书橱上加了一把锁。当我当了教师之后，回老屋生活的时间就一年比一年少了。在我的眼中，那些书们无可挽回地一天天老旧下去，正如我的村庄，正如我的乡亲。不是吗？它们已经落伍了，过时了，无趣了，于我基本上毫无用处。但是，每次回到老屋，我都要在书橱面前站立片刻，凝望着早已被锁在里面的书们。它们是我的故友，我对它们太熟悉了。目光扫过每一本书，我都能想起购买它的故事，得到它的欣喜，阅读它的感受，心中就有些热热的。真该谢谢它们，它们是我荒凉青春里的绿洲啊。它们被冷落久矣，似乎已不敢对我回以微笑。每一本书的面孔都是灰暗的，连叹息也是无声的。我知道它们的哀怨，但并不能给之以安抚。

  有一年，应该是20世纪80年代末吧，在一个炎炎夏日里，我曾经把书橱里的书拿出来曝晒过一次。这次行动并不是我的自觉，而是由一位高中同学的来访促成的。在校时我们都视对方为自己最好的朋友，好到俩人把饭菜票都放在一起了。一天，我们在新华书店看到一本人民音乐出版社出版的《战地新歌》，眼睛里都快流出口水来了，那上面有我们非常喜欢的歌曲啊。但是，我们实在掏不出钱来买下它。我们只得连吃两个星期的茶水泡饭，把买菜票的钱省下来。当我们成为一本《战地新歌》的主人时，心中的得意就绽出花来。晚自习时，我们便会对着歌词歌谱唱起一首首歌来。就在与《战地新歌》相伴的日子里，我们都差不多学会识简谱了。我无法说清，《山丹丹花开红艳艳》《翻身道情》《毕业歌》等歌曲对我们当时的人生究竟有多大的意义，但我可以肯定的是，那些或激昂，或悠扬，或欢快的旋律一直回旋在我们的心间。要不然，现在每听到这些歌曲时，我的思绪怎么会飘向过往，甚至会生出韶华易逝的感伤？

  其时，我正在村里过暑假。来访时，他已是一位副营长了。说到高中生活时，他突然问我："那本《战地新歌》还在吗？"我说："还在，在书橱里呢。"我便领他到书橱前，隔着玻璃，他很快就发现了《战地新歌》的书脊，对着它点点头。我说："拿出来看看。"他说："不用，霉啦。"我才发现，那些书的书脊都因生霉而发黑了，书名便被霉斑模糊着，让人难以辨认。那天晚上，我请小村里的几位同学来陪他，几杯酒下肚，大家竟然一起唱起《军民大生产》："解放区呀么嗬嗨，大生产呀么嗬嗨，军队和人民西里里里嚓啦啦啦嗦罗罗罗呔，齐动员呀么嗬嗨……"想起来了，这首歌就是这位同学在活动课上捧着《战地新歌》把大家教会的。唱着唱着，副营长眼里有了泪花。

  送走副营长后，我在后院里用凳子搁起一只大竹匾，再从书橱里搬出所有的旧书，把它们铺到匾子里。十几年了，我是第一次让它们享受阳光的照射。我这样做的目的，倒不是为了长时间地保存它们。我只是觉得亏待了那些好不容易拥有的旧书，不忍心让它们继续发霉下去。傍晚时分，它们身上的霉斑都暗淡了，身骨变得硬朗起来，面孔也有了光泽，当我再把它们装进书橱的时候，我感受到了它们的欢愉和满足。

新世纪的曙光将要升起，我要离开小镇了。自知回到老屋的机会更少，我便打算把那些旧书当废品卖掉。我把它们先从书橱里搬到地上，准备再把它们扎成几捆。当我把书们一本本摞起的时候，看到了那本《红楼梦诗词选注》。我拿起它来，随手翻过几页，那上面的一行行文字仿佛都动了起来、笑了起来、嚷了起来，让我顿生与之不期而遇的感动。暌违二十余载，怎的就对它们不觉陌生？这本书是一所教师进修学校翻印的，并非正规的出版物。我在一个同学的手上发现了它，便毫不犹豫地用一顶军帽换了过来。那顶军帽是我父亲的一位学生送给我的礼物，曾让我兴奋了好一阵子。尽管书中也有一些阶级分析的内容，也穿插了一些关于人物形象的政治批判，但对重点字词的解释还是无法跑远，对每一首诗的翻译也难以越过原意。在我还没有读过《红楼梦》的时候，我已经听到了洋溢在红楼梦诗词中的那种人生长叹了。我用一张旧年画为它包上书皮，就长时间放在我老家的枕边。

高中毕业不久，我就被生产队安排到离家十几里的外村挖鱼塘去了。我在打背包的时候，随手把《红楼梦诗词选注》揣进被子里。那里本是一片荒野，远处才有人家的屋舍。晚上，我们就把沉重如土的身体丢在工棚里的地铺上。外面，秋虫的鸣叫短促而沙哑，在阵阵凉意中时断时续，传送着生命的哀愁；秋风则毫无规律地拍打着低矮的茅草棚，有时像是揉捏，有时又像是冲撞，撕扯着疲劳带来的宁静。我床边的一盏煤油灯给我提供了微弱的光亮，我可以读我的《红楼梦诗词选注》了。那时那地，我经受着艰辛、困苦、孤寂，周遭都是鄙视，眼前只有迷茫。

红楼梦诗词的旋律、意境切合了我的心绪，我很自然地沉溺于其中。《好了歌》中的虚无，《葬花词》中的绝望，一首首判词中的悲恨，都让我黯然伤神，都让我泫然欲泣。落寞之中，品味曹雪芹的鲜血浊泪支撑着我羸弱的人生。我一遍又一遍地阅读那些诗词，竟在无意中熟记了其中的多首。我后来读到《红楼梦》时，就可以跳过那些诗词了。

难道就把它当废纸卖了，让它和垃圾一起被扔进搅拌机里？不行。我如果干干净净地忘记它曾给我的好，就显得太薄情了。它和其他的旧书在书橱里的站立，无碍于任何人，无碍于生活的任何方面，何必除之而后快！我合上这本书，把它重新放进书橱，随后又把地上的书也装进书橱，再一本本调齐拍平。最后，我给书橱上锁。

5年前的一天，我回小村看望生病的父亲。我又一次打开书橱，为了寻找一张夹在书中的画。这张画是一位女孩为我画的速写，那女孩叫王瑞芸。是高中的最后一学期吧，我到周庄区的文化站参加革命故事创作培训班。她是茅山公社派来的学员，和我们几个同学的年龄差不多，她说她的家在兴化城，是到茅山插队的知青。她那时给我的惊奇并不是故事写得好，而是画儿画得好。一个人坐在她面前，她盯着那人的脸看看，再用两只手指上下左右照照，就在纸上"哗哗"地画起来。不一会儿，那个人的样子就从纸上显出来，大家凑过来一看，都说"很像"。她给好几个人都画了像，也给我画过一张。我把那张画带回家给母亲看，母亲说："这丫头不简单，日后是个画家。"后来我就把这张画夹在一本书里，又随书收进书橱。

师范毕业20年后，我们回到高邮师范聚会。漫画家陈景国老师不知为什么就提到了王瑞芸，说她在我们毕业两年后曾到我们的母校当过老师，时间不长，又考上中国艺术研究院的研究生。陈老师说，听说她后来嫁给了一位乒乓球运动员，又到美国学习去了。我也就是随便听听，并没有往心里记。但不久，"王瑞芸"这个名字偏偏不断跳入眼帘，因为一位生活在美国的中国女子王瑞芸在国内的刊物上发表了好几篇小说，诸如《画家与狗》《戈登医生》《华四塔》等，而且赢得不少好评。这个王瑞芸给我的惊奇就不是画儿画得好，而是小说写得好了。一次，作家费振钟告诉我，不错，此王瑞芸就是彼王瑞芸。

　　就是想看看王瑞芸把那时的我画成什么模样，就是想看看我还能不能认识从前的自己。但是，我把旧书都胡乱地翻了一遍后，并没有找到那张画。它肯定就在这些旧书当中，能到哪儿去呢？不找它了，就让它继续藏在里面吧。说不定哪一天再翻这些旧书的时候，它会突然露出脸来。我用干布掸去蒙在旧书上的灰尘，又把它们装进书橱里。再看上一眼，转身而去。

　　在一天天颓败的老屋里，我的旧书日渐老迈。但是，它们毕竟曾经收藏过我的目光，亲近过我的灵魂，发酵过我的憧憬，我应该是没有理由嫌弃它们的。究竟何处是它们的归宿？我已经不愿意想这样的问题了。想了也没用，想了也无解。

　　岁月无恙，愿我的旧书们永远安好。

## 肉香如灯

　　我什么时候尝过第一口肉？不记得。我什么时候记住了肉的滋味？不记得。我只记得，对吃肉的念想，对肉香的沉溺，是我生命意识的第一次觉醒。那时那刻，春花秋月于我何益？岁月里，有肉可吃，人生便有了美好，未来便有了盼头。到如今，庶几可以这样说，我之所以没有拒绝长大，很大程度上是缘于肉香的诱惑。

　　我的生命始于1958年，其后的啼哭便被淹没在哀鸿的悲鸣中。我的外婆本来已经饿得失去知觉，被停在门板上准备穿老衣。父亲从镇上带回2斤米，母亲赶紧抓两把烧了一锅米粥，他们给外婆灌下一碗米汤后，外婆竟又慢慢苏醒过来。后来，母亲多次说过外婆睁开眼睛后的第一句话："真像喝的油啊！"我没有成为饿殍，乃是因为父亲那时尚有微薄的工资可领。但在童年的记忆里，我似乎从不曾有过吃饱的感觉，饥饿就像一条条菜花蛇一样，总是缠在我的身上。那些难以磨灭的最初片段，都是关于寻找食物的：我抹着鼻涕跟在一帮大孩子的后边，到庄后的一块坟地里寻野菜，有一种被称为"火火苗"的白色草根，能嚼出甜甜的味道来；我追着一只黄屁股的蜜蜂，爬到凳子上，折断人家屋檐的一根芦柴管，找出柔软的蜜蜂屎扔进嘴里；邻居家的鸡淹死在粪缸里，捞起来收拾一番就放到锅里煨汤了，我寻着香味在邻居的门前徘徊了一个下午，最终也没尝到一块鸡肉……

　　啊，我太喜欢吃肉了！我的家乡不养羊，人家并不习惯吃羊肉；耕牛是集体财产，人家也不大可能吃到牛肉。那时候，村里许多人家养猪，猪养大了，可卖到镇上的食品站去，也可请屠户杀了卖肉。逢年过节，来亲到友，婚丧嫁娶，桌上总少不了猪肉。无论红烧还是清煮，无论切成丝还是做成圆，于我而言，猪肉都堪称人间的至美之味啊。一筷入口，肉香便在舌尖上疾速弥散，填充着与生俱来的饥饿，应和着灵魂深处的节律，浑身的细胞都兴奋起来，笑着，唱着，跳着……幸福如此，夫复何求？以当时的认知，我并不明白，人类能够进化至生物界的顶端，肉类食品的供养厥功甚伟。我只能作出一个最为简单的判断，人是不能不吃猪肉的。肉香如灯，照亮了我的生命，照亮了我的旅途，照亮了我的前程。

  我瘦骨嶙峋，但终于可以满村子去寻找热闹了。我看到的第一场大戏，就是焚烧后庙里的菩萨。村里人口中的后庙，坐落于庄北边的高地上，前后有好几进，是一座尼姑庵。我挤在人群里，看着一帮人冲进庙里面，把一尊尊菩萨搬出来，扔到庙前的空地上。那些木头的菩萨横七竖八地倒在一起，有的已是满身残破。那帮人在菩萨的缝隙间点燃一把把稻草，菩萨堆里很快就腾起一片片火苗。那帮人看着一堆菩萨变成一摊黑灰，脸上露出灿烂的笑容。不久以后，其中的一个人得腹胀病死了。村里人都在传说，那个人曾经从那摊黑灰里偷偷捡回菩萨的黄金心脏。

  后庙无可避免地被拆除了，村里就决定用庙上的那些砖瓦、木料建一所小学。父亲是村里的教师，自然要参与学校的建设。为了防火防盗，村里每天夜里安排两个社员值守。我父亲根据村里的安排，每天夜里十一点钟前后要给两个社员准备夜餐。所谓夜餐，就是一斤米饭，一碗猪肉烧青菜，肉不多，不会超过半斤吧。一到晚上我尽管是早早入睡，但每个夜里我总会在肉香的撩拨中醒来。当父亲把薄薄的肉片倒入铁锅后，伴随着毕毕剥剥的声音，浓郁的香味便在低矮的茅草棚中浩荡开来，一直钻进我的身体。我真的无法躲避气味，因为气味与呼吸同在。我便毫无留恋地从沉睡中醒来，醒得很彻底。我眼睛睁开了，怎么也不肯闭上，不是为了看清什么，只是为了不再睡去。过了好长时间，两位值守的社员开始吃夜餐了，我听得见"吧嗒吧嗒"的扒饭声，更听得见他们"咕噜咕噜"的喝汤声。一会儿，父亲与他们的对话响起来了。父亲说："你们把菜吃掉。"社员说："留两块给孩子吃吧。"父亲说："孩子已经睡了。"社员说："把孩子喊起来吧。"一阵脚步声后，两个社员离开了，我便假装起来撒尿，在房间里故意弄出"哗啦哗啦"的动静来。父亲喊我一声："出来吧，把肉吃了。"我来到堂屋的桌前，看到小半碗的菜汤上漂着两小片肉，我端起碗，连汤带肉一起倒进嘴里。回到铺上后，我才慢慢咀嚼那两片肉，仔细品尝肉的滋味，久久不肯下咽。一觉睡过去，梦也是香的。真希望，每天都能享受这样的有肉之夜啊，但几个月后，我成了新学校的小学生。

　　我高中毕业时，家里还是缺粮户。我背着不算清白的社会关系，只能回生产队当农民。我放过牛，但牛太能吃了，我拎着草夹子四处割草，也不能填饱它的肚子。我挑过泥浆，但我的力气实在太小了，只能分在女劳力一组，一担挑上两个半桶。我跟在农技员后面背过喷雾器，打过几天农药后，因中毒而头晕，父亲连忙把我送到镇上的医院里……

　　不久，我离开了我的村庄，到十几里路以外的一个地方挖鱼塘，成为一个"小型民工"。我们的工棚就搭建在广阔的田野里，四处空旷无人。工棚的地上铺着厚厚的穰草，席子一摆就是一张床。因为干的是挖土、挑担的重活，我们一天三顿都要吃饭。每个民工都有一只属于自己的铝合金饭盒，上面做上记号，早中晚三次，每个人给自己的饭盒内抓足米，再到河边淘干净，然后送到工地的食堂去。食堂里有一个大木甑子，食堂里民工的事情很简单，就是先把每个人的饭盒码到甑子里，后烧火蒸饭。每次吃饭前，民工们就到食堂取回自己的饭盒；再钻进工棚，坐在自己的地铺上大口大口地吃起来。何以当菜？有的人从家里带来萝卜干，有的人顿顿都吃酱油豆，有的人会到食堂蒸一只鸡蛋。一位姓戴的大个子,在地铺旁的一根柱子上挂着一把腌咸菜,那把咸菜是从腌菜缸里捞上来的,黑乎乎的。打开饭盒后,戴大个子就撕几根咸菜放到米饭上,每吃几口饭就咬一口咸菜,嘴里总是发出"呱唧呱唧"的声音。

我们这些挖鱼塘的民工,依然在生产队拿工分,工地上不给我们发钱,只是按照工程量给我们发米。每一次分米时,我们大队的领班让我留五六斤米,然后叫我到附近的村庄去换两斤猪肉,顺便再换几斤韭菜。第一次把肉拎回来,我并不知道怎么烧。领班的说:在田埂上挖个洞,先朝下挖,再往旁边掏,这不就是灶?找个铝锅支上去,把肉倒进锅里,满地里都是枯树干草,什么肉烧不熟?我按照他的说法,果然就能烧肉了。工地上没有什么调料,只有盐。肉锅烧开了后,我在灶膛里又添上几根树枝,猪肉在铝锅里汩汩地吵闹着,肉味便随着锅边的热气钻出来。头顶有小鸟在盘旋,不知道它们是不是也闻到了肉香。这时我把切好的韭菜倒进锅里,肉香中的猪腥味便淡了下去。韭菜真好,既当生姜又当葱。我把肉锅从田埂上端起来,放到一个坟墓似的小土墩上,12个人便捧着饭盒,蹲在土墩旁开始享用韭菜烧肉。猪肉还没有烧烂,嚼在嘴里很筋道,不嚼上一阵不能下咽,每个人的嘴边都冒着白色的肉浆。但是谁也没有停下手中的筷子,个个鼻尖上都沁出汗来。多少年以后,我都认为,那真是最本真、最强烈、最放肆的肉香,也是最解馋、最过瘾、最养人的肉香。每次吃过肉的晚上,工棚的笑声都会多起来,躺在软绵绵的地铺上,我必能听到一个个带荤的故事。

我终于可以想吃肉就吃肉了,那是在我师范毕业以后。但那时工资低,市场上的猪肉供应也不充分,吃肉总是要节制的,不会放开肚皮来吃。在食堂吃饭,我一顿只会打两只肉圆或几块五花肉,尽管欲壑未满,也舍不得一次吃两份;回到父母身边,有猪肉上桌后,我还要让着弟弟妹妹们,当然不会埋头吃肉;有时也会吃饭店,但毕竟有同事、朋友在,我必须装出斯文来,怎好意思让一双筷子只认得肉碗?那昝子到底年轻,中午吃了晚上还想吃，晚上吃了早上还想吃，恨不得一天三顿都有肉。唉，什么时候能吃足一回肉？一次，我从肉案子上打了一斤多肉，就是想自己烧一回肉，然后躲在宿舍里大吃一顿。我买了一只新铁锅，洗过几遍就放到煤油炉子上，点上火，我便把肉倒进锅里。在田埂上我都能把肉烧熟，在煤油炉子上还不容易？谁承想，随着我铲子的翻炒，锅里的肉块渐渐变黑，越炒越黑，一会儿，满锅的肉都像染上了墨汁。我只得关掉炉火，向隔壁的一位师娘讨教，她笑出了眼泪，说："新铁锅，要用油刷几遍才可以用。你倒好，用猪肉除铁锈。"肉块上的黑色是洗不掉了，我只好加水煨肉，让它们帮我多吃些铁锈，也算多少发挥点作用。

教学之余，我在报刊发表了多篇小块头文章。一年暑假，《语文报》社邀我到秦皇岛参加一个语文教学研讨会。到会后，我便结识了全国各地的许多语文老师。一次游过大海后，我们七八个人便约到一起去饭店吃。他们点了一桌子海鲜，我只点了一盆猪肉炖粉条。几位东北的老师说："来秦皇岛就是吃海鲜的，这东西有啥吃头？"在一个陌生的地方，大家都卸下了面具，你来我往，就把气氛闹了起来。三杯下肚，大家便都有相见恨晚的意思，更是称兄道弟，大有不醉不归的架势。大家都挑着海鲜吃，双双筷子都躲着那盆猪肉炖粉条。我渐渐地感到头在打转，舌头发僵，面对着举过来的酒杯，只得打出免战牌。一位留着长胡子的内蒙古老师说："这样，我替你喝酒，你把这盆猪肉炖粉条吃掉，如何？"那位戴眼镜的北京女老师说："粉条就不要吃了，你把猪肉吃了就行。"我看看我自己点的那盆菜，见那上面也不过半斤多的五花肉，估计是吃得下的，便应道："我不喝酒了，我把肉吃了。"

那个晚上，喝酒的他们都有些歪歪扭扭了，那位北京的女老师眼镜掉了几回，只得回宾馆休息。我肯定没醉，头脑反而渐渐清醒了，但毕竟吃光了那盆肉，觉得肚子胀胀的，浑身的皮肤都有些发绷。我便在大街上随便溜达，想借此消消食。走到秦皇岛国际游艇俱乐部附近，看见一则海报后得知，今天正是俱乐部开业的日子，有许多明星来演出呢。真想去享受一顿视听大餐啦，可我到哪里去买票？正在这时，一队海军跑步过来，我拦住那位在队伍旁边喊口令的年轻军官，请他把我带进演出场地。我的想法很简单：他们肯定都有票，给我一张票不会有人进不了场。他说："你等一下。"他发出"齐步走"的口令后，立即回过头来，走到我面前，递给我一张入场券。我说声"谢谢"，就跟着这支队伍进了俱乐部。距离演出还有一段时间，我便在俱乐部里到处转悠，无意之中，竟走进了演员休息室。啊呀，电视里那么多熟悉的身影就在眼前，有演电影的葛优、梁天、谢园、方青卓，有说相声的马季、赵炎，有唱歌的苏红、腾格尔，有唱京剧的杨春霞……真该谢谢那盆猪肉，让我见到了那么多明星大腕！

改革如潮，奔腾不息。此后的许多年内，贫穷远去，饥馑不再，大鱼大肉已是寻常之物，我的生命里似乎再也没有发生过关于猪肉的故事，或者说是再也不屑记住关于猪肉的故事。吃肉不成问题，人生便有了更为丰富、更为高远的目标。告别年轻后，我已具备了大吃大喝的条件，只是出于健康的需要，反而不敢多吃肉了。我备感庆幸的是，我依然是喜欢吃肉的。这是祖先留在我身体里的本能，还是后天从身体里滋生的需求？我说不清，但我唯有遵从。我会在肉香中体会到生活的乐趣，我也会在肉香中迸发出生活的热情。啊，生命中曾经鲜嫩的欲望并没有枯萎，它的光亮依旧，恰如迷人的星星，让我不愿停下前行的脚步，让我兴致高昂地仰望苍穹。

肉香之灯不熄，天涯便在远方。

## 卤汀河往事

　　我生于水乡，生活里自然不会缺水。钓鱼，拾螺蛳，掏螃蟹，游泳，摸河蚌，跳桥……这些河边的活动，这些水中的游戏，一直与我的成长相伴。我知道哪条河的鱼最多，我知道哪条河的水是甜的，我知道哪条河里曾经闹过鬼，我还知道哪条河有一段神奇的传说……我熟悉她们，正如熟悉我父母的欢喜和忧愁。

　　但是，一条卤汀河终于给我带来了流淌不息的陌生、神秘和遐思。记得那时，我大概只有六七岁，因为家里穷，父亲就带着我到百里之外的姑妈家过年。我跟在父亲的后面，步行至周庄的轮船码头，我们站在瑟瑟的寒风中，等候一班开往兴化的轮船。在幽暗的灯光下，我初见卤汀河，对岸很远，远得听不见一丝人声。河中的航标灯毫无生气地亮着，一闪一闪的，在波浪中摇摇晃晃，鬼火一般。河面上不时有大船往来经过，行得并不快，"突突突"的机器声有些沉闷，突然响起的汽笛声会使人心惊。从此，这条通往父亲的衣胞之地的大河便流进了我的生命里。我常常暗自发问：它究竟流自怎样的世界？又到底会流向怎样的远方？

　　我尚懵懂，根本没有能力去寻得一个答案来。好在一位长我五六岁的麻花姐姐会经常带给我那条大河的讯息。她家是开茶食店的，就住在我家前面。我刚刚读小学的时候，她已经离开学校了。她腿子很长，个子比她妈妈还高一点。脸颊上总泛着红晕，就像熟透了的桃子一样。我觉得她是村里最好看的姑娘，一笑起来就是满脸阳光。她父亲每天炸上百十根麻花，大的五分钱一根，小的两分钱一根，让她挎着篮子到镇上去卖。麻花姐姐每天都要到轮船上、候船室里喊几声"卖麻花——"。有时候，会有运货的船队暂时停靠在轮船码头附近，船上的工人舍得花钱，常常会把她篮子里的麻花全部买走。我放学以后，常常会在村口遇见她，她刚刚从镇上回来，总是把篮子里破碎的麻花抓给我。那一把碎麻花又脆又香，让我备感享受。她还会兴奋地讲述在轮船码头的见闻，诸如有个船队的驾驶员京剧唱得很好听、有个上海的女人请她去当保姆、城里的饼干比麻花好吃……每天放学我都要故意绕到村西头去，还不就是为了等到那位麻花姐姐？

我读三年级的一天黄昏，天空飘着细雨。我照例拐到村西头，朝着通往小镇的大路上望去。路上空空荡荡，连一个人影也没有。我躲到一棵大树下，不愿离去。直到天快要黑下来，我才看见她挎着篮子匆匆走过来。等她走近时，我见她满脸通红，眉毛上沾着细细的水珠，呼吸有些急促。她笑笑："今天没有碎麻花了，姐姐明天给你多留些。"我有些失望，只好咽了咽口水。我问："怎么回来得这么晚？"她不答，两眼紧盯着我："姐姐求你件事，你不许告诉任何人，行不行？行不行？"我点点头："行！"她从裤袋里拿出一条红色的纱巾，递给我："你放在书包里带回家，好好藏起来，别让人发现，更不能对别人讲。"

过了好长时间，麻花姐姐跟我要回了她的红纱巾。那天早上，她照样挎着篮子到镇上去了。但是到晚上，我再也没能在村口等到她。她的父母，先是骂了几天，后是哭了几天，再后来就只有叹气了。村里有人说，她是跟船队上的一个男人跑了。村里还有人说，她是坐轮船去江南了。谁知道呢？唉！我的麻花姐姐突然不见了，是卤汀河把她带走的呀。从此以后，我再也没尝到过那么好吃的麻花。

我成为一名中学教师后，便经常往来于卤汀河上了。进入船舱，便仿佛进入了喧闹的集市：有为争座位大声吵闹的，有抱着鸡鸭前后转悠的，有邂逅的几个人热情招呼的，有怀中婴儿号哭不止的……每每在嘈杂渐止的时候，就会响起手风琴的声音。一位男人胸口挂着一只比《新华字典》稍大一点的玩具风琴，他五十多岁的样子，身材魁梧，身姿挺拔，梳理着纹丝不乱的大背头，他的容貌真可称得上"方面大耳"，脸上也没有丝毫猥琐、低微和卑怯的表情。一个戴着眼镜的男人一瘸一拐地走过来，递给他一个茶杯，他也不看那个瘸子，接过茶杯浅浅地喝了一口。接着，他便说道："我今天给大家唱一段《隋炀帝下扬州》。"

　　他拉动风琴，随着琴声唱了起来：

　　　　有一位无道君王下扬州，
　　　　平地里无水他要行龙舟，
　　　　选点了童男童女各五百，
　　　　一个个脱光衣服穿兜兜……

　　这段唱词很长，不粗俗，有文气，他一口气唱了下去。他唱得流畅而平静，但我却听出了卤汀河水一般的苍凉和幽怨。

　　他合上风琴后，那位瘸男人便端个搪瓷的盆子满船舱收钱。我曾见一位老奶奶挤到他面前，笑盈盈地说："我是扬州人，没有少看琼花。你唱得好，比我在扬州听到的好。"说着，她递给他一毛钱。他也没看钱，轻轻说道："你留着。"说完，她就在我对面的位子坐了下来。

　　他闭着眼睛，悄悄地把周围的一切挡在身心之外。我久久地打量着他，心中疑虑如溢：这个人有着怎样的过去？如何沦落到卖唱的田地？他那清高的神情、沉稳的举止又是如何养成？为什么能够保留至今？唉，真想知道，以器宇轩昂之身躯行沿河卖唱之营生，其中隐藏了多少故事！

　　不久，我在这条客船上就再也没有见过他。他去哪儿了？还在卖唱吗？但是，我在兴化的轮船码头上见过那个瘸男人，他摆了个书摊，目光在眼镜里躲闪。

水路式微，我也离开了水乡。但是，卤汀河还一直在我身边汩汩吟唱，我会经常记起它，经常关注它。三年前，我寻访过卤汀河边一个小村庄，据说，那里的许多人家都曾经是靠水吃饭的。那个小村在周庄镇南边几里路，卤汀河在村子的西南方拐了个近乎"S"形的弯，河中间孤零零地伫立着一个几间屋大的土墩，土墩上常年间杂草浓密。村子里有一个特殊的习俗，就是避讳说"灯"，凡用"灯"处皆以"亮"替代，比如不说"点灯"而说"点亮"。何以为之？

一位年过八旬的老人告诉我，他的父亲是卤汀河上的一名纤夫，他曾听父亲说过，土墩上有妖怪，不说"灯"是为了避开"墩"，在方言里，"灯"与"墩"就是一个音。他父亲亲眼见过那个妖怪，有扁担那么长，牛腿那么粗，就是一条大蛇。卤汀河的水由南向北，流到这个小村时，就拐弯了，就打起了转。土墩四周的水特别溜，仿佛是围着土墩在打圈。若遇到大风，土墩周围就是旋涡连连，有许多船行到这里就翻了，淹死的人连尸首都找不到。有一天，他父亲拉着一条稻船行到土墩子旁边，突然就拉不动了，一会儿狂风大作，眼看着船就沉了下去。落水的大人都拼命往岸边游去，一个刚满月的婴儿在波浪里出没，仿佛一片树叶忽上忽下，他父亲跳进河里就抱起小孩。这时那条大蛇驮起他父亲的身体，把一大一小送到岸边。老人突然笑了起来，露出满嘴黄牙："那个小孩就是我。"我说："那条蛇不是妖怪，而是神灵。"他说："是啊。"他站起身来，对着土墩的方向合起手掌。

如今，我当然很容易就能查到卤汀河的资料了：卤汀河是一条半自然半人工的河流，南起泰州北至兴化城，原名南官河，全长40多公里。其南与长江相连，其北与山东相通。为何名之卤汀？一说是，由于海水倒灌，河面上白沫浮游，河水咸似盐卤，人们便称之为卤汀河。另一说是，明朝末年，盐民张士诚贩运私盐的木船行经南官河的中段时，遭到泰州盐局的围堵，张士诚听从岸上一老渔翁的指点，凿穿船底，让私盐化入水中，终于逃过一劫。张士诚在高邮建立大周政权后，就把老渔翁所在的那个小渔村封为周庄，把原来的南官河改名为卤汀河。直到20世纪末，卤汀河一直是泰州境内的主要航道。近年以来，卤汀河的疏浚拓宽又被纳入国家南水北调的重点工程。至此，我算是认识了卤汀河吗？不是。

　　因为，卤汀河上演绎着永不落幕的众生故事。卑微如麻花姐姐、卖唱的男人、拉纤的船工，他们人生遭遇中的种种奥秘，他们在命运面前的不甘和抗争，怎不让我们唏嘘和沉思？

## 《香河》剧组探班记

2018年3月，从媒体上看到好消息：《香河》应邀参加第27届金鸡、百花电影节国产新片推介展演。果然，这部电影成功了。

在里下河，人们的爱恨情仇、喜怒哀乐总与河流有关。

刘仁前先生笔下的香河就是里下河的一条河，他创造了一个众生如水的全新的文学地理。

两三年前，我就得知他的长篇小说《香河》即将拍成电影的消息。其后又听说导演是潇湘电影集团的韩万峰，心中大为欣然，因为我知道韩万峰不仅是一位导演，而且是一位诗人，他参与创作的电影《那人那山那狗》早在20世纪末就获得了"金鸡奖"最佳影片奖。在《香河》的筹拍阶段，我曾经帮助他编辑出版过一本《韩万峰诗歌自选集》，也与他有过杯盏之欢，还听他说过关于电影美学的一些思考。我想，这位擅长农村题材的才子型导演，应该是能够把小说《香河》中的诗意带进电影里去的。

2017年5月上旬，电影《香河》在溱湖湿地公园开机。暮春的溱湖正是一处水流潺潺、水汽氤氲、水香幽幽的所在，在我的想象中端的已成"香河"。

5月底的一天，该是《香河》拍摄的酣热之时，刘仁前先生来电相邀，去溱湖探班《香河》剧组。我便想借着走进"香河"的机会，解一些心头的疑惑：该如何用一条河系住众多人物的命运？电影语言如何表现原著淡雅的意蕴？没有中心事件又如何编织故事？到达溱湖时，已是向晚，拍摄现场已经收工，我们只得直接去宾馆。

　　想不到，靖江籍作家、诗人祁智已在宾馆，他和韩万峰是朋友，也是韩万峰请来的客人。《香河》的文化顾问费振钟与祁智颇有交情，大家便围在一起一番寒暄。十多年前，在泰州市城东小学的一个读书活动上，我曾作为记者采访过祁智，他还为我正读小学的儿子写下一句话："把目标定远些，然后一直走下去。"我问他："还记得这件事吗？"祁智眨眨眼睛："不记得了。"费振钟打趣道："他给好多人写过这句话。"大家便是一阵哄笑。

　　正在这时，韩万峰带着一帮演员走了进来。他本不是一个故作"艺术"的人，没有戴墨镜，没有披长发，没留胡子，方方正正的脸上挂着纯真的笑容，一副文人的模样。但是，我还是能从他身上看出些许风尘，从他脸上看出些许倦态，便可想见他在拍摄现场的辛苦了。

　　那时那地，韩万峰俨然"香河"的主人。他把演员一一介绍给大家，如同介绍自己的家庭成员。我当然不便于提出我的疑惑，只是静静地站在一旁，但我一直在用心地打量着每一个演员，总想着从他们身上找到"香河"人的影子。

　　韩万峰首先把一对青年男女拉到面前，介绍道："这两位就是柳春雨和琴丫头的扮演者，他们是北京电影学院的学生，明天就要赶回北京，要回校上课。"人声嘈杂，我竟无法听清他们姓甚名谁。男演员身材高大，面目斯文；女演员个子不高，长相秀气。两个人都是刚刚离开片场，就像刚刚从田间归来的邻家儿女。柳春雨和琴丫头曾经是一对恋人，一片情愫被香河的水滋润得丰茂茁壮。男演员一直用自己的臂膀揽着女演员，女演员则一直在男演员的臂弯里羞涩地微笑。他们本是一对情人，还是入戏太深？

　　韩万峰拉过一位中年男人时，我有些吃惊：这人不就是个土农民吗？哪里像演员！他一头短发，皮肤微黑，满脸憨厚，上身穿一件圆领老头衫，下身穿一条皱巴巴的黑裤子，脚蹬一双老式球鞋。韩万峰说："这是演员赵中华，在《香河》中扮演谭会计。"小说中的谭会计本分厚道，犹如香河的水一样平缓。赵中华这一身行头、这一副神色，正可以更贴近角色。我端详着赵中华那张似曾相识的脸，终于想起来了：这位演员曾经在刚刚播出的电视剧《信者无敌》中饰演蒋介石的亲信、南昌行营秘书长杨云泰，剧中他与陈宝国飙戏时，可谓神采飞扬。

《香河》中水妹的扮演者出场了，她当是《香河》的主角。这位演员身材亭亭，略施脂粉，耳垂上吊着铜钱大的耳环，着一袭绿色的长裙。她站在韩万峰的身边，个子似乎还显得略高一些。韩万峰介绍说："她是贵州籍演员蓝娅，在片中扮演叛逆的水妹。"这时，许多人跑过来与蓝娅合影。蓝娅总是满脸微笑，配合着摆出各种姿势，举手投足间，爽朗沛然。我用手机为她和董女士拍过合影后，问她道："你如何演出水妹的敢爱敢恨、敢作敢为？"蓝娅不假思索，一扬头就回了八个字："对抗父亲，气死父亲。"她这一扬头，让我突然看到了一位水乡姑娘的野性。也许，这位苗家姑娘的身上天然存在一种在命运面前的不屈？

众声喧哗之时，演员赵中华起身离席，他用手势比画着打竹板，说起了快板《子字歌》：

今天是个好日子，
朋友来了一屋子，
谈本子，说片子，
大家都有好点子……

下面也是句句带"子"，我哪里记得住？他节奏明快、语气流畅，一口气竟然说出上百个"子"字！快板本来就盛行于里下河地区，农村的舞台上总也少不了这样的节目。赵中华一身农民打扮，他的表演有泥土

207

味倒是不奇怪的，此时此地如果有香河人在，他们肯定是会拍手叫好。

韩万峰颇为兴奋，他告诉我说："你们出的那本诗集反响很好，《文艺报》还发了评论文章呢。"言语间，他颇为得意。看来，他是很在乎自己的诗人身份的。

我突然就想：导演的艺术情怀如此宽广，演员对角色的体验如此投入，还不能拍出好电影来？

## 童年时光中的一条狗

常常想起一条狗，一条生活在我童年时光中的狗。

一个冬日的傍晚，我在邻居家的一垛草堆旁见到它。它瘦弱的身体蜷缩成一团，不停地抖动；它的喉咙里发出狺狺的声音，如一个人疼痛时的呻吟；它的眼睛里噙着泪水，可怜巴巴地看着我。我朝它挥了挥拳头，它恐怖地站起来跳开了，原来它有一条后腿断了，只能用三条腿走路，它走路时断腿如风中的树叶，在滑稽地摆动着。我轻轻走过去，一把抱起它，它也许感受到我并无恶意，乖乖地躺在我的怀中。在与生俱来的怜悯之心的驱使下，我把它抱回家，根本没想它是从哪里来的，是被谁打断腿的。

父母见了它后，都有些不高兴。母亲说："人都吃不饱，拿什么喂它？"父亲冷冷地说："你以后每天少吃一碗。"我默不作声，盛了一碗粥喂它，它伏在碗边大口大口地吃着，最后还把碗舔了一遍。看着它吃得这么香，我肚子里有些"咕咕"作响，但这天晚上，我还是没有吃晚饭。

我曾听老人说过："一人省一口，养只大肥狗。"但这句话我不敢对父母说，因为人是无法在饥饿中省出饭食来的。家里每天只能用洗锅抹碗的泔脚喂它，有时也拌些稻糠给它吃。它从不挑食，给什么吃什么。渐渐地，它的断腿竟痊愈了，能够奔跑自如；身子变得圆起来，身上的毛也有了光泽。我给它起了一个好听的名字：花喜。

花喜实在是一条可爱的狗啊。小小的个头，比一只鸡大不了多少；

白毛上浮着褐色斑点，如一朵朵缀着的鲜花。我每一次出门，它都要跟着蹦跳一程；我每一次回来，它都要绕在我的腿边嬉闹。我的不成曲调的吟唱，我的杂乱无章的脚步，我的瘦削矮小的身影，都能让它一阵撒欢。它的乖巧，它的机灵，它的聪明，给我苦涩的童年带来许多欢乐。

　　过了不多久，花喜竟惹下了祸端。那天，我用废铁从货郎担上换了一块矿糖。我一路慢走，像举着小旗一样举着那块只有手指大的矿糖。突然，大个子王小虎冲到我面前，一把夺过我手中的矿糖，又飞快地逃去。他的腿子比我长一半，我哪能追得上他？刚才举旗的兴奋没有了，我伤心地哭了起来。巧的是，我的花喜正好过来，它箭一般向王小虎追过去，在不远处就咬住了他的裤腿。王小虎乖乖地把矿糖还给我，还给了我一个尴尬的笑。后来我吃这块糖的时候，觉得它比过去所有的糖更鲜更甜。

　　这天晚上，王小虎的母亲吵上门来，原来是花喜把王小虎的裤子咬破了，那可是一条簇新的灯线绒裤子啊。好在我母亲是个裁缝，答应把王小虎的裤子补好；王小虎的母亲也好说话，出了口气后就没要赔钱。但父亲担心起来："花喜近来老是发疯，一见生人就追，好在今天是咬破了裤子，以后咬伤了人怎么办？得赶紧把它送走，它惹了祸我们赔不起。"父亲第二天去公社办事，他把花喜抱上了小木船，我知道父亲要把它送走，但也不敢阻拦。晚上，我听父亲告诉母亲："我叫船家把它送过了与江都搭界的西大河，估计是认不得回来了。小东西是蛮懂事的，站在河边对我们叫了好长时间。"那天夜里，花喜一直在我梦中。醒来时，我的枕头湿了。

　　过了几天，我跟王小虎到公社看电影《地道战》。电影散场时，天色变了。我们几个走到半路上，夜空已黑得对面看不见人，只有闪电像刀劈下来的时候，我们才能看清身边的世界。狂风吹得人像树一样摇晃，零星的雨点正使劲往我们身上砸。我们知道，雷阵雨就要来了。大家心

210

里都很害怕，已经分不清东南西北。王小虎先哭了起来："我们找不到家了。"就在这时，一阵熟悉的叫声在我们身边响起，我听得出来，那是我的花喜来了！它那白色的身影，在黑夜里恰是一点光亮。它使我们心中的恐惧消失了，使我们的眼睛睁开了。大雨如注，雷声震耳，但我们没有再哭泣，而是跟着花喜高一脚浅一脚地跋涉着。不知走了多长时间，家已在眼前了。父母当然少不了给我一顿训斥，但我心里并不难过，因为花喜又回来了，而且父母还表扬了它。不过，他们还是有疑问："这个小东西是怎么渡过那条西大河的呢？"

家里养了几只鸭子，我每天要挖蚯蚓给它们吃。我一边挖着酥松的泥土，一边看着鸭子争抢扭动的蚯蚓。这时，花喜总是蹲在我的旁边。一日，我一锹下去竟把一只鸭子的上嘴壳铲去一截。从此，这只鸭子就无法很快把蚯蚓吞咽下去。花喜大概是不忍看着这只鸭子总是挨饿，主动当起了它的保护神。每当我挖蚯蚓的时候，它总是先用头把其他鸭子拱跑，然后让这只没有上嘴壳的鸭子在它的肚皮下面品尝美味，待残疾鸭子吃得差不多了才得意地走开。在花喜的呵护下，这只鸭子的膘竟比其他鸭子还厚。

花喜是只母狗，当然也要怀孕。临产那天，它卧在门口的稔草上生下四个儿女来。四只肉团似的小狗"吱吱"地哼着，闭着眼睛在花喜怀中寻找乳头。花喜刚产崽，又要喂奶，身体很虚弱，是最需要食物的。我每次走近它，它都用泪光盈盈的眼睛看着我，似在讨好我，又似在哀求我。我对父母说："给花喜一碗粥吧，以后我每天少吃一碗。"母亲说："给花喜加点食不要紧，可拿什么喂养四只小狗呢？"父亲说："到人家问问，看看谁家要养小狗。"我于是便挨家走过，询问他们愿不愿意抱一只狗来。一连问了十几家，谁家都说不要。一位很有威望的老头对我说："没人要的，快把它们撂到水塘里去吧。"我非常惊讶："这怎么能呢？"他耐心地告诉我："不要紧的，这是风俗。你先在家里敬上香，然后把小狗撂进水塘里，小狗溺死后，他们的灵魂就投胎变人了。你让人家养着，它们还是狗。你想想，是做人好呢，还是做狗好呢？"我信了他的话，以为早点把它们撂进水塘就是让它们早日变成人。

　　回到家里，我先在香炉里点了几支香，再用畚箕装着四只蠕动着的小狗，然后向屋后的水塘走去。花喜当然不知道我要怎样处置它的孩子，它紧紧跟着我，快乐地摆动着尾巴，还不时地过来挠我的鞋子。来到水塘边，我没看花喜一眼，而是高高扬起畚箕，让四只小狗滑进水塘。它们掉进水里的声音很响，水花溅到我的身上。它们又相继从水底浮上来，仰着比鸡蛋还小的头，扑腾着柔嫩的爪子，嘴里吐着水泡。花喜见我把它的孩子们投进水塘，先是在塘边不停地蹦跳，后又绕着水塘拼命地跑，它眼盯着水面长嚎着，那声音凄厉、绝望，充满了鲜血的腥味。一会儿，四只小狗沉了下去。花喜也瘫在塘边，头紧贴在地上，嘴里喘着粗气，眼里流着泪水。

　　花喜没有跟我回家。从此，花喜不知去向，它是死在了没人去过的荒地，还是成了四处流浪的野狗？

第三辑

## 朱自清心中的月色

9月之初,太阳的威风已经消退。我送儿子赴京城读书,参加文学评论家王干安排的聚会,幸遇同邑朱天曙,他是一位在清华大学做博士后的书法家。我们同车而返,他邀我:"何不到清华园走走?"我说:"这晚上,清华园有什么看头?"他似乎早有主意:"去看看朱自清笔下的荷塘吧。"

车停清华园西大门。我随他缓步而入,然后左拐而行,须臾,朱君扬手指着一座普通的平房道:"这就是朱自清先生的故居。"我心中肃然,不由得驻足注目。这是一座典型的中式民居,青砖山墙显得宽阔,似古装戏舞台上的布景,黛瓦屋顶并无陡峭之势,给人以安稳之感,砖缝瓦楞间散发着过往的气息。我知道,先生短暂的50年人生中,有近半时光是在清华园中度过的,他住过西院,还住过北院。我便问:"这是西院45号?"朱君答道:"是的。朱自清先生1927年7月写《荷塘月色》的地方,靠近荷塘的。"我不禁心动,再次凝视这座老宅,仿佛听到先生夜不成寐的喟叹,又仿佛看见先生奋笔疾书的身影。

继续北行数百步,依稀闻见一股清苦的荷香,跨过一座半月形的拱桥后,我们便踏上了一个湖心岛。朱君说:"这就是近春园。"近春园,一个沉甸甸的名字,我对它的了解,已经很久了!近春园原是康熙行宫熙春园的中心地带,后成为咸丰的居所。1860年八国联军焚烧圆明园时,大火也殃及近春园,园内所有房屋化为灰烬,秀美的皇家园林顷刻间沦为荒岛。在其后的120年间,荒凉如野草在疯长,直到1979年才开始被修复，渐成一处弥散着历史和文化意韵的胜迹。先生脚下的近春园，并不是今天的近春园。先生走过的是一条曲曲折折的煤屑路，而我们走过的则是平坦的水泥路；先生看到的是蓊蓊郁郁的杨柳和一些不知名的树，而我们看到的是假山、瀑布、草坪、鱼池，还有掩映在树丛竹影中的孔子塑像、吴晗塑像，还有东山上先生题名的荷塘月色亭。我想，踱步在皇家园林的废墟上，先生心中会多出几分惆怅吧？

近春园的四周，便是环形的荷塘，并不大，也就亩把田。先生目光点化过的荷塘，似一条素练。荷花娘娘的生日在6月，此时荷塘的花事已过。依然撑着的荷叶稀稀疏疏，似也无心摇曳身姿；铺在水面上的荷叶疲惫地卷曲着，怕已感到了北方早到的凉意；昂然的是被茎秆顶着的莲蓬，把一个个鲜艳的故事收藏在饱满的莲子当中。那年先生来的时候，正是荷叶肥、荷花艳的季节。但当时他已嗅到"四·一二"政变的血腥，"心中颇不宁静"，他并无赏荷的闲情逸致，而是要觅一个清净的所在，以发泄不满和忧愤，以排遣惶惑和颓唐。他自然会想起古代采荷女无遮无掩的风情，想起江南水乡甜美的世俗生活。

月色，该是朱自清笔下风景的主角吧。仰望苍穹，月牙弯弯，似嫦娥半掩娇面，投下盈盈笑意。近春园在这朦胧月色的笼罩中，已幻化成一座海市蜃楼；荷塘浸染着月色呈现白上泛黑，俨然一幅天然的水墨画。

先生的同乡张若虚诗云："人生代代无穷已，江月年年望相似。"我们今天遇见的月亮，定然是先生当年遇见的月亮。只不过，先生看到的月色和我们看到的可不一样。先生曾经自称为"大时代的一名小卒"，但在蒋介石的刀光剑影中，面对血染的世界，他逃进了"象牙之塔"。他的内心是苦闷、抑郁、彷徨的，随之油然而生超然物外、洁身自好之意。先生看到的月色"如流水一般"，可以洗涤人间的污秽；先生感受的月色寒意嗖嗖，使荷塘飘浮着淡淡的哀愁；先生描绘的月色是圣洁的，附丽着静谧、恬淡的意象。那月色，是放纵情致的清风，是逃避现实的港湾，

215

是苦苦追索的阡陌。其实，那月色是从先生心中流出来的啊！

　　谁能说得清，从古至今，泱泱华夏有多少赏月之习俗、望月之文人、咏月之诗篇？作为中国士大夫文化的承继者，先生心中流出的该是怎样的月色？是情思绵绵的古典诗意，是嫉恶怜贫的人文情怀，是脱俗清高的敦厚基因，是忧国忧民的最高担当！先生的诸多诗文中，都散发着这样的如金月色：有对残暴者的憎恨，有对无告者的悲悯，有对亡故者的追思，有对大自然的亲近。这样的月色，是普照中华大地几千年的炯炯光辉！

　　月色盈胸，心地晶莹。先生从一位踽踽独行的狷者，最终成为一名正气凛然的民主斗士。后来，他主持整理战友的《闻一多全集》，他签名抗议北平当局任意逮捕人民书，他拒绝为伪"国民大会"投票，他起草清华教授罢教宣言……1948年8月6日，先生胃病猝发，临终前，他嘱咐家人退掉领取美国面粉的粮册。他去世后，尸解的医生发现他的胃里只有大块小块的土豆！先生心中的月色，延续了中国知识分子千年的血脉、精神和风骨。毛泽东在《别了，司徒雷登》一文中，曾称赞他表现了我们民族的英雄气概。

　　离开清华园，我在问自己：你能沐浴着先生心中的那片月色款款而行吗？

## 易居城赏花

春天的泰州，太容易遇见鲜花了。路边街头，庭前屋后，到处都有花的摇曳，谁可以躲避？但是，真正让人为之沉溺的只能是易居城的花博会。

暮春时节，各种各样的花儿已经褪去了初入料峭的羞涩，都灿烂着，都骚动着，都张扬着，花期正盛，花色正浓。就在这时，如果你突然看到，30多万盆鲜花占据了易居城的角角落落，大地上到处洋溢着彩色的笑靥；飞燕草、金鱼草、蝴蝶兰等名贵花卉华丽亮相，让整个家园顿如浓妆的新娘；霸王别姬、黛玉怜花、贵妃醉酒等园艺造型腾空而起，把梅兰芳京剧的场景凝固成一簇簇、一团团缤纷……当易居城成为泰州大地上最鲜艳、最美丽、最风流的所在，你能不惊艳，你能不动情，你能不消魂？！反正，我是忍不住心旌摇荡了。

人类最早的惊异目光，应该没有少给那些奇花异草。难道遥远的太阳会创造千姿百态的生命？难道泥土的深处会孕育五颜六色的绚丽？对于鲜花的欣赏，无疑是人类最为古老的审美活动之一。可曾记得，赤脚行走在田垄上的村妇，会掐一朵野菊戴在发间？可曾记得，城里小巷深处一声声"玉兰花——栀子花——"，会惹得绣楼上的佳人推窗而望？可曾记得，七月初七的月光下，母亲会用凤仙花为女儿染指甲？也许，这些行为都是祖先留在我们基因里的天性。

中国人早就用美丽的想象创造了花神的形象。花神谓谁？说法不一。宋代张宗敏《花木录》称："魏夫人弟子善种花，号花神。"南宋洪迈的笔记小说《夷坚志》说，花神是三位女子。明代冯应京《月令广义》谓："女夷，主春夏长养之神，即花神也。"但是，花神是一位女性却是大家公认的。千万年来，在中国人的心中，花神只会是一位不可方物的粉黛。鲜花与女人的比喻关系，似乎是人类社会天然的认定。每年仲春，许多地方都要为百花庆生，有"士女争相出郊，谓之探春"者，有"举行扑蝶会，表演扑蝶舞"者，有"挈榼登山，听布谷声，以课农事"者……人们专门为鲜花确定一个喜庆的节日，表达了怎样的喜欢、热爱和倾慕？

泰州的花朝节始于唐代以前，时间在农历二月十二日。每到这一天，泰州人家都要在花枝上系上红布条，或者用系着红布条的竹枝插于花旁；八鲜行、青货行还要举行盛雇六书鼓乐喧天，宴请宾客。但是，二月中旬的花事尚未到最为盛烈的时候，有的躲躲闪闪，有的羞羞答答，有的忸忸怩怩。赏花的人也只能矜持着，不忍惊扰了百花活得耀眼、活得痴情、活得恣意的渴望。

这样的民间遗俗，不知在什么时候就悄然隐退了。好在，易居城的花博会来到了人们的生活。如果说，花朝节只是为了庆祝百花的初绽，那么，易居城的花博会则是为了礼赞百花的青春。这场活动显然不仅复活了一个节日的生命，而且放大了无数个生命里审美的欲求。立夏将至，气温一天天高起来。这时候的泰州，就有了无限的风情。万物一改往日的内敛，露出闹腾的脾性。草木都绿得发亮，日日夜夜往上蹿；蝴蝶成双成对地翩翩飞舞，演绎着不离不弃的欢爱；小鸟的鸣唱清纯如水，把每个早晨都汰洗得清澈透亮。百花似有作别春风的担忧，都摆出一副争奇斗艳的姿态，花枝更圆润，花叶更肥厚，花瓣更水灵，花色更艳丽，花香更浓烈。奇花异草毫无顾忌地狂欢，刺激着人们久已萎缩的感觉神经：谁能抵得住如此强烈的撩拨？谁人不愿放纵自己的情致？

在三天的时间里，竟有将近七万人涌入易居城一睹芳容。如今，这样的赏花，已不是一种单纯的审美活动，而是对生命的观照。很难想象，一位性情灰暗、抑郁的人会钟情于那些卑微的花草。在一拨又一拨的人流中，哪一个不是活力沛然？一位位老人尽管容颜已秋，但脸上却春风荡漾。他们缓缓地移动脚步，目光似在每一朵花上流连。在人生的晚年，把整个生命投进万花丛中，他们能不想起曾经的金色年华？能不祈愿还有的日子多姿多彩？一个个小孩不止于欣赏，总是想把自己的身影定格在花海之中，他们或是躺在草地上，或是搂着一株花树，或是以一片鲜花为背景，任由父母替他们拍照。他们释放自己无瑕的纯真，也享受着大自然无私的恩赐。

　　赏花的人群中，最多的还是青春少女。她们生来就是爱花的，生来就该和鲜花相互映衬，个个都有着如花的身姿，有着如花的面容。为了游览花博会，她们在脸上敷了花粉，穿上鲜艳的衣裙，把自己打扮得花枝招展。都知道，与花对影，与花为伴，与花私语，没有花的模样怎行？但是，对于这些豆蔻年华的少女来说，赏花也许只是一种遮掩，她们是来寻觅爱情、发酵爱情的。爱情敏感而娇弱，谈情说爱是需要环境和氛围的。这一片花海为她们创造了最好的条件，让卿卿我我成为最为自然的行为。哪一朵花不可引出一个香甜的比况？哪一处造型下不可留下依偎的倩影？哪一片草地上不可同唱缠绵的情歌？一次赏花活动或许会定下一段姻缘，就把一辈子涂抹上芬芳。

　　那时那地，我们懂得了，那些美若精灵的花卉和流淌千古的河水、鲜美绝伦的美食、悠扬婉转的京剧等一样，都是生命的必需。赏花不应该只是生活的点缀，而应该成为生活的本身。易居城的花博会作为一种审美盛事，当然会成为泰州人难以抹去的记忆。春天的色彩和香气不仅会浸染往后的生活，还会引导人们思考这样的问题：何处才是理想的心安之处？

　　赏花归来，梦里定然会常与鲜花说重逢。

## 诗中洧水流泰州

泰州城有个洧水农贸市场，那里是城市里活色生香的世俗风景。泰州不少人喜欢读"洧"为"yǒu"，其实这个字应该读"wěi"。也难怪，"洧"字也太难得一见了。

初见"洧"字，是在读《诗经》的时候。《郑风》中有一首诗，名为《溱洧》。现在想来，也真是奇怪，一"溱"一"洧"这两个冷字，竟然都会在泰州见到。一个"溱"字，专为"溱潼"而造，可见溱潼走过了多么悠长的岁月，是怎样的一块宝地！不过，《诗经》里"溱"是读"zhēn"字的。

洧水，是中国大地上最古老的河流之一。它源于河南省登封市北阳城山，在新密境内与溱水汇流，继而东去，奔向颍水。中华民族的始祖黄帝曾在洧水一带建立部落，号为有熊氏。当时，洧水还是一条无名河，黄帝的一位部下建议，在有熊氏的"有"字前加三点水为这条河取名，黄帝领首，也就定下了一个"洧"字。至今，洧水一带还有轩辕丘、云岩宫、风后岭等多处黄帝活动的遗址。《郑风》记叙的故事和描述的风景，也大多以这里为舞台。郦道元的《水经注》里，也有记载洧水的文字。

《溱洧》一诗，写的是青年男女在溱水、洧水旁的春游之乐。在阳光和煦的季节里，绵绵细雨把溱水、洧水滋润得风情万种。春心荡漾的少男少女相约来到河边，那里可是他们互诉相思的地方。他们手持兰草，互赠芍药，挥洒着压抑了一个冬季的情欲，张扬着物质贫乏时代的风流！谢谢《诗经》，她为我们记下了数千年前纯情男女无遮无拦的欢爱！

洧水汤汤，从远古一直流到如今，只不过它现在已不叫"洧水"，明朝时就改叫"双洎河"了。我常常在想的是，《诗经》中的洧水怎么会流进泰州呢？

溯时光而行，我遇见清代光绪年间一位萧姓士绅。他着一身长衫，踱步于一座新建的石桥上，神色悠闲而自得，口中吟哦有声："溱与洧，方涣涣兮。士与女，方秉兰兮。女曰观乎？士曰既且。且往观乎？洧之外，洵讦于且乐。维士与女，伊其相谑，赠之以芍药……"见我，他便朗声问道："洧水桥，这名字可好？"

原来，他脚下的这条河是宋代嘉定年间新开挖的一条河，由中市河通预备仓。河上本有两座桥，东桥对着沈家巷，就叫沈家桥，西桥不知为什么就取了个右水桥的名字。数百年来，右水桥日渐倾圮。萧姓士绅家资颇丰，便出钱重修右水桥。这位读书人总觉得这桥名太土气了，便想着重取一个文雅的名字。他对《诗经》早已是烂熟于心了，便从《溱洧》一首中选出"溱""洧"两个字。"溱"字就送给沈家桥，把它改名"溱水桥"。"洧"字就留给这座桥，就为它取名"洧水桥"。萧姓士绅很为这个新桥名而得意，让人把三个字刻在桥栏上。萧家后来还在洧水桥旁创办了一所洧水小学，也算是造化一方了。但是泰州的百姓一直固执地把"洧"读成半边音，也没有叫响"溱水桥"的名字。

其实，泰州根本不曾有过一条叫洧水的河，只是这里文脉畅达，书香馥郁，常有骚客吟诗、雅士弄琴，常有鸿儒传道、文人怀古，这位萧姓士绅随意从《诗经》中拈来一条河贴在泰州的版图上，使泰州从此流淌着《诗经》的意韵。从此，洧水桥下便唱出了一曲曲情意缱绻的恋歌，留下了一段段刻骨铭心的记忆，演绎了一幕幕伤神销魂的故事。

泰州诗人郁建中先生最近曾写下这段文字："20世纪60年代初，风韵犹存的洧水河依然是这座城市最美丽的市中河。她幽静、悠然，充满了传奇的神秘色彩。小时候常常听老人们说，屹立在洧水河东侧的那棵千年古槐，树干中空里藏着一条大蟒蛇，她出没无常，白天出去，晚上就住在古槐树里。好在那个时候我还没有读过神话小说《白蛇传》，也没有看过《白蛇传》的戏剧。要不然少年的我便少了一些恐惧，多了一些想入非非了。"他记忆里的洰水河，不也是诗意盎然的所在吗？

泰州有幸。这里，不仅盘桓着范仲淹的忧乐之思，不仅洋溢着岳飞的冲天豪情，不仅回响着孔尚任的喟然长叹，不仅摇曳着郑板桥的谡谡瘦竹，不仅舞动着梅兰芳的水袖云手，而且弥漫着《诗经》沁人心脾的芳香！

洰水悠悠，泰州就成为一座诗意之城。

## 曼殊孤魂何处觅

在民族灵性开始复苏的20世纪之初，中国大地上出现了一位半僧半俗、行云流水的艺术天才：他的小说开"鸳鸯蝴蝶派"先河，自传性作品《断鸿零雁记》被译成英文；他是南社的重要成员，写下了百余首律诗；他精通英文、法文、梵文、日文，第一次把雨果、拜伦的作品介绍到中国；他的画作受到黄宾虹等大师的夸赞，24岁时就有人为他编了画谱。

他曾被孙中山、陈独秀、章太炎、鲁迅、柳亚子等文人名士视为知己，他曾是名噪天下的情僧、诗僧、革命僧，他的照片曾被许多怀春少女挂在帐中……但是，他仅仅走过35年的红尘孤旅，1918年死于上海时，身无分文，只留下"一切有情，都无挂碍"八个字，还有几盒胭脂、几只香囊。6年之后，柳亚子等人才筹钱将他的灵柩移至杭州，并葬之于西湖之畔。

他叫苏曼殊。

我对他久生景仰，但也常怀悲悯。古往今来，有几人像他生命的底色上有那么多的血迹和泪痕？

到杭州，是不能不去拜谒苏曼殊的。

孤山北麓，西泠桥南堍，近是里湖，远有宝石山。这是一个古木葱茏、烟水苍茫的幽静所在，苏曼殊必是喜欢。他生前寄旅杭州时，常来此观荷赏梅。一根两米多高的剑状六面石塔竖在路边，上书"苏曼殊墓遗址"。导游说，南社友人为苏曼殊建的塔已在20世纪50年代末被毁，这座塔是2003年按原样缩小重建的。石塔四周并无其他建筑，显得凄清、冷寂。我肃然摩挲石塔以示追念，耳边似飘过戚戚的风声。其实，苏曼殊是不会介意后人毁了他的坟的，生前就喜欢浪迹湖海，死后肯定不愿长枕着那一方湖光山色。

芒鞋破钵的苏曼殊是停不下脚步的，他必须继续未完的寻找。

苏曼殊的父亲是广东香山人，长期旅日经商。他的父亲在日本娶了一个小妾河合仙，却与其妹河合若子生下苏曼殊。若子生下他3个月后另嫁他人，把他托给河合仙。苏曼殊由父亲带回香山老家后，竟被族人视为异类。12岁那年，他大病一场，被家人像狗一样扔在柴房里，多亏心善的嫂子悉心调理，他才没有踏上奈何桥。

寻找母亲，是他与生俱来的命题。15岁那年，他随表兄东渡日本求学；后来，他又多次去日本和一帮义士一起从事反清活动。他当然希望，每一次的赴日之路都能延伸到生母那里。为了侍奉养母，他甚至移居村舍；他还跟朋友谈起，要把养母带到西湖来住。但他的生母一直杳无音信，不知何去。这使他的寻母之路断成深壑，给他的心中留下永远的疑团：母亲为什么生下他？为什么抛下他？为什么不知所终？

走过西泠桥，便可见钱塘名妓苏小小之墓。让一个和尚与一个妓女隔桥相望，也许是柳亚子等人的无意而为，但却是苏曼殊修来的福气，他定会大笑于九泉。苏小小有才有貌，值得结为知己。生前未曾得到真爱，死后还可以寻找。此种格局，曾惹得许多文人一咏三叹。

苏曼殊一生情路坎坷，但却愿做个旷世情圣。他曾与日本姑娘菊子一见钟情，但双方家长均反对他们交往，菊子被父亲当众痛打后，纵身投海。他曾为斩断情根发愿去印度饮恒河之水，但中途又坠入情网。他还有日本艺妓、牧师女儿、红颜弟子等异性密友，但苏曼殊总是对她们若即若离。他作画时喜邀娇艳女子立侍一旁，常沾女郎唇上朱红当作颜料。夜游秦淮河，他挥笔为歌女写下哀怨的诗句。他经常请吃花酒，落款总是"和尚"。尽管袈裟披身，但他仍然流连于花丛妓寮，然能守身如玉，与妓女同寝却不动欲。多情却不纵情，赏花却不拈花，不知是不是因为怀疑世有真爱，还是因为害怕真爱成空？

杭州是苏曼殊人生中的重要驿站，他十多次到过这个人间天堂。他曾住南山一带的白云庵，与好友谈禅论世。那座被南屏晚钟冲荡得斑驳破败的古庵早已倾圮，我也无可去处。苏曼殊也曾住过灵隐寺，他还会到那里寻找心灵的庇护吗？

灵隐寺是杭州最早的名刹，深隐在飞来峰与北高峰之间的浓绿中。站在寺前，可见四周林木耸秀，烟云万状，便有隐逸于人世之感。这里确实是苏曼殊驻锡诵经的净境啊！进得寺内，跟一老和尚谈起苏曼殊，他竟来了兴致，还讲起苏曼殊的趣事来：那时的苏曼殊经常是白天睡觉，晚上到西湖边游走，常常会走上一夜，黎明时方回寺内。有时还会泛舟湖上，对着湖中月影涕泪阑干，哭着吟咏古人诗句，恍如神游幻境。但因为苏曼殊已是名僧，寺院里的僧人也就对他见怪不怪了。

苏曼殊一生曾三次出家。第一次是大病初愈后憎厌家庭，几个月后因偷吃鸽肉被逐出佛门；第二次是因菊子溺海而心灰意冷，但由于不满寺院的粗疏又愀然离去；第三次是因为上海的涉外法庭对《苏报案》作出罪恶的判决而悲愤交加，但不久就窃得师兄的度牒而仓皇出逃。

尽管苏曼殊常常身在闹市，但他的心却总在寺院。他注定是要成为一代高僧的，因为苦难的人生让他不能不求助于菩萨、解脱于经钵、寄望于来世。灵隐寺可以作证：别人数十年尚不能弄懂的梵文，他仅花一年多的时间就学得精通。他在这里编撰出一部至今无人能出其右的八卷本《梵文典》，创造了过去百年间佛学界的奇迹。倘与佛界无缘，苏曼殊能有如此造化？

菩萨并未能把他救出苦海，他反而看到众生皆在苦海。心灵无以为家，他不会心甘。要不然，他怎么会在临死前要求朋友为他穿上僧衣？

也许，他正在缭绕的香烟中彳亍前行；也许，他已像玄奘那样万里投荒。

那位老和尚用手向远处一指："苏曼殊的骨骸葬在杭州郊外的吉庆山，你可以去看看。"

我叫了辆出租车，要去寻苏曼殊最后的安身之处。司机竟是个文学爱好者，对苏曼殊很是熟悉。他告诉我："几十年前清理西湖景区墓葬时，迁到吉庆山的每座墓本来都有墓碑，但经过'文革'后，墓碑被毁，一座座坟墓只剩下隐隐约约的小土堆，一片凄凉。2005年，杭州市政府才在马坡岭上建起西湖文化名人墓。我估计那些人的骨骸已经难以分辨，搞错、搞混的情况肯定是有的。"

我的心一沉，顿觉路边的荫翳浓重起来。司机看出了我的黯然，劝我道："苏曼殊自己是把生死看得很透的，生前根本不想死后的事，他本没有指望能葬到杭州，就是被扔进黄浦江他也无所谓。你何必感伤呢？"这时，苏曼殊的两句诗突然涌上我的心头："人间花草太匆匆，春未残时花已空。"他是为自己写的挽诗吗？

苏曼殊是一个为死而活着的人，他的一生都在寻找死亡之路。他自幼体弱，有河鱼之患，医生一直嘱他节制饮食，尤该忌糖，但他偏偏嗜烟嗜酒，暴饮暴食。他一有钱，就请朋友喝酒，直花得不名一文，才到庙里过几天清静日子。他曾把自己的裤子典押出去，拿得来的钱买糖吃，朋友帮他把裤子赎回后，他竟再次押给当铺；他无物可以典押时，竟用锤子敲下嘴里的金牙，任口中血肉模糊，手捧金牙去换糖。柳亚子经常看到他在床上翻滚，忍受过量饮食的痛苦。直到生命的最后阶段，他还是经常吃得腹鼓肠塞。陈独秀说：他是要通过狂吃滥喝求死，以寻得一个解脱。所以说，苏曼殊之死实际上并不是因为疾病，而是由于自杀。在大快朵颐、大饱口福中度过忘川，乃是惊古骇今的一条奇路。他佯狂玩世一生，真的就是为了踏上这条不归路？

苏曼殊定然还在寻找，他执着、狂放、急迫，我等凡人，如何觅得他的孤魂？何必惊扰了他的千年梦程，不如由着他在天国还做一个任性使气的怪客。我喟然一叹，对司机道："不去墓地了。"

　　生，不知何来；死，不知何往。这是苏曼殊的人生留给我们永恒的悲凉与无奈。

## 一泓西湖美人泪

　　万古西湖，一直荡漾在我的心里。她在富庶江南的一颦一笑，对我始终是一种逗引、一种诱惑、一种召唤。

　　仲秋时节，我奔西湖而去，不为她晶莹的湖光，也不为她绰约的山色，而是为了寻觅三位女子的身影，也替她们擦一回依稀的泪痕。

　　西湖本是杭州城西的一个天然的潟湖，城西之湖是也。直到唐代穆宗年间，这个美人坯子终于遇上了一位名叫白居易的刺史。怜香惜玉的伟大诗人开始疏浚西湖，把一位羞涩的村姑打扮得花枝招展。到了北宋神宗年间，另一位满腹诗情的政治家苏轼又来到杭州任通判，他进一步疏导西湖，让她的万种风情在世人面前招摇。他也经常沉溺于西湖的美艳，还写下了这样的诗句："欲把西湖比西子，淡妆浓抹总相宜。"灌溉千亩良田、滋养十万人家的母亲湖，竟有了一个氤氲着脂粉香气的名字：西子湖。

　　从此，西湖的景致一天天变得如春秋时苎萝山下那位浣纱女一样娇媚起来；从此，西湖边上有更多的女人像西施一样成了男人争权夺利的工具；从此，湖水深处便不时泛起像西施被越王沉江时一样的呜咽。

　　到了南宋，偏安一隅的统治者已经不愿回想那些国仇家恨，而是不断在西湖建造景观，把西湖当成醉生梦死的歌舞场。那位叫林升的士人大概是实在太恼怒了，竟在杭州城里一家旅馆的墙上写下了一首政治讽刺诗："山外青山楼外楼，西湖歌舞几时休？暖风熏得游人醉，直把杭州作汴州。"明代遗民张岱更是表现出对西湖的鄙夷，愤然写道："若西湖则为曲中名妓，声色俱丽，然倚门献笑，人人得而亵之矣。人人得而亵之，故人人得而轻慢。"

西施姑娘并没有到过西湖，但西湖却在反复演绎着她的悲剧。西施与西湖，其命运似乎有着天然的契合。当我从南屏山麓的苏堤一端踏入西湖时，我还是期望着与西施的相遇。尽管游人如织，导游聒噪，但我努力沉静下来，用心感受她从遥远的时光里传来的气息。风帘翠幕中，有她清纯的目光吗？烟柳画桥上，有她幽怨的声音吗？绿波白浪间，有她曼妙的身影吗？没有，就是没有。一位让中国男人销魂两千多年的绝色美女，竟然没有在她自己的湖边留下任何踪迹，这也许是她的宿命，但却是我的遗憾。

另一位传说中的美女却在西湖的断桥刻下了自己的脚印，她有一个所有中国人都熟悉的名字：白素贞。这位在四川青城山修炼千年的白蛇因羡慕人间生活，来到西湖游玩。断桥，是她和许仙甜蜜邂逅的地方。断桥牵红，撮合了他们借伞定情、结为夫妻。断桥，又是他们劫后重逢的地方。断桥作证，笑看着他们尽释误会、共享恩爱。一座断桥，是白素贞心中永远的圣地！

西湖的断桥，变为一个凄婉的爱情故事里的断桥，这使断桥平添了几分浪漫，平添了几分神奇。断桥也自然成了西湖诸多小桥中最有名的一座桥，难怪许多人都在猜想它名字的由来。有人说此桥由一位姓段的商人而建，"段"因谐音而成"断"；有人说孤山之路由此而断，故称"断桥"；有人说此桥积雪总是阳面先化阴面后化，常有似断非断之貌。我倒认为，断桥之断，乃是因为它载不动白娘子那比山还重的痴情！

断桥的一端跨着北山路，另一端接通白堤。如果把白堤比喻成一条静卧水中的长龙，那么断桥就是昂然扬起的龙头，它的坡度较大，形势突兀。桥上的石板已被沉重的岁月磨蚀得光亮，湖水在拱洞里流淌出绵延了千年的叹息。被白堤隔开的里湖的荷叶疲惫地漂浮在水面上，似破旧的舞裙；白堤两边的柳树已无春风中的兴奋，只是恹恹地摆动身姿。抬眼南望，分明看见远处有一座凛然端坐在绿树丛中的黑塔，那就是建了倒、倒了又建的雷峰塔，那就是压在白娘子身上的罪恶之塔！

　　我这才想起，白娘子并没能长久地留在人间，那位凶僧法海终究还是用金钵罩拿走了白娘子，残忍地把她压在雷峰塔下。法海怕白娘子再次逃走，竟然住进雷峰塔不远处的净慈寺当起看守。尽管白娘子的儿子许世林后来曾到西湖拜塔请母，但我怎么也不能相信那位糊涂的许仙会等她到如今。凄然涌上心头时，我向塔而问：断桥之断，难道是白许二人情断缘断的谶语？

　　一位叫苏小小的女人，在西湖倒是一种真真实实的存在，她不仅曾把自己的倩影灿烂在南齐时的钱塘市井，而且把自己的骸骨埋葬在西湖之滨。她本是一个商贾之家的娇女，15岁时却成了父母双亡的孤女。她睥睨着达官贵人的深宅大院，而甘愿把自己的青春挥洒在勾栏瓦舍。她曾遇见南齐宰相的俊美公子阮郁，并以身相许，但阮郁最后还是屈从于父亲，把她永远抛弃在肮脏地。后来她又遇到一位叫鲍仁的落魄书生，变卖首饰助其赶考，第二年春天，苏小小不幸咯血而殁。金榜题名的鲍仁出任滑州刺史时途经钱塘，正赶上苏小小的葬礼，他抚棺而哭，把苏小小安葬在西泠之坞，并立碑建亭，以寄哀思。

　　伊人已逝，但人们一直记着她，记得她是一位倾倒钱塘城的美女，记得她是一位以青楼为净土的奇女，记得她是一位在中国文学史上留下第一首妓女诗的才女，记得她是一位惹得代代文人歌之唱之的怨女。

　　白堤的另一端便是西泠桥，桥畔有苏小小的墓冢。圆形的坟头默默地承接着我凭吊的目光，"钱塘苏小小之墓"的碑石似一位孤独的守墓人。六角攒尖顶亭慕才亭大大方方地遮挡着袭来的风雨，表露着对这位"不守贞节只守美"的钱塘名妓的悲悯和呵护。让人心动的是，死后的苏小小仍然延续着她凄婉的故事：她芳魂不散，常常出没于花丛林间，风雨之夕，她的墓中便会传出歌吹之声。真怕惊扰了这位女子的美梦，且让她在守望中等待归来的如意郎君吧，我悄然离去，连头也不忍回转一次。

　　作别西湖，我心怅然。三位不同时代且与西湖有关的女子都有着惊人的美貌，但她们均未求得美好的人生。西湖之水洗刷出她们的冰清玉洁，但也吞没了她们的锦绣年华。不知西湖中溶进了多少女人泪，那粼粼波光可是她们闪烁的泪眼？西湖是丰富的，也是深邃的，它就如一部关于中国女性命运的大书，我们从中可以读到她们的可贵、可悲和可叹。

# 寻　宋

初到开封，映入眼帘的便是一片颓败的景象，宽阔的街道坑洼不平，路面上人影稀疏，两边的店铺低矮破旧，连新建的景观墙都蒙上灰暗的尘土。我不禁心中黯然：啊，这难道就是我曾经心心念念的八朝古都？我突然想起近百年前康有为在这片旧山河写下的几句话："东京梦华销尽，叹城郭犹是，人民已非。"这位洽博多闻的思想家，那时那地该是多么心痛？！

遥想公元960年，北上抗敌的赵匡胤在陈桥发动兵变，胁迫周恭帝禅位，建立了赵宋王朝。初登龙椅的赵匡胤定都后周的京城开封，只把强汉盛唐的京城长安作为陪都。关中的西京依然繁华，而脚下的东京狼烟未散，但是，开封城内汩汩流淌的汴河日日夜夜为赵匡胤演奏着安神曲：这条起于河洛、下至淮泗的南北贯通之河，不正可以运来各地的粮食布匹和金银财宝？

宋真宗景德元年（1004），澶渊之盟缔结之后，宋辽之间长达25年的战争归于平息，宋朝迎来了一百余年的天下承平。如果说大唐是一种胸怀，那么大宋就是一种气象。赵宋王朝最为富裕的时候，曾经拥有全世界一大半的经济总量。开封人口达数百万之多，无疑是世界上第一大都市。开封的繁华在靖康之难中化为烟云，我们只能在《清明上河图》和《东京梦华录》这一画一书中稀释惆怅。张择端和孟元老的生平均已不详，但毋庸置疑的是，《清明上河图》成于徽钦二帝被掳前，张择端的画中描绘的是现实的图景，而《东京梦华录》成于宗室南渡后，孟元老的书中追记的是曾经的见闻。

今天的开封可还有千年以前的印迹？

在一家民宿安顿下来后，我们便走进名为"汴梁人家"的饭店。那店招黑底金字，镶嵌在红色的门柱之间，仰头一瞥，便能感受到一缕皇城之气。《东京梦华录》记下了开封美食300种，我只想品尝一下小笼包子。据孟元老说，当时的开封已有"诸色包子"，王楼山洞梅花包子"在京第一"，北宋南迁后传到临安，被称为"灌汤馒头"。这种山洞梅花包子，无疑就是小笼包子的前身。南宋的吴自牧在一本介绍临安城市风貌的《梦粱录》中，还提到过江鱼包儿、蟹肉包儿、水晶包儿、笋肉包儿。我对如何把汤汁灌进馒头并无疑问，我们家乡的蟹黄包子也有灌汤之技艺。我关心的倒是：泰州的包子不也是满身的宋代基因？

我们四人刚刚选得一张空桌坐下，便有服务员拿着菜单过来让我们点菜。这种当今饭店通行的服务，在北宋的开封已成规范。服务员说："我们只提供套餐，不散点。"我问："我要吃小笼包子，怎么点？"服务员笑笑："小笼包子是宋代名点，每一个套餐里都有。"我们便选了一个套餐，又要了两瓶啤酒。

我们吃过几盘菜后，服务员便端上六笼包子。那蒸笼并不大，两手几可合抱。包子只有乒乓球大小，均匀地排在蒸笼里。蒸笼的四周依然氤氲着浓浓的热气，沐浴在热流里的包子显得饱满圆润，透过细嫩的包子皮，似可看见里面沸腾的汤汁。包子上端的褶皱细巧分明，宛若花瓣，开封人常用"提起像灯笼，放下像菊花"来形容，倒真是恰当。吃开封小笼包子不如吃家乡蟹黄汤包费事，两口便可吞下一只。咬上一口，肉馅、汤汁便涌入嘴里。且慢下咽，让它们在舌尖上稍作停留，就能尝出那肉馅是精肉制成，并不肥腻，那汤汁也不是黏稠的油脂，而是清爽的鲜水。仔细品咂一番，其中的精致、安逸与从容便在心头荡漾。我们每个人都吃了八只，该算是品尝了多少大宋的滋味？

233

晚饭后，我们去看清明上河园。这座游园复原了《清明上河图》，是我国第一座以绘画作品为原型的仿古主题公园。进得园去，便如穿越到了宋代。岸上，楼宇高耸；水上，画舫游弋。随着人流前行，会不时遇见三三两两穿戴宋代服饰的男女，他们或在表演杂耍，或在吆喝各种小吃，或在摇着拨浪鼓，抑或就是伴着游人走上一程……而我，直朝着《清明上河图》中那座拱桥走去。拱桥所在处，是那幅工笔界画的画眼，是那幅千古名画的高潮，不仅浓缩了当时开封最为精彩的生活场景，还透露了精彩背后的隐秘故事。《东京梦华录》也提到这座桥：从东水门外七里曰虹桥，无柱，皆以巨木虚架，饰以丹艧，宛若长虹。走上虹桥，可算是走进时间的深处。

一座红色的拱桥突然出现在眼前，我忍不住喊出声来：虹桥！虹桥原本是横跨于汴河之上的，现在只是公园内的一处景点。景观桥也是一座拱桥，周身不见钢筋水泥。桥底和栏杆都染了红色的涂料，在朦胧的灯光下格外醒目。水底的倒影和水上的拱桥接成一体，仿佛是水中安放的一个红色圆圈。我加快步伐，登桥而上。那桥面铺的是木板，让我的脚步变得轻盈而柔软。这座拱桥跨径不到30米，最高处离水面5米左右，弧度明显又不陡峭，真可谓"宛若长虹"。

这时，四个头戴蓝色布帽、身着灰色对襟布衫的男子抬着一顶花轿从虹桥上走过，他们的脚步踩得桥板"咚咚"作响，花轿也随之有节奏地晃动。花轿的四边都蒙着红布，但我猜想里面也许正坐着一位佳人，便跟着花轿，一步步走下虹桥。来到一个广场前，轿夫们放下轿子，轿前的门帘轻轻打开，里面果真走出一位金发碧眼的少女来。一位手捧铜镜的男子面对着少女，缓缓倒退；少女脚踏青色的布毯，款款前行，跨过马鞍，跨过一堆草……

那位外国美女是在扮演旧时的新娘，还是在体验宋代的婚俗？

开封还有一座相国寺，那是非去不可的。我知道的相国寺，始建于北齐天保年间。北宋时期，相国寺深得皇家尊崇，经多次扩建，便成为全国的佛教中心。那时相国寺每月开放5天，让老百姓在寺内做生意。一座寺庙不仅是一处清静的佛门，也是一处喧嚷的市廛。丞相的儿媳妇李清照，就是相国寺的常客。佛光之下交易忙，这不正是对商人的最大尊重？北宋初立，天下的商人便进入一个大好的时代：他们可以跟贡士、青吏、庶人穿同样的衣服，他们中的超逸之人还有从政的机会，他们的子弟也可以参加科举。张择端的《清明上河图》长期以来被怀疑为残卷，理由就是画面上竟然没有相国寺。而孟元老的《东京梦华录》就有关于相国寺的文字，记述的正是威严殿宇里的万姓交易。

经过多次重修的相国寺红墙碧瓦，巍峨壮观。未进山门，我已被淹没在寺前广场的喧嚣里：有挑着货担推销杂物的，有提着篮子叫卖水果的，有推着车子吆喝小吃的，有在遮阳伞下表演书画的……今日之市场，庶几不逊于宋时之交易吧？

一处吹糖人的摊位牵住我的脚步，吸引我的是那位斯文的师傅，他只有20多岁，戴着一副眼镜。他也不看游客，而是专心地吹吹捏捏，一会儿便把一个舞着金箍棒的孙悟空粘在竹签上，再把竹签插在面前的草把上。这时，我才看到，他的摊位前放着一张塑封的开封大学毕业证书，证书上的照片正是这位吹糖人师傅。我当然无法知晓，这位年轻的大学生在相国寺前吹糖人，究竟是出于喜爱，还是出于无奈。但是，他那一脸的怡然竟让我油然生出一股喜悦来。

离开开封已有时日，但那座城市带给我的思考却一直萦绕在心头。

宋都南迁后，开封便成弃妇，此后的金末、明末、抗日期间，那里又经过多次战乱，哪一次不是饱受凌辱？哪一次不是命若游丝？

汴河、黄河的水运日渐衰落，再也不能给开封带去好运：汴河无货可运，治理自然荒疏；黄河河床越来越高，反而成为悬在开封头上的大患。

明朝末年，李自成和明军为争夺开封，一起使出开挖黄河的损招，城内只有3万人从洪水中逃生。抗日战争初期，蒋介石为阻止日军西进，下令扒开郑州花园口，人为造成大片黄泛区。那些璀璨的历史遗存，那片肥沃的中原腹地，都被埋在板结的淤泥之下，传不出一声叹息、一声啼哭、一声呼救……

　　我那多灾多难的汴梁啊，你是一粒醒着的种子，只是，你何日可长成一棵大树？

## 夜宿西陵峡

"西陵山水天下佳",这是欧阳修的诗句吧?早就知道西陵峡是长江三峡中最长的峡谷,这次的湖北之游便有了去西陵峡看三峡人家的念头。我们只想在仅存于三峡大坝与葛洲坝之间的峡谷中,寻得那千万年不变的雄奇壮丽。

在高低曲折的山路上颠簸了两个小时后,汽车畅快地滑向一片狭小的空地,这里便是灯影峡,我们一行五人一下车就摆出了伫立长江北岸的身姿。许是几日来视野中总是挤满了连绵的山峦,我对长江两岸嶙峋的奇石和苍翠的树木竟少有新鲜之感。但是,稍微一低头,我就不能不把满眼的惊艳献给长江,献给那一江春水。

是大山的血液流进江里?是春天的颜色沉入江里?要不然,一江春水怎能澄澈得如此高洁!水面上没有一片落叶漂浮,没有一根水草游弋。因是水太深了,当然也不见水底的泥沙与石块。那水色已不只是碧绿,而是一种舒展的湛蓝,蓝光灿烂,甚至有些逼眼。我们曾经见过这样的水吗?没有。家乡的江水总是混着泥沙的,那颜色不免有些浑黄;家乡的河水又太局促了,清澈得过于单纯。而眼前的江水却是浓稠的,宛如从草木里挤出的汁液,如果江水结成了冰,那冰块不就是晶亮剔透的翡翠?这样的江水已不只是令人赞叹,还能激起满心的敬重。我们能以这样的江水浇灌生命,何其幸哉!

此处,脚下就是江岸;对面,峡壁直插江底。两边并不宽,大概不足百米。与家乡的大江相比,这里的江面也太狭窄了;在水乡地区,人家门前屋后的河流也比它阔大多了。因为上游有三峡大坝，下游有葛洲坝，这里的江水已经被抬升了一百多米，也使江面扩大了许多。在"两岸猿声啼不住"的时代，这里的长江还不就是一条湍急的小河？大坝锁江后，江水已全无汹涌之态，只是悠悠地流着，水波平缓，施施而行，一派悠闲自在的神情。我想，百米之下的江底该不会如此平静吧？

江边人家的房子有建在山坡上的，大门便对着长江；也有临江而建的，大门便对着高山。这些人家的门前都竖着店招，表明里面正经营着旅馆和餐馆生意。我们当然是想紧挨着长江住下，便转到一家名为"好缘来"的民宿前，"好缘来"靠近胡金滩游船码头，房子的后墙就在长江边上。接待我们的是一位40岁出头的女人，个头不高，眼睛亮亮的，脸上挂着浅浅的笑意。她一抬头，满眼欣喜："你们是从江苏来的吧？"那口音，也是浓浓的家乡味道。一了解，我们便知道她是曾在江苏盐城的射阳生活了十几年的三峡移民。

她还记得，那一年，她从宜昌乘坐江轮一路东行，在一个叫高港的码头下船。在高港稍作停留，她就转车去了射阳的移民安置点。那时，我曾经采写过泰州人迎送三峡移民的新闻。不知道，我见过的那几批移民中可有她的身影？

初到射阳，一切都感到陌生。但儿子是根绳，把她拴在那片土地上。他一直在射阳读书，从小学读到高中，前年，考上了武汉的一所大学。儿子不在身边后，她的心里一下子就空了，对故土的思念，在空地上疯长起来。她和老公一咬牙，便在年底一起重返三峡。但是，故土已经没有一个属于她的家。生于斯长于斯的她，现在却成了异乡人，没有土地，没有户口。

她为我们每人泡上一杯茶，说："这是菊花茶，是射阳的老邻居寄过来的。江水泡菊花，太好喝了。"

女人笑眯眯地看着我们都呷了一口茶，口气里有些得意："好喝吧？

我不骗你们的。"停了停,才说,"我带你们先看看房间吧,住不住你们自己定。"

我们跟着她走过窄窄的楼梯,来到饭店下一层的客房。房间并不大,但还算干净,床单和被子都是白色的,收拾得平平整整。推开窗子,江水弥望;探头出窗,便觉得已经凌身于江上。过一个枕江而眠的夜晚,该是人生之幸吧?何必另寻别处?!

等我们把行李拿进房间,女人又告诉我们:她现在开店的这套房子并不是自己的,而是表姨家的。表姨原来的房子就在现在的江心,江水抬高后被淹了。表姨的这套房子才建了10年不到,一直做旅馆。表姨和表姨父身体不好,随女儿去宜昌生活了。她和老公就把它租了下来,一是为了做生意,二是为了有个安身的地方。店里也只有6间客房,事情不算多,老公便留下她一个人打理,自己到四川修铁路去了。

刚过午时不久,我们便乘游船到南岸去游览风景区。看过白帆迎风、渔网如飞的水上人家,看过一半着陆、一半入水的溪边吊脚楼,我们便向半山处攀爬,去看一处叫巴王寨的景点。巴王寨是古代巴人为躲避战乱用石头和泥土建成的寨子,是险峻之处的一座城堡。石阶如梯,但却是陡峭的。一开始还觉得轻松,渐渐地便体力不支了,每爬上一段,就要向上仰望一回,判断一下还有多长距离,不断给自己鼓劲。突然间,一个熟悉的身影出现在我们的眼前:那不是女老板吗?

她挑着两箩筐的柑橘,正在吃力地拾级而上。因为个子不高,箩筐的绳子又长,每爬一级,筐底都险些碰到石阶。女人也发现了我们,便放下担子,用脖子上的毛巾擦了擦汗,笑着说:"客房都卖完了,再到山上拿些柑橘来卖卖。人吃点苦没事,也能赚几十块钱呢。"说完,她又挑起担子向上走去,脚步坚实,"砭砭"作响。

当我们回到"好缘来"的时候,女人已系着围裙站在店门前。她一脸春风:"玩累了吧?晚上弄几个菜,喝点酒,鱼缸里有鱼,你们随便点。"我们点了一条鲇鱼，女人称过以后，报了价钱，捋起袖子开始杀鱼。她的动作很熟练，剖肚、去肠、除腮，一气呵成。我有些惊讶："你自己杀鱼呀？厨师呢？"

女人也不抬头，一边剁鱼一边说："我哥哥是厨师，我是请他来帮忙的，不能累着他，我应该多做些事。我上山的时候，也是他帮我看店。"

我们围坐在饭店门口的小桌前，只觉得清风悠悠。一会儿，女人就把下酒菜端到我们的桌上。鱼是从长江捕上来的，肉质鲜嫩；啤酒也是用长江水酿制的，口感纯爽。

我们正喝得兴致盎然，女人在离我们不远的一张小方凳上坐下来，不是对着我们，而是面朝大山。她一手捧着一根竹筒，一手握着两根竹片，我知道，那是渔鼓和云板。家乡的那些艺人表演《板桥道情》时，不就是拿着这样的道具？好奇间，女人一边拍击筒底的皮膜，一边晃动竹片，"通通"和"啪啪"的声音有节奏地响了起来。女人直了直腰杆，便扯开了喉咙，一股嘹亮、婉转、悠扬的歌声倾泻而出，似汩汩山泉。她是用方言演唱的，我竖起耳朵也只能听懂开头的两句：

这山望着那山高，
三峡之水似马跑……

真想不到，女人竟有一副好嗓子！一曲唱完，女人脸上飘过一阵羞涩。她告诉我们说，她的父亲是当地有名的渔鼓艺人，不仅嗓子好听，还会自编唱词，看见什么就能唱什么。早年间，他是跑茶馆、码头，靠卖唱营生；后来，他就是凭兴趣演唱了，从来不收钱的。她的父亲在她移民江苏的前几年就去世了，墓葬就在前面的山上。

她说："我就是想把父亲的本事学过来，当然要天天练。假如表姨他们哪天把房子收回去，我就到风景区去唱渔鼓，靠自己的辛苦去赚钱，不丢人的。"

我问："你何必这样苦了自己？"

女人又笑了，笑得有些生硬："我要是怕吃苦，怎能在三峡重安一个家？"

我们回到房间时，已是月挂中天。推开窗子，只见对岸的绝壁与云天相接，最高处的灯影石影影绰绰，酷似唐僧师徒的奇石已形迹难辨，唯有沙僧石还是蘑菇的模样。江水依旧是潺湲东流，不徐不疾，优容如故，那粼粼波光似在呼应着一轮皓月。

躺在床上，四周一片阒然，既不闻风声，亦不闻水声。卧榻之侧，有大江在奔涌，这是神州大地的脉搏，是中华民族的生命之源，怎么可能如此安静？渐渐地，我的整个身心感受到一种沉重而充沛的力量，不是声响，而是律动，既像从大江深处而来，又像从大山内部而来。这种来自地球生命的力量，有铁骑奔腾之威，有狂飙突进之猛，有部队冲杀之势。我仿佛置身于一艘巨大的船上，正乘势前行。坐起身来，憬然有悟：来自姜古迪如冰川的水流原本蕴藏着不竭的伟力，它正带着坚定的信念，荡涤着滚滚泥沙，撞击着座座礁石，冲决着道道关隘，永不退缩，永不回头，直奔向浩瀚无垠的大海。

生生不息的中华儿女正宛如一江春水，有着静水流深的品格。他们表面上是柔弱的、平静的、温和的，但在生活的艰难困苦面前，却迸发出巨大的生命潜能，甚至把整个生命化作滚滚洪流，直向前去。这位三峡女人不正是其中的一个？

一夜无梦，睡得真香。

## 会飞的凤凰城

凤凰是名词吗？我说不是，熊熊烈焰都不能断其性命的凤凰怎能和苍鹰、孔雀、鹧鸪同属一类！我以为，凤凰其实是个动词。我们记忆里的凤凰都有着昂首扬尾、展翅翱翔的姿态吧。谁见过闭目栖于树梢的凤凰？谁见过敛翅卧于草间的凤凰？两千多年前的古中国大地上就响起了"凤凰于飞"的歌声，那便是人们在为蓝天下边飞舞边交配的五彩大鸟的喝彩之唱。

这种祥瑞之鸟飞得太高、飞得太远了，早已成为盘旋于我们精神天地之间的翱翔精灵，我们仰望千年，终究只听得几声依稀的喈喈鸣叫。清代康熙年间，一座名叫凤凰的小城惊艳亮相，就在那千里之外的湘西，在那青山绿水之间，在那28个少数民族的聚居之地。新西兰作家路易·艾黎在20世纪40年代曾经沉溺于此，赞之为中国最美的小城。

凤凰古城真的是凤凰般的存在吗？在春天的季节里，穿过团团迷蒙的山岚，拨开层层欲滴的翠绿，我奔她而去。

是历史把凤凰古城遗落在武陵山脉之南？还是凤凰古城遗忘了沉重的历史？这个蕞尔小城啊，在流逝的时间里，宛若一位娴雅的女子，脚步轻盈而缓慢。三百多年的沧桑岁月，已经化作石板街边的一团青苔，化作庙祠馆阁上的一棵瓦松，化作苗家少女头上的件件银饰。是的，古城并不认识我，但是，我对她似乎并不陌生，是梦中曾与她相遇，是前世曾在此驻足？她不就是宛若水墨的江南水乡吗？匆匆一见，我当然无法走进她的历史，但我总想着能够端详她旧时的模样，感受她曾经的气息。

　　土家族导游姑娘说，先去看看沱江吧。她的理由很简单，沱江是长江上游的支流，是凤凰古城的母亲河。而我的想法是：穿城而过的沱江应该是凤凰古城最为久远的记忆。一江春水，正是古城流淌着的血液。生生不息的万古沱江，定然记得身边的一草一木、一山一石、一儿一女。

　　沱江，确实是古城之游的必去之处。

　　沱江并无阔大的江面，两岸笑语相闻；亦无汹涌的流水，清浅得如同女人的莞尔。何必驾一叶月牙似的扁舟？不如从跳岩上跨江而过，那倒是颇有趣味的。

　　沱江跳岩本是始建于唐代的古道桥梁，现已修成双排石墩。人跳跃其上，便可把沱江看得真真切切。沱江的水流是舒缓的，水声汩汩仿佛低低的吟唱；水波柔柔，如同女子轻摆的手臂。水深不过二三尺，清纯得一眼可见江底，那一枚枚一抹白色的石子、带花纹的玛瑙石子光亮飘忽，那纤细的水草摇曳无已。对我们这些生于水乡长于水乡的人来说，沱江似乎少了咆哮之势，少了冲撞之力，少了深邃之魅。心底的失望便油然而生：这里没有秦淮河的沉淀，我们当然无法打捞美人的开妆之镜；这里没有无定河的悲凉气息，我们更寻不得可怜的残缺白骨；这里没有西湖的幽怨，我们也不能掬一捧相思泪水。

　　但是，沱江两岸的古建筑群顷刻就让我们的失望化为惊奇。那就是吊脚楼！吊脚楼是凤凰古城的徽标，是凤凰古城的灵魂。据导游讲，吊脚楼的创始人是远古时的有巢氏，其特点是临水而立、依山而建。早在唐代垂拱年间就零星出现，元代以后渐成规模。现在依然耸立着的数百栋吊脚楼都是清末民初的建筑，至今还杂居着土家族、苗族、汉族人家。

　　吊脚楼前门对着古官道，后墙悬于沱江之上。每一栋吊脚楼都不大，均分为上下两层，上面一层比较规整、宽大。屋面檐部翻卷，若有飞举之态；四角翘伸，形如飞鸟之翅。屋檐下挂着一盏盏红灯笼，让斑驳的砖瓦间平添风情。两栋楼之间的白色山墙因有隔火的功用，都高出于屋脊，在层层叠叠的黛瓦间，封火墙前后都建有形如凤凰的鳌头，一只只引颈朝天。下面一层则是因地而建，并不讲究方正，家家户户的走廊或房间都伸出水道，使整栋楼像垂悬在江上，而支撑着悬空部分的就是十几根或几十根伶仃的木柱。根根木柱细若竹竿，有些还是斜插在水中，真不知道它们何以形成合力，何以支撑沉重的楼身。心中便不免疑惑：那些木柱就是摆设吧？

抬头仰望，便可见山坡上密集拥挤的楼房，都是清一色的飞檐翘角，白墙黑瓦的建筑层层递升，越远越高。更远处，连绵的峰峦，耸入云端，铺向天边。

凤凰古城不似平遥古城，平遥古城是一位端庄的长者；凤凰古城也不似丽江古城，丽江古城是一出喧闹的舞蹈。地处偏远之边，深陷于崇山峻岭之中，又久久浸泡于剽悍的民风，凤凰古城应该拥有我们怎样的比拟？记得这里曾经发生过翠翠和天保、傩送的爱情悲剧，故事中的人心澄澈如水；记得这里曾经是处决犯人的场地，当地人从鲜血淋漓中感受到力与美的融合；记得这里曾经演绎过赶尸的习俗，至今仍然披着神秘的纱幕。我们能从这些过往的记忆中寻找到答案吗？不能。

晚上，细雨如织。我们还是步出宾馆，只为近距离看看吊脚楼。我们走的是旧时官道，便是从吊脚楼的门前经过。刚刚踏上石板街，我们便被淹没在阵阵"嘭嚓嚓、嘭嚓嚓、嘭嚓嚓"的声浪中。檐下的灯笼亮了，仿佛是半老之人正做着年轻的梦。栋栋楼内的灯光暧昧而朦胧，只有旋转灯变换着彩色的光柱，斑斓的闪闪烁烁里，人影晃动，有人唱歌，有人喝酒，有人跳舞。原来，这些吊脚楼都在经营酒吧的生意。一位金发碧眼的外国女郎，一边扭动着腰身，一边喝着啤酒，还不时向门外的游客做着鬼脸。她玩得太尽兴了，大概早已忘记了身在何处。在时尚、前卫的律动中，古老是吊脚楼正走着一条时间的反向之路。

离开凤凰古城时，已是第二天下午。收拾好行李，便有些不舍，推开窗户时，整个古城尽收眼底。我蓦然觉得，那一栋栋吊脚楼不就是一只只大鸟吗？这些大鸟没有归巢的倦态，没有铩羽的破败，而是恣意地伸展翅膀，彰显着力量和志向，仿佛时时刻刻都在升腾，时时刻刻都在冲天。在人们的不知不觉中，吊脚楼也许有一天真的会飞离地面。那些支撑在沱江里的木柱最清楚：身姿如飞的吊脚楼其实是轻盈的。

远接苍穹的凤凰古城，不也是一只大鸟吗？是的，是一只振翮欲飞的凤凰。她接天地之灵气，不畏困厄，不畏烈火，在飞翔中歌唱，在飞翔中永生。

每个古城人的心中都盘旋着一只凤凰，他们的身上都生长着一双隐形的翅膀，他们都曾经做过许多次飞翔之梦。

熊希龄不是飞起来了吗？这位三四天就背熟《三字经》的神童，胸怀实业救国的理想，飞翔在风雨里，用一生的慈善之光普照着苦难中国的大地。

沈从文不是飞起来了吗？他小学毕业便投身行伍，但却怀抱八十多部作品飞翔在中国现代文学史的天空里，飞进诺贝尔文学奖的评奖殿堂。

黄永玉不是飞起来了吗？他12岁就流落他乡打工谋生，但是靠自学成为美术"鬼才"，成为高悬当代中国画坛的耀眼明星，还在疾速飞向世界画坛。

望长天，寥廓无尽，飞去，飞去！

## 祭拜孔尚任

清明节后,我有了一次山西之行。返程途中,我们歇脚曲阜。

到曲阜,我当然是要去孔林的。

孔林是这个世界上绵延时间最长、规模最大的家族墓地,那里属于泗水之上,占地三千余亩,埋葬着孔子及其后裔家族的十万骨骸。去孔林,端的不是游玩,而是祭拜孔子,瞻仰万古圣人的长眠之地。走进二月兰繁茂如海的孔林,虔敬之情便油然而生,为那些已经消失在时光里的一代代生命,为那些依然鲜活于生活中的儒家学说。

坐上电动游览车,沿环林路东行,在孔林的东北方,可见路旁耸立着一块巨大的岩碑。导游随手一指:"这是孔尚任的墓。"车子一晃而过,连我的目光都无法逗留。

孔尚任,在泰州写下传奇剧本《桃花扇》的孔尚任!我想起来了:他就是曲阜人,孔子的第六十四代孙。

39岁那年,他以治河钦使的身份随工部侍郎孙在丰去泰州治理淮扬七邑的水患。自知圣命难违,但心中多有不甘:本指望身披华衮为朝官,谁料想竟要远离京城到湖海!

在泰州的三年多时间里,孔尚任在治水方面并无多少可称述的地方。后来的泰州人出于对这位诗人、剧作家的尊崇,总是把责任归于泰州知府施世纶的冷遇、朝廷对治水方案的意见不一等。其实,我倒以为,孔尚任本是一介书生,他并无治水的志向和才能,他的治水无绩,似在意料之中。

孔尚任作为孔子的后裔，是孔子学说和孔子精神的传承者。对于这一身份的认定，孔尚任当无反感。多年潜心诗文和学术的他，通过典卖田地只纳了一个"例监"。直至37岁，他才因御前讲经，获得康熙的赏识，被破格授为国子监博士。初入仕途仅数月，他便奉命南下。骨子里，他还不就是一个书卷气十足的文人？他心中装载的是儒家经纶，热衷的是写诗作文编剧本。

在泰州，他在舞文弄墨方面的情致和兴趣何曾有过消减？他远赴南京，游览了桨声灯影里的秦淮河；他多次去扬州，登梅花岭拜史可法；他还主持扬州的第二次"红桥修禊"，为这次八省文人雅集操觚作序；他结交了许多前朝遗民和社会名流，与他们诗文唱和；他瞻仰崇儒祠，潜心研究王艮"百姓日用是道"的思想；他甚至专程造访泰州城北的青莲寺，为的是拜读一对尼姑姐妹的诗歌……从这样的行迹里，我看到了更多的自在、喜欢和滋润。有意味的是，他的《桃花扇》写作已到了无遮无拦、如痴如醉的地步，清末民初蒋瑞藻的《小说枝谈》中有一段引文说："孔东塘尚任随孙司空在丰勘里下河浚河工程，住先映碧枣园中，时谱桃花扇未毕，更阑按拍，歌声呜呜，每一出成，辄邀映碧共赏。"

孔子墓在孔林的中部偏南，那里无疑是孔林的中心所在。孔子墓东西封土约30米，南北封土约28米，高约5米，形似一座土山。墓东是其子孔鲤之墓，墓西是其孙孔伋之墓，形成携子抱孙的格局，诠释着千古慈爱。

我的目光自然停留在那块与孔尚任有关的石碑上，只可清楚地看到墓碑上部"大成至圣文宣干"的字样。墓碑前面有一道矮墙，而墓碑下部的字迹被生硬地遮住了。墓碑上的全部文字应为"大成至圣文宣王墓"，本是明代的一位官员所写。

本来，无职无权的孔尚任一直在县北的石门山读书著述。《桃花扇》的创作，或已动笔。他自己说过：我还没有做官时，就开始写这部传奇

247

了，只是藏在枕头里，不愿示人。35岁时，他才应衍圣公之请出山，修纂家谱和教习礼乐，为康熙的祭孔做准备。南巡北归的康熙到来后，孔尚任给皇上宣讲《大学》之要义，引导皇上观赏孔林圣迹，总能让龙颜大悦。康熙祭孔时，孔尚任当然侍奉在侧。当那位信奉儒学的满人皇帝走到墓前准备跪拜时，发现墓碑上的那几个字，不禁皱了皱眉头，面露难色。孔尚任当即猜到了康熙的心思：皇帝只可拜师不可拜王。他很快叫人拿来一匹黄绸缎，把"文宣王"三个字遮住，并在黄绸缎上写上"先师"二字，使碑文成为"大成至圣先师墓"。康熙解颜，跪下了尊贵的双膝。不知跪拜后的康熙有没有对孔尚任投去一个不经意的微笑，但康熙对孔尚任处理此事的智慧肯定是有会心的。

孔尚任无愧于先祖的教诲，无愧于儒学的滋养。康熙记住了这位不算年轻的孔门翘楚，第二年便召之进京。

孔子墓绿草离离，静穆无语，我对着它三次鞠躬，献上我一生的敬意。

我忘不了孔尚任，欲去行祭拜之礼，便撇下导游，径自往孔尚任的墓葬走去。十几分钟后，我便来到了孔尚任的墓前。孔尚任墓的规制显然不如孔子墓，但也属中型坟冢，南北封土近8米，东西封土略宽，高3米有余。墓前立着一座圆头石碑，上部雕着二龙戏珠，下部刻着两行碑文"奉大夫户部广东清吏司员外郎东塘先生之墓"。

我在墓前的石板贡案上燃上一炷香，伫立良久。

孔尚任贵为钦差，但终究是泰州的过客。43岁那年，孔尚任又奉诏回京。其后的10年间，他虽继任国子监博士等官，但不改文人本色，似乎越发无志于事功。他更加专注地读书和搜藏古物，他把自己的全部的情怀倾注到诗文和剧本之中。他与别人合作，完成了第一部传奇《小忽雷》，这部剧作表现的是一代文人的沉郁不平，抨击了唐代王朝的昏聩腐败。在这个创作基础上，他又多次对《桃花扇》进行修改，直至他人生的第53个年头，这部耗尽了他一生心血的大戏才算最终定稿。《桃花扇》是一部有事实蓝本的历史剧，以男女情事写家国兴亡，抒发了明朝遗民的亡国之痛。《桃花扇》一经问世，便赢得喝彩如潮，不仅京城连连演出，还流传到边远地区。几个月后，孔尚任以不明原因突然被罢官。后人往往从"命薄忍遭文字憎，缄口金人受诽谤"的诗句中，推断孔尚任疑遭文祸。但奇怪的是，《桃花扇》一直在演出，一直在刊行，大兴文字狱的清朝统治者从未实施过禁演禁刊的举措。

民间有传说：康熙原本想诛杀孔尚任九族，但因孔尚任是孔子之后，怕杀百人引发百万人之乱，所以就只摘了孔尚任的官帽。不知是祖先的阴鸷庇佑了后代，还是孔尚任的才情救了自己一命？

孔尚任在京赋闲两年后，便怀着满腔悲愤返回曲阜。他也曾去多地做短期出游，但境况依然萧条。70岁那年，他在石门家中藏过《桃花扇》的枕边悄然逝去。

与他的先祖孔子一样，孔尚任的仕途并不畅达。也许，这正是天下儒生不变的宿命？

我心中有些黯然，但还是对着孔尚任墓深深弯下腰去。在孔林，在孔氏家族的灵魂故园，我只想祭拜一位无用的书生，一位落寞的书生。

## 秦皇岛之夏

七月如火。

列车的轰鸣滚过秦始皇东巡的足迹,驶进秦皇岛。秦皇岛是秦始皇浸泡在海水里的一个梦,是秦始皇遗留给后人解读的一道谜!他曾驻跸于此,并毅然迈入大海,在湛蓝的海水中颠颠簸簸,去寻求那茫然不可知的仙境。真想知道,秦皇岛曾使秦始皇产生了多少遐想和感叹!

秦始皇是位有胆略和雄心的君主,他竟然把悠长的思绪飘向永远。秦皇岛带着伟人的热切追求和苦涩遗恨,成了避暑胜地。两千年的腥风浊浪把历史的陈迹冲洗殆尽,今天的秦皇岛有的是装满原煤等待远航的万吨巨轮,有的是摆满海鲜火锅的街头小摊,有的是叫卖贝壳工艺品的度假大学生,有的是露天的卡拉 OK 娱乐场……

是大海点化了秦皇岛?秦皇岛的大海确实是有灵性的。海浪把一颗颗沙粒推向岸边,铺成一片片沙滩。那沙滩细软柔和,曲线流畅,就像青春处子的肌肤,又如一张硕大无比的席梦思。躺在上面定然有好梦萦绕:也许会梦赴蟠桃宴,也许会梦成天仙配。

待灼热的阳光把袒裸的胴体烤得发烫,便跳进大海沐浴一番。成千上万的男女老少漂浮在海面上,不须用力划游,任海浪拍打推搡,泊东流西,晃南荡北。一排浪来,必然激起一阵惬意、舒心的笑声。此时的游海者,什么都可以想,什么都可以不想,灵魂是自由的,心境是安详的。大海啊大海,但愿你能凝固这人类精神上永恒的美妙时光!赤脚在海滨的沙滩上行走,那沙粒凉滋滋的,每一脚都能踩出一个舒畅,引出一个希冀。有时海浪爬上沙滩，清凉的海水会在人的腿子上抚摸、亲吻，撩得人浑身的骨头发酥，销魂醉魄！突然，一阵银铃般的笑声从前面飘来，一抬头，见是一群穿着红色比基尼的外国女郎。她们洁白圆润的四肢，曲线分明的身躯，散发着美的光彩；她们在老虎石边追逐嬉闹，把自己的欢乐编织在异国他乡！不要问她们从哪里来，秦皇岛的海本来就连着世界每个角落的河脉江络！

大海也拥抱了万里长城，融会出天下独绝的奇观老龙头。老龙头是长城的东部起点，真像龙头没入海中：不知是想畅饮仙水，还是想游回仙宫。万里长城亘古不息的活力，也许都来自老龙头吧？老龙头稳健，静穆，仿佛一部厚重的古书。许多帝王将相的故国之梦烧铸成一块块方砖，筑成了这威严的海中之城。老龙头日日夜夜俯瞰大海，仰视苍天，录下了多少可歌可泣的故事！登上老龙头，可以看得见海风在向我们奔来。其实天空中也挂着骄阳，但海风已把阳光过滤得清凉爽身。住在老龙头上看世界的春秋从海面上飘过，肯定会一笑了之。极目远眺，只可见天与海的交合，没有丝毫的罅隙。那里该只有永恒，而没有短暂；该只有无极，而没有有限。人类灵魂寻找已久的故国不正在那冥冥深处？老龙头的北边是重叠绵亘的燕山，长城蜿蜒于山林之中，古堡上没有人影晃动，烽火台上也没有狼烟升起，都仿佛一个个凝重的符号，和一幢幢高楼、一柱柱烟囱排列在一起。游人可以看到那里时间的飞逝，历史的童话和现代的传说衔接在一起。这难道不是人生永恒的极好参照？！

大海是由世界装载的。秦皇岛国际游艇俱乐部邀请中外宾客参加的万人消夏晚会似乎在昭明：秦皇岛人想用大海来装载世界，装载世界的欢乐。晚会会场紧挨大海，让大海尽情地汰洗炎热。五颜六色的霓虹灯一闪一闪的，和天上的星星连成一片；照明灯在和月亮争辉，把大地照得通明。不同肤色、不同语言的人们依偎着大海，吮吸着大海散发的阵阵清凉。可听海浪轻松的奏鸣，亦可听杨春霞的京剧清唱；可听海风的婉转吟咏，亦可听红豆的青春劲歌；可看嫦娥的婀娜舞姿，也可看马季的幽默相声；可看牛郎织女的幸福聚会，也可看葛优的滑稽小品。秦皇岛的夏夜拉近了天和地，拉近了人和仙。夏夜的秦皇岛有如一艘在广袤宇宙中畅飞的游艇，把人们带向仙界乐土！

海上无仙，海底无仙。秦始皇带着千古失落化为一抔尘土，也给后人留下了一个笑柄。东山海滨那"秦始皇求仙入海处"的石碑残块，分明写着秦始皇的可怜与可悲。何必远海求仙，秦皇岛不就是仙国吗？

## 谁能识得菜花美

　　菜花，是熏风揉开的，是暖阳吻开的，是蜜蜂唱开的。阳春三月，菜花是黑土地上最纯美、最纵情的笑容。

　　菜花是不事修饰的自然呈现，是不听催促的如期赴约。一枝菜花只有四枚小如蜂翼的花瓣，呈十字形排列，许多枝菜花会同时抖擞地爹在菜秆的上端，使一棵油菜就成了一株大花。菜花的颜色是纯粹的黄，黄得逼眼，这种实在、厚重的黄，流露出对泥土的感恩与依恋，因为在五行当中，黄色本来就是土的象征。菜花，是油菜的灿烂青春。那满畦顶着黄花的油菜，哪一棵不是香气习习？哪一棵不是亭亭玉立？哪一棵不是丰满滋润？若与水稻、麦子、大豆相比，油菜因为那灿若黄金的花朵和丰腴修颀的身姿，可算是农作物中的佳人。

　　菜花，是一种母性之花呀！它孕育了人类最喜欢的两种味道：香和甜。菜花甫开，花粉肥厚，便有数不清的蜜蜂翩翩飞来，伏在柔嫩的花瓣上快乐地吮吸。饱餐之后，飞回"家"里酿出鲜甜的蜜来。菜花谢后，油菜就结出了紫黑色的果实，菜籽榨出浓稠的脂肪，香酥了悠悠岁月里一个个苦涩僵硬的日子。这种香飘四季、香透万家的脂肪有一个非常贴切的名字：香油。那一片片的菜花地，是农人眼前的一抹亮色，是他们心中的一股期待，是他们生活里的一种慰藉。

　　菜花到底是羞涩的，悄悄地绽放，默默地凋谢，有如一位从未出过远门的村姑。也许是因为它太朴素、太寻常、太谦逊了，也许是因为它载不动殷殷款曲和深深情怀，所以尽管它不在深闺，但并未被许多人赏识。有几人曾移它栽入盆中？有几人曾掐它戴在发间？在我们这样一个赏花之风日盛的国度里，当春天之桃、夏日之荷、秋时之菊、冬岁之梅纷纷定格在人们的审美视野之中的时候，菜花竟被人们冷漠地遗忘了，遗忘在野草离离的阡陌间。在我的记忆里，古人吟咏菜花的诗句就不多见，常念到的似乎只有范成大的"梅子金黄李子肥，麦子雪白菜花稀"，只有杨万里的"儿童疾走追黄蝶，飞入菜花无处寻"。食其实而不记其味，见其影而无视其美，这是菜花的无能，还是人们的失礼？人们真的是愧对菜花，尤其是愧对兴化的菜花了！

  兴化菜花的本身，与别处并无异样，但兴化的菜花却格外的美，这是毫无疑问的。兴化的菜花多呀，田野里撒泼了成片的浓厚的黄色，十边隙地上也是黄幡泱泱，连房前屋后都宛如铺上黄地毯。远望百里兴化，满眼都是翻滚的金浪，金浪一直涌向天边，仿佛没有尽头，它们在奔跑、在跳跃，焕发出盎然生机，流溢出冲天喜气。一个县一夜间铺展出几十万亩菜花，大概很少有人能不惊异于那种气势与壮观。你如果看到垛田的菜花，就更会赞叹不已了。垛田是由成百上千个探出水面的圪垛组成的"千岛之国"，圪垛大小不等、互不依连，一个个虽小得只有几分地、几厘地，但全都是四面环水。相传，那一座座浸泡在碧水中的"孤岛"是用大禹治水时脚上的泥土堆垒而成的。垛田这种地貌不仅在兴化少有，在全国也难得一见。春天，这里便成了菜花的王国。那一垛垛的菜花仿佛不是长在泥土里，而是漂浮在澄澈的水上，它们轻盈若舞，它们秀逸弄影，时而素面朝天，时而临水梳妆。那些年轻的船娘在蜿蜒的河道里恣情放歌，似在与菜花争当风景的主角。她们会有意扎上红头巾，让自己成为一簇簇跃动的火苗；或穿着贴身的蓝布短袄，让自己成为一朵朵飘动的云彩。这时的姑娘们脸上也红润了，身体也丰盈了，嗓子也清亮了，浑身上下洋溢着撩人的风致。谁能说得清，这里是菜花映人，还是人衬菜花？

应该感谢一位了不起的摄影家吕厚民,他在几十年前就发现了垛田菜花的大美。他曾专门为毛主席摄影多年,有一双搜寻美、发现美的慧眼。他在被下放到兴化的日子里,用镜头记录了垛田菜花。那幅名为《垛田春色》的照片赢得声声惊叹,很快就有艺术家把它制成刺绣,刺绣又走进了广交会,引来许多老外驻足凝眸。你可以想象一下那一幅刺绣作品,画面立体地展示着蓝天白云、绿叶黄花、黑土碧水,该是多么缤纷,多么绚丽!从此,便有了一拨拨的作家诗人、丹青高手、摄影大家纷至沓来,他们欣赏着、发掘着、张扬着,传播着菜花之美,让菜花在文字中飘香,在彩笔下娇嗔,在镜头里翩跹,有人竟忍不住发出"天下菜花数兴化,垛田菜花甲兴化"的惊呼了。

兴化菜花节便应时而立,菜花的花事终于名正言顺地成为里下河的节庆。此后,菜花进入一个扬眉吐气、放歌高蹈的时代。但是,看菜花的情状和传统的赏花终究还是不同的。如果说,观桃会生伤春之情,采莲可期美艳之遇,赏菊能发人生之感,寻梅应立昂扬之志,那么,看菜花的精神意义究竟何在呢?泄泄游客踏着满地的青色来到乡村,自然是源于菜花的诱惑,但菜花依旧淳朴、本分、寻常,并无富贵之气、倔强之情、娇艳之状。他们面对金黄的花海,心境是放松的、平和的、恬静的,或信步垄上,或伫立田间,不会让菜花缠绕着幽远的思绪,也不会靠菜花演绎出浪漫的情事,更不会因菜花联想起人生的担当。菜花之看,定然少有抒怀述志的冲动,也就是为了感受春天、亲近自然、体味农事,那实在是清洗视野、放纵情致、取悦心灵的雅行啊。

菜花,曾经沉寂了千百年的乡野之花,宛如一面神奇的镜子,可以照出人们心中的轻灵、高洁与坦荡。

## 草原上的野韭菜

我们的呼伦贝尔之游,是从海拉尔开始的。这座端坐在北国草原上的城市,得名于一条流经千里的大河。导游告诉我们,"海拉尔"是蒙古语的音译,也可以译成"哈利亚尔",指野韭菜生长的地方,也有野韭菜的意思。区区野草,怎能成为一座城市之名?不解其中,便想,亘古至今,海拉尔河两岸的野韭菜定然曾经有着绵延不绝的萋萋之貌、孜孜之态、殷殷之情,定然曾经赢得过一代又一代人的注目、赞叹、感喟,要不,它怎么能享有如此尊荣呢?

一出城,我们便与草原有了最热烈的初见。车行如飞,爬上一片片绿色的坡,又穿过一片片绿色的谷,在草原的肌肤上畅游出舒缓而柔和的曲线。我们的眼睛变得放肆起来,贪婪地扩展视野,尽情地射远视线,恨不能阅遍这里的云水柔情。远处,湛蓝的天空纯净如洗,朵朵白云炫耀似的摆弄着各种各样的姿态;大地上喷薄的绿色纵情地涌向天边,让那不可知的深处成为神秘的所在。近处,大片大片的绿色浓浓淡淡地变幻着,仿佛是人们故意染成的;五彩缤纷的花朵调皮地从草丛中探出头来,用自己的娇媚给潆荡的草原平添了几分秀气。夏日的阳光随性又平和地泼洒着,风儿的脚步是从容而优雅的,一群群飞鸟无忧无虑地在地上、在空中嬉闹,马儿、羊儿、牛儿散漫地享用着肥美的绿草。置身于这片广袤、自由的大地上,一股思古之幽情油然而生。万年之前,这里不就曾经翻卷着扎赉诺尔人驰骋日月的猎猎雄风吗?千年之前,鲜卑人、契丹人、女真人、蒙古人不都是从这里走向中原的吗?几百年前,成吉思汗不就是在这里完成了吞日吐月的伟大塑造吗？

只是，我无法寻得那种叫野韭菜的小草了。

草原上也曾有着风妖和沙魔，传说呼伦和贝尔一对天鹅为了荫庇这里的人民，毅然挽手化身为湖，成为流经《山海经》里的浩渺"大泽"。呼伦湖的西岸自然是水草丰美处，那里开放着一朵朵白莲般圣洁的蒙古包。走近一座侥阔的穹庐，便见正对门厅处一幅成吉思汗的画像。轻轻地撩起门帘，从东侧跨进门槛，又可见四根色彩艳丽的立柱上环绕着俣俣欲飞的蟠龙，四周的壁毯上描绘着马、牛、羊、骆驼等古朴的图案。在这里品尝草原风味的全羊宴，该是有意思的人生体验吧？

水煮羊肉被捧上来了，手把羊肉被捧上来了，烤全羊被捧上来了。草原上的羊肉都是洒脱和豪迈的，经过简单的水煮、火烤，就敢呈到你的面前，自信能让你大饱眼福、大快朵颐。这些香飘草原的珍馐馔玉，其制作上并不如我们家乡那样精细和讲究，但它们的形色却是本真的，味道也是自然的。阳光的热烈，青草的鲜嫩，湖水的甘醇，伴着肉香一起涌上舌尖，恣意狂欢。连在家乡几乎不吃羊肉的几位同行者，也露出一副饕餮之相。我们都感到奇怪：这里的羊肉怎么少有膻味？一位蒙古族大娘答得很干脆："我们草原上的羊是经常吃野韭菜的，身上的膻味自然就退掉了。"

野韭菜竟然有这么奇妙的效用，难怪这里的人们以礼遇待之。离席后，我把自己送进草原深处，一位放羊的少年随手一指，就让野韭菜成了我的新知。

在如茵的草原上，野韭菜实在是太平凡了。它的叶片是淡绿色的，细长似剑脊；茎是圆柱形的，比扁平茎的家韭菜显得壮实；从根部长出的莛子直挺挺地竖着，高可近尺，有的顶着白色的花苞，有的花苞已分叉成七八朵小白花。野韭菜不是成片长的，它们总是零零散散地站立在百草当中，既自由自在，又孤傲脱略。远远看去，它们的叶子已经被淹没在绿色的海洋当中，而白色的花朵却得意而醒目，似在逗引着喜欢它们的羊群。千万年来，野韭菜随着季节的变换而枯荣，它们的生命轮回经历了多少磨难？它们的生命曾经滋养了多少牛羊？我不能不感动于它们从古到今的存在了。

　　长满野韭菜的草原是仁厚的，也护佑着如野韭菜一般的孱弱苍生，从清朝到民国的几百年间，一代又一代的闯关东者流宕到此。我们曾经遇见一位山东人的后代，在他宴请我们的酒席上，冷菜一上桌，他指着一小碟蔬菜说："这就是野韭菜，尝尝。"这是一碟爆炒的野韭菜，其叶并没有家韭菜肥润，颜色也显得深沉，却呈现着历练老成的身姿。夹几根送进嘴里，嚼一嚼，便觉其散发着洒脱不羁的野性，味道比家韭菜要浓烈许多，一股辛辣的气息满嘴奔突，还挤着从鼻子里往外窜。我问主人："野韭菜有人工栽种的吗？"他答："没有。我们这里到处都是，不需要专门侍弄它的。再说，野韭菜连续移栽三年，就变成家韭菜了，味道也淡了下来。"觥筹交错间，两位蒙古族姑娘捧着洁白的哈达走到我们面前，她们一边唱着《草原迎宾曲》，一边给我们每人敬了三碗酒。酒酣耳热时，主人为我们唱了一首《父亲的草原母亲的河》，他唱得很投入、很动情，如在讲述一段悠远的故事。

　　　　父亲曾经形容草原的清香，
　　　　让他在天涯海角也从不能相忘。
　　　　母亲总爱描摹那大河浩荡，
　　　　奔流在蒙古高原我遥远的家乡。
　　　　如今终于见到这辽阔大地，
　　　　站在芬芳的草原上我泪落如雨。
　　　　河水在传唱着祖先的祝福，
　　　　保佑漂泊的孩子找到回家的路……

这位山东人的后代，已经被草原风土化育出满腔热情、一身豪爽了！

公路边的一处高坡上，我们见到了敖包。它是用大大小小的石块垒起来的圆形石堆，中间耸起矮矮的尖顶；尖顶上竖着高高的木柱，旁边则插着稀疏的树枝；从立柱向石堆的四周拉起铁丝，上面飘扬着五颜六色的神幡。敖包旁的喇嘛正焚香诵经，让人不禁肃然。我们按照蒙古人的习俗顺时针绕敖包三圈，心中默默许下对生活的祝愿。

正要离去，见不远处的地上坐着一排穿着蒙古服饰的男女，走过去一看，才知道他们是销售草原土产的。篮子里有扁扁长长的蘑菇，匾子里有红红绿绿的山果。让我兴奋的是，有一种瓶装的特产竟然是野韭菜花！它是野韭菜绞碎后加盐腌制而成，让整个瓶子透着碧绿的光泽。我问："野韭菜花怎么吃法？"人家告诉我："野韭菜花能够去腥除膻，可以用羊肉蘸着吃，可以用香油熬成调料，还可以和在鸡蛋里炒着吃。"一位满脸黝黑的蒙古汉子向我们推销："野韭菜花能够补肾健胃、活血通气，带几瓶回去吧。"同行的有几位也不还价，就买下几瓶送上车。不知他们是想带回草原的风味，还是想带回草原的吉祥？

额尔古纳河是海拉尔河的下游，这是一条中国和俄罗斯的界河。夜宿额尔古纳河畔室韦镇，嗅着华俄后裔"木刻楞"里野韭菜的清香，我久难成眠，似乎听见古人留在它们身上的感叹了。

野韭菜在竹简里就泼辣、丰茂起来了，先民们称之为"薤"。《礼记·内则》说："脂用葱，膏用薤。"可见古人早就知道用薤做调味品了。汉代人从薤叶上的露珠极易消失想到了人生短暂，唱出一曲动人的挽歌《薤露歌》。讲的是刘邦称帝后，齐王田横带领着和自己出生入死的五百部属来到了古夷国的一处荒岛上。刘邦屡招田横入朝为官，均被田横拒绝。汉王五年（前202），田横再拒诏书后，渡海上陆向洛阳迤逦而去。距洛阳三十多里地时，田横拔剑自刎。消息传到海岛后，五百壮士于田横衣冠冢前哀唱《薤露歌》，歌中唱道："薤上露，何易晞！露晞明早更复落，人死一去何时归！"歌罢集体挥刀自杀殉节。后人感其忠烈，把他们自杀的海岛称为田横岛。《薤露歌》后来被收进了汉乐府，成为世代亡灵的伴歌。

　　大地上的小草何止千千万，为什么古人独独感伤于薤上之露？也许，这种小草曾经让荒瘠的土地充满生机；也许，它曾经解救过饥馑中的万民；也许，它曾经给芸芸众生带来生命的启迪。

　　离开草原已经数十天了，此生恐怕唯有梦再回。但是，我却把敬意永远留给了广阔的草原，留给了那种叫野韭菜的卑微小草。

## 饮食文化的堕落

据说，中国的饮食文化是相当发达的。想想也是，单是家常的面条就有好多种做法和吃法呢。

这些年，不少人的腰包鼓起来，吃喝不掏腰包的人更是多了起来，饮食文化出现了飞速发展的势头。在许多人对此津津乐道的时候，我却看出了其中的许多堕落来。

其一，贵族性。几毛钱一斤的西红柿被雕镂成"宫灯"，价格便成百倍地往上翻；茅坑旁长的青菜被打扮成"翡翠"，便真如翡翠值钱。桌旁还有可餐的秀色，姑娘在笑着、陪着、唱着、跪着。为了使其有"文化"，还美其名曰"宫廷宴""红楼宴"。这些玩意儿确实是皇宫里的皇帝太后和大观园里的公子小姐在闲得无聊闷得发慌的时候想出来的，在消灭了封建主义的今天对这些玩意儿大加挖掘，大加研究，大加发展，除了张扬贵族意识还有什么？！

其二，奢靡性。吃喝讲究味道和营养是天经地义，但有人偏偏只喜欢讲个派头，花钱越多越舒服，花钱越多越光彩。为了满足这种消费心理，上万元一桌的"黄金宴"便应运而生。有人还搬出了科学，说是人体是需要一定量黄金的。我过去只听说过"吞金自杀"，却从来不知道黄金可健体延年。这一学说不知是怎么研究出来的，这位科学家说不定会混个发明奖吧。

其三，违法性。国家的法律有规定，有些东西是吃不得的。但有人偏偏不信这个邪，吃大熊猫、吃穿山甲、吃娃娃鱼。吃进的是保护动物，吃出的是身份派头。

其四，残忍性。早些时候，见一种做菜法：将一条大活鱼很快地去肠刮鳞，然后把头以下部位放到油锅里炸，熟鱼端上桌时，鱼嘴还在不停地呷动。报上曾登消息，说这道菜曾把一位外国女士吓得大惊失色。现在又出现了一种更新的烧菜法：生剜活驴。当顾客要吃驴身上某一部位之肉时，厨师当即操刀从活驴身上生生地剜下来，任凭驴子惨叫哀号。

用不应该的方法吃不应该吃的东西，这就使饮食文化显出堕落的特性来。

## 小品是什么？

现在的中国人，大概很少没有看过小品的。每年中央电视台的春节联欢晚会，小品已成重头戏。我便常常思考一个问题：小品应该是什么？

对导演来说，小品是不值钱的清水。拙妇煮饭，"米不够，水来凑"。不少导演也如拙妇，搞起"戏不够，小品凑"来。这几年，小品确实掉价到了拉场子的地步。无论什么样的综艺晚会，都要安排几个小品，主题倒明确，就是没"戏"，短则十几分钟，长则几十分钟。小品真是太多太滥，仿佛没有小品的晚会就不能称其为晚会似的。

对演员来说，小品是容易加工的青菜。炒青菜只需油和盐，而且熟得快。演小品也是如此。反正是为某主题晚会专门准备的，不会成为保留节目。只要记住台词，很快就可以捧到台上去。无须体验生活，无须积蓄情感，无须进入角色，除了挤眉弄眼耍贫嘴，根本不需要什么表演艺术。

对观众来说，小品是食之无味、弃之可惜的鸡肋。小品刚刚出现在舞台上的时候，确实令人眼睛一亮。到如今，许多人还保留着那时看小品的美好记忆。而人们现在对小品却是越看越不满意，有些明显是为某个主题而匆匆编成的小品真令人打哈欠。但观众还得耐着性子往下看，因为挤眉弄眼耍贫嘴总还是可以使人笑几声的。

那么，小品到底是什么？小品实际上是一种微型戏剧，是融文学、表演、美术、音乐、舞蹈为一体的综合艺术，它必须遵循戏剧的一般规律，甚而至于要比多场次戏剧更集中、更凝练。一出好的小品首先要有一个好的情节框架，这个框架往舞台上一立就能令人捧腹、让人深思。《打扑克》的高明之处就在于搭起了"用名片当扑克"这个框架，至于"总经理怕女秘书"之类就只能是在这个框架里的一种发挥了。如果说"用名片当扑克"值100分，"总经理怕女秘书"只能值1分。一出好的小品还必须有一段流动的情节。如果舞台上表演的是一段静态的生活，无论演员抛出多少俏皮话都是抓不住人的。《找焦点》之所以不成功，根本原因就在于舞台上的生活处于一种横向的静止状态，让人不知道什么是开头，也无须知道什么是结尾，两个人不断夸赞大好形势，人物性格既无冲突也无发展，不砸锅才怪呢。一出好的小品还应该有丰富的文化内涵。随着欣赏水平的提高，人们对小品文化品位的要求也越来越高。小品的创作人员不能总把眼光盯住生活的表层，总是表现外在的东西，而应该不断向生活的深层开掘，向人物的心理切入，如果老是拿孝敬老人、反对赌博、恋爱自由来入戏，不浅陋吗？《张三其人》就成功地对某一类人物的心理状态进行了剖析，观众能在角色身上看到自己的影子，欣赏的过程也是自省的过程，真妙哉！

　　愿小品能出精品。

# "兴化乞丐"和"精神扶贫"

一位作家化装成乞丐,过了将近一年的讨饭生活,终于写成了一篇报告文学,这就是发表在十月号《文汇月刊》上的《中国的乞丐群落》。其中提到乞丐群落里有兴化人。10月13日的《扬子晚报》报道:"目前在上海市区乞讨的,来自安徽凤阳的基本绝迹,而来自兴化的依然如故。10月7日遣送江苏籍乞丐30人,其中兴化的有12人。"这些人并不是为生活所迫,而是把行乞作为一种职业。上海遣送站的干部说:他们在市郊租房子,有的还买公交月票,像上班那样,赶来赶去。他们实际上是"乞讨专业户"。这种现象不能不引起我们的深思。

兴化素有"鱼米之乡"的美称,这几年粮食产量一直高居全国榜首。绝大多数兴化人,正在这块肥沃的土地上辛勤地描绘着治穷致富的图画。不是有粮食专业户吗?不是有珍珠大王吗?不是有养鸡状元吗?不是有农民企业家吗?只要肯付出劳动,富裕的道路总是畅通的。真让人不可思议,这些人为什么要厚着脸皮在上海街头干那行乞的勾当?这实在是描绘致富的新图画中令人败兴的一笔。

笔者思虑再三,窃以为是两千多年来剥削阶级好逸恶劳的思想"遗产",被"兴化乞丐"们继承了,因此做出了这等有损人格,有损"县格"的糊涂事来。

党中央的富民政策是明确的,对劳动致富是肯定和鼓励的。但是有人却对党的政策进行了曲解、误解和肢解。在那些行乞的人中,什么理想、道德、人格尊严都是无所谓的,法治观念更淡薄。用兴化人的一句话说："挨打也来，挨骂也来，只要钞票进口袋。"在他们头脑中确是一片贫瘠，一片荒芜，他们是真正的精神上的乞丐。所以，"精神扶贫"确实是一项非常紧迫、非常重要的任务。

　　人人都追求幸福，希望自己过上美好的生活。这是现阶段我国各族人民的共同理想，使自己过上幸福美好的生活，只能靠脚踏实地工作，靠诚实劳动来争取，决不能凭借其他非法手段、欺骗手法或有损国格、人格尊严的途径来实现。对这些人，不单要从物质和技术上帮助他们劳动致富，而且要引导他们摆脱精神贫困，用自己的劳动写出一个大写的"人"字来。

# 莫为轻阴便拟归

> 山光物态弄春晖，
> 莫为轻阴便拟归。
> 纵使晴明无雨色，
> 入云深处亦沾衣。

这是唐代诗人张旭的一首诗。诗中，张旭热情地挽留山中客人：满山绚烂好春光，可不要因为"轻阴"就想回去。这里，我要对广大的青年朋友们郑重地说一声：改革前景无限美，千万不要在暂时的困难面前想走回头路。

今天，我们搞改革如走山路一样。10年来，中国的改革已取得了举世瞩目的成绩。亿万人民奋力登攀，我们已看到了"山光物态弄春晖"的景象。但是，改革在向纵深发展的过程中，碰到的一些困难，出现的一些失误，就好比山上的"轻阴"。面对着改革的"轻阴"，不少人困惑茫然，产生了"拟归"的想法，想走回头路。

遇到挫折便回头，这是一种孱弱的心态，也是一种怯懦的表现。我们的改革是一项全新的事业，既没有成功的经验可以借鉴，也没有现成的模式能够效法。因此，改革过程中碰到困难、出现失误是难免的。受到"轻阴"的侵扰，大可不必悲观丧气，我们应该抓住这个机遇，创造出更为夺目的业绩。祖国困难之时，正是她的儿女应该奋斗之日。著名地质学家、地质力学的创始人李四光在国外生活多年，有显赫的地位和可观的收入，在中华人民共和国即将在废墟中诞生的时候，他毅然抛却了荣华富贵，冲破国民党特务的重重阻挠，回到祖国的怀抱。李四光回国后，遇到过建国伊始的艰苦，经历了10年动乱的冲击，但是他始终没有畏缩半步，而是沿着既定的道路前进。他运用地质力学的原理，找到了大庆、胜利、大港等油田，并创立了运用地应力预测地震的方法。相比之下，今天的政治环境、经济条件已大大好于李四光生活的年代，我们还有什么理由畏缩、退却呢？我们要以乐观的态度对待困难，信心百倍地克服它；更要以科学的精神认识失误，从中吸取教训。除了改革以外，中国别无选择！

记得一位名人说过：未遇失败的成功是没有价值的，巨大的成功总是在失败的边缘上取得的。这句包含着深刻哲理的名言应该对大家有所启迪。在万物锦绣、满眼明媚的大好春光中，我们一定要提高对"轻阴"的心理承受能力："轻阴"难成大气候，雨水"沾衣"也无妨！最后，我送大家几句话："朋友，你大胆地往前走，莫回头，通天的大路，九千九百九十九！"

## 脑后为何不长眼

一位好人为了救护一群熟睡中的儿童,被毒蛇从背后咬了一口。他死后,自然就升了天堂。上帝为了嘉奖他,允许他提一个要求。他说:"我是被毒蛇从身后偷咬一口而死的,请上帝让我脑后长一双眼睛。"上帝说:"独独这一条不行!你脑后有眼就能往后走,说不定就不会去救人了。"知道了吗?人的脑后之所以没长眼睛,是因为上帝怕人走回头路。

人长着一双前眼,只能往前走。有时也稍稍退几步,那是为了更好地前进。倘若总是想着往后走,那就必须扭着脖子往后看,要不然就会不知坎坷,难免跌得个头破血流。但如果脑后长了眼睛,那就可以退步自如了。这下子方便倒是方便了,但人类前进的速度就要大大减慢了。这条路上不平坦,退回来;前面有荆棘阻挡,退回来;同行的伴侣跌倒了,退回来。前进艰难后退易,何日才能走向前方?!在大千世界,有谁见过专门走回头路的豪杰?肯定没有。喜欢后退的人,或者是躲在别人背后的人,不是懒汉,就是懦夫。

人的脑后不长眼,就意味着人是不能往后走的,这正如世上没有后悔药,也如时光不可倒流。所以说,当我们踏上了追寻目标的征程,就只能一往直前了。汪国真诗云:走向远方,还有远向。人们只有不停地前行,才能领略生活的无限风光。困顿了,歇歇脚继续跋涉;跌倒了,爬起来依然昂扬。纵然前方连小路也没有一条,但也需有飞渡天堑、跨越大山的勇士。勇士的成功,可为更多的人开辟康庄大道;勇士的失败,可为后来者积累一些经验和教训。前进路上,后退就是放弃、失败,身后有沼泽，身后多深渊。

　　勇往直前，就必须眼观六路，步步谨慎，而不能埋头乱撞，盲目行事。这就是说，每一个人都要善于借助他人的眼睛。"借我一双慧眼吧"，就是为了"把这世界看个明明白白、真真切切"。前方的人看得准、看得远，他们的行迹是后来者的财富，借助于他们的眼睛，后来者可以在前进途中少受一些挫折。同行的人各自都能看到一方天地，他们的所见可综合成一个较为真实的世界，借助于他们的眼睛，会增添后来者前进的信心和决心。后边的人踏着前边人的足迹，他们会看见前边人所无法看到的东西，借助于他们的眼睛，可使自己免遭身后的伤害。为了使前进的步子迈得踏实、稳健，我们必须追赶先行者、携手同行者、引领后来者。

　　我们别无选择，除了向前、向前、向前！

# "人肉市场"上的高档商品
## ——浅议《日出》中的陈白露

上影导演于本正把曹禺先生的名作《日出》从舞台搬上了银幕。陈白露这个形象就引起了更多人的思索，赢得了更多人的议论。

《日出》的故事发生在30年代的天津。那时候，全球性的经济恐慌的浪潮正袭击世界的每一个角落。整个中国，"损不足以奉有余"。陈白露就是在这一特定的历史场景中演出了一场可叹可泣的悲剧。陈白露本来是一个追求生活自由、追求个性解放的小资产阶级女性。但是她又贪图享受，挥金如土。这就是那个病态社会里病态人物的病态性格。所以，陈白露终于忍痛割断了与方达生的恋情，含泪关闭了对诗人的思念，忐忐忑忑地踏进了高级旅馆，惶惶惑惑地过上了寄生生活。

在荒淫糜烂的上层社会中，陈白露出门有汽车，进房有地毯，穿的是绫罗绸缎，吃的是山珍海味。但是，从本质上看，她的生活是和妓院里的翠喜、小东西一样的：奉献自己的肉体，出卖自己的欢笑。实际上，她也是一个无告者、不足者；不同的是，她是"人肉市场"上的高档商品。

更可悲的是，她又不愿离开这个损害她的上层社会。方达生多次劝她跟自己走，她都没答应。她耐不了艰辛，受不住寂寞。尽管她曾经为小东西的死洒过同情的泪，但她又不愿意像小东西那样以死守节；尽管她曾经为难民们募过救命的款，但她又不愿意像难民们那样安守贫穷。总之，她思想矛盾的积极方面始终占不了上风，在堕落的泥坑里越陷越深。也许是因为她片面地理解了"自由""解放"的含义，也许是因为挽救她的力量不够充分。

她高傲，为自己有如花似玉的美貌；她可怜，自己的身体只能作为商品出卖；她善良，同情所有像她一样的不幸者；她下贱，整天沉湎于纸醉金迷之中。这样一个人物将怎样走完自己的人生之路呢？潘月亭的投机生意破产了，陈白露赖以生存的大丰银行倒闭了。金八又向她露出了猥亵的微笑，张开了淫荡的双臂。这时，她害怕了，退却了，厌倦了，疲乏了。她无力一飞冲天，也不愿一飞冲天；她无意再供玩乐，也不愿再供玩乐。于是，她只能带着对人世间的留恋，带着对恶势力的恐惧，默默地告别了辉煌的日出。

陈白露的悲剧反映了旧中国社会里，小资产阶级知识青年自我改造的艰巨性和追求理想的复杂性。

## 面对新潮

何谓新潮？顾名思义，新潮是指新的潮流，是受新思想影响的现实态势，是为一些人所崇尚的生存情状。新潮涉及经济、社会的方方面面，如生产、管理、装潢、穿着、饮食、休闲，甚至包括情感表达与思考问题的方式。当城乡学堂传出的都是"之乎者也"的诵读之声的时候，写白话文就是新潮；当父母之命重于巨石的时候，自由恋爱就是新潮；当中山装成为中国人的国服的时候，穿西装就是新潮；当高音喇叭里整天播放着高亢的旋律的时候，听邓丽君的歌曲就是新潮；当市廛喧闹依旧的时候，网上购物就是新潮……

新潮的灵魂是前卫，新潮的表现是时尚，新潮的情人是另类，新潮的彼岸是叛逆。新潮最初总是以离经叛道的面孔出现的，在其跋涉的旅程中经常会遭受到轻慢、非议和谴责。新潮是对保守的撞击，是对禁锢的撕裂，是对人性的张扬，是对未来的冲刺。新潮最终会赢得社会的尊重和认可，甚至可能成为生活的常态。所以，每一轮新潮，都是社会螺旋式上升或波浪式前进的重要节点，会刻录下一代又一代人青葱岁月的美好回忆。

新潮总是从都市开始，孕育于发达与富裕的土壤中；新潮总是由青年一代领衔，代表着社会发展的新趋势。追求新潮的人，必然是一双明眸远望天际，必然是生活情趣浓烈如酒，必然是人生态度灿若鲜花。在历史的星河中，许许多多的杰出人物都曾经因是新潮的倡导者、支持者、推动者而熠熠生辉。何香凝怒剪裹脚布，为"天足运动"推波助澜；刘海粟主张描摹人体，引发了美术教学的革命；巴金连写两篇文章为电影《望乡》叫好，打破了文艺作品中的题材禁忌……

新潮之新，在于高擎新潮大旗的人总是少数。如果芸芸众生都加入新潮的行列，新潮就成了寻常生活了。所以，更多的人只能是新潮的观者和评论家。因此，面对新潮如何表现就成了一个问题。一个人对待新潮的态度，反映了他与时代的距离。如果你能宽宥新潮中的瑕疵，能对新潮的偏颇报以莞尔，那你就是时代的智者；如果你能够感受到新潮的暖意，欣赏到新潮的魅力，说明你正与时代同行；如果你从新潮中只看到怪异与破坏，甚至斥责其荒唐与堕落，你被时代淘汰的日子就快到了。

一个人的年龄、身心自然会不断老去，但思想、心态、眼光却永远不应该老化。你可以不穿露脐装，但你不能眼盯着女孩的肚脐看；你可以不做网恋的实践者，但你不能断定那样的婚姻必然是悲剧；你可以不使用火星文，但你不能无视其中的聪明与幽默；你可以不跳钢管舞，但你不能把健身和娱乐说成是色情……当年华已衰、容颜成秋之时，你也许只能终日坐在轮椅上，如果你还会对新潮投以赞许的目光，那你一定能优雅地消融在绚丽的夕照中。

第四辑

## 泰州民间的"张士诚崇拜"

张士诚之于泰州，是一个持久而坚韧的存在。六百多年来，无论时代翻覆，无论世事沧桑，泰州人一直传扬着他的故事，编创着他的传说，瞻仰着他的遗迹，甚至把他放在与关公、岳飞、王艮等圣贤同样的地位，以祭祀的形式表达缅怀和尊崇。这种以地方文化为土壤、从民众中自发产生的对张士诚的信奉，就是区域性、草根性、隐蔽性的"张士诚崇拜"。

张士诚只是一位草莽英雄，只是一位失败的好汉，但泰州百姓为他点燃的心香一直没有熄灭，这是一个值得思考的问题。

我们知道，张士诚早期常往来于泰州与盐场之间贩运私盐，与许多泰州人交好。"十八条扁担"亦有多位出于泰州，他们首先攻占的城市也是泰州。但是，张士诚掌控泰州的时间极为短暂，并无多少造福百姓的事迹可以称述，他很快即"伪降"，不久又"纠党纵火登城"，给泰州留下的是灰烬和哀嚎。泰州百姓关于他的美谈，至多就是"少有膂力，负气任侠，轻财好施，得群辈心"而已。

张士诚占据高邮后，建立了大周政权。他很快就推出了一系列安民举措，诸如"大赦境内""令所属务农桑""令州县兴学校"等。对于早已被元朝统治者打入另册的贫苦百姓来说，大周的政令不啻天降福音。那时那地，泰州百姓对张士诚的赞叹、敬仰和期盼之情也会油然而生了。

泰州民间"张士诚崇拜"的最终确立，显然与明朝初年的苏州移民更有关系：是苏州人强化和巩固了对张士诚的集体记忆，是苏州人延伸和铺展了对张士诚的美好感情。

"洪武赶散"虽无正史记载，但移民却是事实。朱元璋在南京登上龙椅不久，他记恨于曾经驻扎过张士诚部队的江南地区，"虑大族相聚为逆"，没收了苏州五府（包括苏州、松江、嘉兴、湖州、杭州）支持和拥戴过张士诚的许多士绅商贾的家产，用皮鞭和大刀驱其迁徙到人烟稀少的江淮一带垦荒屯田。有人通过各地地方志中人口数量的变化推测，江南移民江北的总人数，大概有三十多万人，其中，移至泰州的约有五万三千人。有意味的是，如今泰州人中十之七八都认为自己的祖先来自苏州阊门。其中，不正有对苏州人情感的高度认同吗？

张士诚在苏州称王期间，颁布《州县务农桑令》，在郡和县两级行政区皆设劝农官，带领当地百姓兴修水利，发展农桑，还派军队与当地农民一起开垦荒地。他下令废除元朝施加在农民和盐民头上的苛捐杂税，取消了农民拖欠元朝廷的所有赋税，并把当年四成赋税返还给农民，把地主和富户的粮食衣物赐给贫民和老年人。他开办弘文馆，招纳"将吏子弟、民间俊秀"；两次举行乡试，遴选了一批优秀的读书人入仕；设立礼贤馆，把江浙一带名士招至麾下。张士诚统治前期的江浙地区可谓政通人和，百废俱兴。明成化年间的礼部主事杨循吉说过："胜国之末，太尉张士诚据吴浙，僭王自立，颇以仁厚见称于天下。"

张士诚在苏州被围后表现出的大仁大爱，更让苏州百姓感佩不已。据史载，弹尽粮绝时城中一只老鼠能卖百文钱，皮靴马鞍等都被煮食充饥。张士诚不忍人民受罪，就召集城中百姓说："事已至此，我实无良策，只有自缚投降，以免你们城破时遭受屠戮。"百姓闻言伏地号哭，愿与士诚固守同死。城破时，他眼看着妻妾和两幼儿自焚而亡，后也上吊自杀，但被部将救起。张士诚死后，苏州城民间有"生不谢宝庆杨，死不怨泰州张"的俗语。

在对张士诚的轻徭薄赋与朱元璋的惨礉少恩的比较中，苏州人

277

对张士诚产生的怀念、感恩、崇敬情感应该不足为怪。相传洪武初年（1368），朱元璋到苏州微服私访，亲耳听到当地老百姓称死去的张士诚为"张王"，而把他这位皇上叫"老头儿"。张士诚死后不久，苏州人就在城东远郊的斜塘镇盛墩村为他建起墓冢，有人说墓里埋着百姓从南京偷回的张士诚的残骨，也有人说墓里埋着张士诚的衣冠。苏州的娄门、常熟的白茆、吴县香山，也先后建起祀张的祠庙。

一场移民，架起了张士诚起兵之地与建都之地民众情感的桥梁。"张士诚崇拜"在泰州的形成、延续，就如河水东流一样自然了。

## 都天庙会暗祀张士诚

元朝末年,两位"吴王"在苏州的终极决战,以张士诚的被俘宣告结束,朱元璋从此便稳稳地坐上了大明的龙椅。有明一代276年,祭祀张士诚自然是与国家意志相违背的,不仅不能进入国家的正祀系统,还属于国家机器打击的范畴。数百年来,"张士诚崇拜"总是以隐蔽的形式在民间演绎,既规避了政治风险,又抒发了百姓的共同情怀。

泰州城西仓桥东引桥北侧,有一座占地近一万平方米的都天行宫,为都天菩萨出巡时居住的宫室,也称都天庙。都天是何方神圣?按通常的说法,都天菩萨(或曰都天大帝)本是一位教书先生,为收解妖魔投入井中的毒药,舍生跳井。玉帝封他为"五福都天",民间则奉之为专收瘟疫毒气的神灵。但泰州百姓并不熟悉这位诞生于江都一带的神灵,几乎无人能述其行状。

在整个泰州地区,都天庙最多时曾有二十多座。一般人都会说,都天庙里供奉的这位都天菩萨就是唐朝大将张巡。但是,都天即张巡之说是很值得怀疑的。张巡从未在江淮地区生活和战斗过,"安史之乱"中据守睢阳也未必能够显示保护江淮民众的意义。试问:都天庙为何偏偏主要集中在江淮一带,尤其是泰州地区?为什么泰州地区的都天庙多建于明亡之后的清朝康熙年间?泰州地区都天庙里的神像为何都是一副金容,而江淮一带其他地区的都天塑像多是青脸、三只眼(民间传说,因为张巡在井里泡的时间长了,脸上长了青苔,人们用铁钩捞他的时候,把他的额头钩出了洞)?

279

最大的可能是，早期建立的都天庙确为祭祀张巡，但清代以后，因泰州的老百姓觉得张巡远而张士诚近，而且两人都被称为"张王"，便使了个"偷梁换柱"的手法，改祀张巡为祀张士诚了，这暗祀的方式既不明确表示对官祀系统的破坏，又巧妙地实现了草根社会的政治表达。后期也会有一些都天庙是专为祀张士诚而建，只是借了祀张巡之名而已。

在泰州地区，兴化境内的都天庙最多，在各类庙宇中比例最高，有近20座。我们可以就此认为，兴化民间的张士诚崇拜最盛，因为张士诚是兴化人，他身前身后与兴化的联系最为密切。比如说，张士诚曾在兴化附近的得胜湖、大纵湖上设下水寨，大胜元兵；比如说，张士诚曾在边城一带筑土城御敌，还亲为十三官庄、摆宴垛、腾马等村庄取名；比如说，张士诚的堂弟张士俊为躲避明廷迫害，曾在今周庄镇邹牛村的罗汉寺剃度出家；比如说，今天兴化西城外仓巷内仍然居住着世代以瓦工为业的张士诚、张士俊的后裔，巷内存有供奉着张士诚、张士俊的"张氏宗祠"。

兴化城乡，一年之中要举行规模不一的各种庙会近两百场，场次之多，居苏中苏北几十个县市之首。在这些形式内容各异的庙会中，又以都天庙会为最多。

何以见得都天庙会中出巡的是张士诚？兴化的文史学者张从义曾对兴化城的都天庙会做过专门的解读，他的结论颇让人信服。

兴化城都天菩萨出巡途中必经西门外的"教场"和东门外的"大码头"，因为这两个地方都曾留下张士诚的足迹。西门外"教场"的河南，有一座二三百亩大的垛岛，张士诚占领兴化时，曾在垛岛上建"南官营"养马。张氏后人为避明廷迫害，用谐音改"南官营"为"南果园"。东门外的"大码头"是张士诚攻下兴化城时登陆的码头，其西侧不远处的晏王庙（祀春秋时期齐国大夫晏婴）为义军兵营。由于晏王庙里驻过义军，明朝开国军事将领徐达曾下令拆除此庙，但因兴化老百姓的反对而未果，后来双方均作出妥协，此庙败落后不再修复，至今兴化部分地区仍流行"东门外的晏王庙——许败不许修"的歇后语。让张士诚巡游故地，不就是为了告慰他的英灵吗？

兴化城都天菩萨出巡途中须避阛阓喧闹、人气旺盛的中正街、四牌楼、东城内大街的四牌楼至八字桥段、东城外大街和东寺桥东巷，因为这些地方留有纪念明朝官员的建筑。这些建筑包括明内阁大臣高谷的相府和为他树立的"益恭坊"；有明内阁大臣李春芳的相府、李家大书院和为他所立的"状元牌坊"；有高悬旌表李春芳的"状元宰相"和旌表高谷的"五朝元老"牌匾的四牌楼。让张士诚巡游明朝宰相的旧居，岂不是对他的羞辱？

这种"必经"和"须避"的讲究由清代延续至今，表达的是意味深长的历史情怀。

## 张士诚的边城

《晋书·地理志》等史籍记载，东晋义熙七年（411），由于位于今江苏沭阳境内的建陵县（隶属东海郡）被北燕军队攻占，偏安于建康的安帝司马德宗，便在今天的兴化边城一带侨置建陵县。南北朝永初三年（422），因战事需要，海陵郡由泰州移至建陵，今边城一带又成为海陵郡。直至隋文帝开皇二年（582），建陵县才被撤并。遥想那不算短暂的170年间，边城一带定然是人流穿梭、市廛喧嚷的繁华之地。但是，我在边城工作的十多年里，从未见过那里作为临时县治所在地的任何遗存，甚至没有听说过关于那段历史的任何传说。

那片土地永远不能忘怀的，倒是元朝末年盐场举事的张士诚。那位最终走向失败的草莽英雄，在侨置建陵县消失将近八百年后的蕞尔之地留下了太深的历史印记。

张士诚是在攻打泰州的途中驻扎边城一带的，当在起义初期。盐场在东北，泰州在西南，边城一带位于其间，正可建立与元军对峙的前沿阵地。张士诚屯兵于一个四面环水的垛子上，指挥队伍构筑工事，他看着日益加固的土城，满心得意："这里就叫边城吧。"边城周边村庄的许多穷人纷纷前来投奔义军，张士诚在垛子上设宴招待其中的13个好汉。席间，张士诚许诺："你们帮我打江山，日后都有腾达之时，从现在起，你们各自的村庄都是官庄。"从此，边城西北处就出现了萧官、倪官、唐官、郭官、施官、仇官、童官、张官、冯官、王官、陈官、刘官、胡官等13个官庄。张士诚设宴的垛子取名摆宴垛，张士诚临走时还写下了

"等我来"三个字。最早刻有"等我来"的木匾虽已不存，但拓描后的张士诚手迹至今犹在。

张士诚一去之后，便是血海沉浮。当他成为朱元璋的俘虏后，不知可曾想起他的边城。但边城百姓却一直记住他们的张王，他们以拒交税赋表达对朱明王朝的反抗。百姓们家家都养起一条大狼狗，反复训练大狼狗的追赶、扑打、撕咬，训练的目标就是一个个稻草人，每个稻草人都是身着明朝官兵服饰、内揣肉包子。不久，比大狼狗更凶狠的明朝军队开进边城。许多家庭惨遭灭门，许多百姓身首异处。那些命丧于明廷官兵刀剑下的百姓，都成了孤魂野鬼。许多年以后，好心人将那些四处散落的骨骸捡拾起来，再深埋地下，并在边城北边堆垒成一座高大的坟墓。其基径可达两丈，其高庶几平于人家屋脊，因其苍然突兀，被人们称为"高坟头"。

张士诚渐行渐远，但他的背影依然高大。不知从什么时候起，一首独特的乐曲在边城一带盘旋不息，这是一首由民间艺人用二胡、高胡、琵琶、三弦、竹笛、箫、笙、古筝、唢呐等丝竹乐器和锣、镲锣、钵、鼓、板鼓等打击乐器奏响的乐曲，曲名叫《苍龙出来了》。乐曲中，一条苍龙横空出世，他叱咤风云，勇斗恶魔，给人间带来阳光，给大地洒下甘霖。边城百姓心里都知道，这条苍龙就是张士诚。数百年来，这首乐曲总是伴随着都天庙会中张王巡游的队伍，还经常奏响于各种节庆活动之中。这首古曲也许是太久远了，一度时间曾归于沉寂。感谢一位叫周裕圣的民间乐师，他经过多方的搜集整理，终于让这首古曲免于失传，并成为边城民间的杨柳青乐队唯一的保留节目。边城百姓对这首乐曲一遍又一遍地重温，不正是对张士诚无尽的缅怀？

无论是那些朴素的村名，还是那座静穆的坟茔，抑或是那首悲壮的乐曲，其肇始都有一个共同的指向，那就是从此匆匆而过的张士诚，多少年来未有改变，亦未曾出现他说。张士诚与边城的种种关联，已成为一代代边城百姓的不刊之说。

　　许久以来，我一直在寻找有关张士诚在边城的史书记载，终未能如愿，不免抱憾。但我为写作中篇历史小说《张士诚传》，在清代史料《隆平纪事》中曾读到这样一段文字："刘节妇，泰州坂坨人。至正丙申，随父居吴门。适张士诚部将曹某龙潭之战，夫阵亡。刘冒凶赴死所，求尸归葬，欲以身殉，父不许。既而权贵人闻刘美且贤，争欲强委禽焉。刘以死誓，刮面削发，士诚旌之。"坂坨距边城也就十里左右的路程，那里庄人多有刘姓。我想，刘节妇的父亲很可能是在张士诚驻扎边城时加入义军的，他们一家或许就是随着张士诚进了苏州。推测而已，不知然否。

## 张士诚与会船之俗

　　天下之水，皆以船为友。里下河潺潺川流的朋友真是太多了，有取鱼摸虾的小船，有运粮装肥的大船，有补锅修缸的住家船，有走亲访友的夜行船，撑篙的，划桨的，摇橹的，都有。可是，为什么会在里下河的部分地区产生会船之俗？现代著名文字训诂学家、民俗研究大家、南社诗人胡朴安在1923年出版的《中华全国风俗志》中说："泰县有一种特别风俗，清明日，乡下农人咸备大船几艘，每船约二十余人，立船之两边，咸执撑篙，在空旷河道比赛，称为撑会船。"这里的"泰县"实际上包括泰州的溱潼、兴泰、俞垛、华港、淤溪、桥头，罡扬、苏陈、洪林、叶甸、戴南、张郭、周庄、边城、茅山，还有江都的吴堡和东台的溱东。东南大学陶思炎教授给里下河这一片区域取了一个好听的名字：会船文化圈。

　　关于会船的源起，传说颇多：有百姓祭拜真武大帝说，有朱元璋寻找祖坟说，有神潼关抗击倭寇说，有众人追觅仙翁说。其中，岳飞抗金说流传最广、信者最众。说的是南宋绍兴元年（1131），山东义民张荣、贾虎与金人转战溱潼、茅山、顾庄一带，大败金兵于缩头湖。义民伤亡亦甚，溱潼、茅山、顾庄一带百姓按当地习俗殓葬了阵亡将士，并于每年清明节撑篙子船，争先到无主坟上洒水饭，久而久之，便成撑会船的习俗。溱潼会船、茅山会船正是依靠这个传说的支撑，先后被确定为国家级非物质文化遗产。

　　但是，边城一带的百姓却坚称会船之俗与张士诚有关。六百多年来，那片曾经留下张士诚足迹的土地上一直流传着这样的故事。

朱元璋建立了明朝以后，对张士诚依然怒气未消。在张士诚曾经的根据地，他报复的手段便是加重税赋。面对朱明王朝的横征暴敛，边城人报之以偾张的血性：百姓们家家都养起一条大狼狗，反复训练其追赶、扑打、撕咬，催缴赋税的官兵一到，边城人家便唆使饥饿的大狼狗直冲上前。

朱元璋暴怒，命军队开往边城。在明朝军队的屠刀下，许多家庭惨遭灭门。血染的边城土地上，到处是累累白骨。躲过屠杀的边城人只能草草掩埋那些死难者，在三周村南的旷野之地垒起一座座低矮的坟墓。

寒暑易节，沧桑变幻。这座墓地毕竟难敌时光的侵蚀，渐至成为一片荒冢，只有杂草丛生，不见纸钱飞舞。边城人决意用行动对抗遗忘，便将那些已经露出地面的骨殖捡拾起来，集中于一处，并堆垒成一座"高坟头"。不知从哪一年开始，边城一带出现了这样的习俗：每逢清明节，邻近村庄的村民都要撑着会船，争着到"高坟头"去洒水饭，为的是祭奠那些长眠于此的亡灵。

无论是溱潼、茅山的传说，还是边城的故事，都有着明确的昭示：会船既不是水上娱乐形式，也不是水上体育活动，它的主题是祭奠孤魂野鬼。江南民间素有"信鬼神，好淫祀"的传统，每到清明节，一代代农人都会向那些低矮颓败的坟茔投以深情的一望，这正是会船之俗让我怦然心动的地方。我在《庶民的礼俗》一书中曾写道：当一群群活着的人向那些没有子孙烧纸燃香的亡灵致以敬重和告慰，不问他们曾经的高低贵贱，也不问他们曾经的亲疏远近，天地间怎能不充溢着温暖和光亮？

边城作为建制镇的撤并，使边城会船未能申报非物质文化遗产，但这不能否定张士诚与会船之俗的关联，也不能说明边城就不是会船的滥觞之地。我所知道的是，改革开放以后，边城一带是会船文化圈中最早恢复会船活动的地区之一。1984年清明节期间，边城的会船就颇具规模。

那一年，我曾写过一篇通讯发表在《扬州日报》上，通讯的题目是《百舟争流庆盛世》，文中有这样的记录："船越来越多，本乡各村庄的，邻近的茅山乡、顾庄乡的，邻近的泰县的。观众越来越多，本县的，外县的，专程来的，路过的。到中午12点钟左右，船会达到了高潮。这时，丰收河内已有上百条船，有木船、水泥船、铁船，河水都被压得涨了起来。"

为了解会船的起源，我曾采访过边城的一位退休老师。他告诉我："边城的会船都要赶早到高坟头洒水饭，答案就在高坟头里。"停了停，他又轻声说道："这个张士诚啊。"

他深深叹了一口气，转身离去。

## 活在老地名中的张士诚

　　1367 年 10 月 9 日，47 岁的张士诚在南京自缢而亡，他那高大的身躯笔直地悬于空中，给历史留下沉重的惊叹。泰州百姓一直固执地对抗遗忘，总是编排、传扬着张士诚的故事，这些故事在湿漉漉的泥土里生根、发芽，长出一个个古老的地名。

　　在姜堰区溱湖一带，流传着一个"青蒲角上出皇娘"的故事。说的是张士诚密谋造反时，因事泄便从盐场逃到青蒲角。青蒲角本是溱湖边上的一个小村庄，有一户姓曹的人家以捕鱼为生。张士诚又累又饿，竟昏倒在曹家门前。曹家姑娘天性善良，喂饭喂水救活了张士诚。得知张士诚的身份后，她并没有害怕，反而让张士诚住进自家的鱼棚，天天是鲜鱼活虾凑着这个叛逆的男人。一天晚上，张士诚和曹姑娘正在湖边的树林间幽会，溱湖的上空突然铺满彩霞，把整个湖面照得透亮。湖边的百姓抬头仰望，只见彩霞间飞舞着一条金龙和一只彩凤。

　　不久，张士诚又悄悄返回盐场。经过一番谋划，他终于率领"十八条扁担"，举起了反抗元朝暴政的大旗。这支队伍攻泰州，打兴化，占高邮，并渡江南下，在当时中国最富庶的吴地自立为王。尽管身边美女如云，但张士诚依然忘不了青蒲角的曹姑娘。他给曹姑娘备下一个妃子的名分，并派人带着凤冠前去迎娶。迎亲人员开进青蒲角，见曹姑娘头上戴着一顶竹笠，他们几番劝说，曹姑娘都不肯摘下竹笠。正在为难之际，一阵大风刮过，竟把曹姑娘的竹笠吹下头来。迎亲人员大惊失色，这位曹姑娘头皮发白，闪烁着银光，竟然没有一根头发！

曹姑娘满脸羞愧，闪身躲进闺房。当她含泪对着水盆时，头上突然滑下一个白色的套子，她弯腰一看，地上竟有一只闪闪发光的银碗。起身再看看水盆，自己的头上正长着浓密的青丝，长如瀑水，柔如飞云。曹姑娘一番梳洗打扮，款款走出房门。迎亲人员一阵惊喜，恭恭敬敬地为她戴上凤冠。

青蒲角旁边的一个小村，听说张士诚前来迎娶王妃，家家户户敲锣打鼓以示祝贺，欢天喜地地把曹姑娘送出溱湖。

那喜庆的锣鼓声一直传进张士诚的耳里，他送给那个小村一个新名字：锣鼓村。

姜堰区东南方村舍相连，那是一片与泰兴市、海安市的交界之地。传说，张士诚举事初期，看中这里退可返回盐场，进可攻打泰州，曾经据此作为马场。一段马蹄声声、马鸣萧萧的短暂时光，便留下三个名为"马岭"的村落，并一直沿用至今，未有更易。

位于西边的前走马岭是一片宛若半岛的三面环水之地，地势平坦而开阔。张士诚圈马于此，真是很有眼光。几十匹、几百匹战马时而上坡奔跑，时而卧地休憩，并无逃脱之虞。那些高低不等的小土岭至今还在，似在讲述那段难忘的岁月。

前走马岭向北3里路左右，便是后走马岭，那里有一个几亩地的水塘，村民们称之为"洗马池"。一代代口口相传的故事告诉人们，张士诚曾用开挖这片"洗马池"的泥土，铺成一条可容五马并行的大路。如今，那段马蹄深深的路基依稀可辨。

前走马岭东边20里处是游马岭，那里河沟纵横，阡陌交通，是放马的草场。若干年前，这里开挖河道、鱼塘时，曾经挖到粗壮的碳化树桩，还曾挖到散乱的麋鹿化石。可以想见，这是一片树木葳蕤、水草丰茂的土地。那些即将奔赴战场的骏马，正是在这里吃得膘肥体壮吧。

三个"马岭"村的村民以张、李姓居多,他们总自称是"十八条扁担"的后代。倘若此说可信,那他们就是张氏兄弟和李伯昇的裔孙了。

　　泰州城东南十几里路外,有一座名为白马的庙宇。传说,白马庙始建于东吴年间,原为纪念东汉名将蒋子文。清朝时期的《泰州志》记载:蒋子文生于泰州城东南的乡村,在军中屡立战功,官至秣陵尉,后因追逐盗贼负伤而死。孙吴初年,蒋子文从前的部下曾见他骑着白马穿行于大道,怀疑其已然成仙,便修建"蒋王庙"加以祭祀。蒋子文的家乡徐家庄也就崛起一座"蒋王庙",距今已有1800多年。那时庙里的塑像只有蒋子文,并无白马。

　　抗元义士张士诚的到来,让徐家庄的百姓认识了一匹浑身雪白的高头大马,它是张士诚心爱的坐骑,是从元朝官员手中夺来的。占据泰州的张士诚屯兵于此,老百姓常常看见它凌空如飞的白色身影。张士诚在营房处理军务时,就把白马拴在一棵银杏树下。一天夜里,白马从厩中逃脱,闯进庄稼地,一番饱食一顿践踏。张士诚听得此事,大为震怒,他不顾身边人的劝阻,执意要对白马大加处罚:马蹄乱跑,就在马蹄里钉进铁钉……那匹威武的白马从此成了残废,但张士诚治军的严明风范却一直留存在百姓的心里。

　　张士诚败亡后,人们对他的敬仰一直潺潺不绝。但是在朱元璋的天下,谁人能祀张士诚?徐家庄的百姓眉头一皱,就把张士诚的白马悄悄请进蒋王庙。它不再因为脚掌的疼痛而呻吟,而可以安享百姓的供奉。为了躲避明朝官员的管制,他们编了一个巧妙的理由:蒋子文曾被孙权封为"白驮将军",不就是"白马大将军"吗?白马大将军骑白马,应该!每年的张士诚忌日,人们都会听到蒋王庙里传出几声嘶鸣。不知是白马想起了从前的主人,还是张王英灵来看望他的白马?

　　此后,蒋王庙就成了白马庙,徐家庄也为一座庙名所代替。

张士诚所到之处，那深深的足迹都化成了不会枯萎的记忆。在泰州地区，这样的地名还有许多，诸如兴化城郊的养马场、运粮河，兴化市周庄镇的摆宴垛、腾马庄，姜堰区大伦镇的孙家营、潘家营、唐家营，等等。鲜活在这些老地名里的张士诚，音容依旧……

## 张氏兄弟身先殉大计

盐场起义早期的"十八条扁担"究竟是哪些人？长期以来未有定论。种种说法当中，总也少不了张氏四兄弟的名单：士诚、士义、士德、士信。关于张氏兄弟的命运结局，清史册的《隆平纪事》中有一句话："士义三人皆前死，余无一人死难者。"就是说，加上被朱元璋俘获后自杀的张士诚，张氏四兄弟均死于自己发起的起义，而其余的14人的生命都得以延伸于吴亡之后。

最先殒命的是张士诚的二弟张士义，那是在暴动初期。张士诚在草堰场起兵后，便沿着串场河向西南进发，他的意图是一边收兵，一边准备攻打泰州。但行至七八里路处的丁溪场时，他的队伍受到突然的阻击。原来丁溪场有个大户姓刘名子仁，他听得一帮造反的盐丁正奔丁溪场而来，害怕遭到抢掠，立即纠合一批地方武装扼守在庆丰桥上。张士诚的队伍到达此地后，双方打斗甚烈。起义队伍因平素本无训练，加之器械简陋，故而难以取胜，还出现很多死伤。混战之中，张士义中箭而亡。这是一个刚出场就下场的形象，只留下悲情而空寂的名字。二弟的死让张士诚悲痛欲绝，也燃起了他心中复仇的怒火，他如满眼血红的斗牛，率众拼死厮杀。地方武装竟节节败退，丢下一具具尸体，刘子仁也不敢重返自己的深宅大院，而是慌慌张张地登舟逃往大海深处。张士诚进入丁溪场，占有了刘子仁的全部家产。正是因为有了这笔钱财，张士诚很快就招到了万余兵众。

张士德是张士诚的三弟，史料上说他是"勇鸷善斗，且得士卒心"，他大为张士诚所倚重，理所当然成为张士诚的得力干将。无论是在高邮建立"大周"，抗击元兵围剿，还是渡江南下，攻陷平江，他都能披坚执锐，屡立战功。至正十七年（1357），朱元璋带兵攻打常熟，张士德的队伍中了埋伏，大败而溃。他逃至常熟虞山湖桥时因马具损坏，和两位部下均被生擒。张士诚大为着急，立即亮出手上的王牌，即被自己俘获的朱元璋的水军将领廖永安，提出用廖永安换回张士德。朱元璋不肯放虎归山，反而劝说张士德归降自己。张士德不肯屈服，竟偷偷从狱中给张士诚带去一封信，信中的主要意思是，劝兄长降元以抗朱元璋。朱元璋最终放弃了廖永安，张士德就只能走一条黄泉路了，有说他是绝食而死，有说他是惨遭杀害。张士诚的母亲曹氏不久便忧愤而亡，让张士诚痛入骨髓。张士德的死有如斩断了张士诚的一只胳膊，张、朱对峙的兴颓之势立即发生转折。有意思的是，朱元璋坐上龙椅后，曾追封张士德为楚国公，立庙昆山祀之。

张士信的德能均不如张士德，但亦大为张士诚所信用。张士诚在江南自立为王后，张士信曾"逼杀达识帖睦尔，代为丞相"。他如一只饥饿的恶狼，大肆收受贿赂，到处盘剥百姓，积累了大量的金银财宝、古玩字画。他更是放纵下属，甚至任由他们贪赃敛财、骄纵跋扈。最为荒唐的是，接到张士诚出征的命令后，他们竟装病不走，直到张士诚允诺重奖才肯动身。战败归来，张士信也不作追究。在朱元璋围困苏州数月后，这位纵情于声色犬马的小少爷终于断送了张士诚最后的生路。本来，张士诚率兵从胥门突围时，以拼死的姿态，直打得朱元璋的队伍连连败退。如果乘势冲杀，张士诚的队伍就可以破城而出。这时，站在城楼督战的张士信突然大喊一声："军士疲矣，且止且止！"紧接着，就是鸣金收兵。张士诚的队伍气势顷刻消散，又被朱元璋的队伍逼回城里。从此，苏州城再也无法求得一线生机。但是，张士信似乎毫无忧惧，他在城楼上挂上帷幕，经常在帷幕内大摆筵席。那天，他踞坐在一把银椅上，不一会，手下送来几只阳山水蜜桃。他正要品尝桃子时，一只炮弹对着他飞来，他的头颅和鲜艳的水蜜桃顿时被炸得粉碎。

　　吴亡之后，张士诚对苟活的坚拒证明了自己的枭雄本色。苏州城被破，他显然是无惧死亡了，在把妻妾、侍女都赶进齐云楼化为灰烬后，就"拒户自经"了。若不是部下及时"抱解"，他本可以只留给朱元璋一具僵硬的死尸。关于张士诚被押解到应天的最后时日，史籍上记载："士诚至龙江关，坚卧不肯起。舁至中书省，与语，问所欲，不答。舁入朝，不跪亦不言，太祖以其英杰，能得民心，欲全之，反复与语，乃张目答曰，'天日照公不照我，自好为之，毋多言。'终不食，自缢死，年四十七。"在张士诚的眼里，朱元璋并非什么了不起的英雄，这位红巾军首领的胜利，只是因为老天眷顾而已。他宁可选择死亡，也不愿意承认自己的失败。这样的选择所传达的意味，应该是很值得品咂的。

　　张氏兄弟的鲜血流经一段灿烂而又悲壮的历史，不可叹吗？

## 说说张氏兄弟以外的"扁担"

从至正十三年（1353）春盐场举事，到至正二十七年（1367）秋隆平失守，"十八条扁担"发起的反元暴动，延续了14年的时光。其间，张氏四兄弟先后捐躯于自己曾经的宏愿大志，而另外的十四条"扁担"无一殒命，他们在如山的尸堆中腾挪滚打后竟然安然无恙。

当我们在为张氏兄弟惨烈的人生结局感叹之时，是不是也应该关注一下其他"扁担"的命运？从其他"扁担"的选择、下场当中，我们会对张士诚领导的这场暴动有更为清楚的理解。

李伯昇是泰州城的人，与张士诚相交于举事之前，他身非盐民，定是深度介入了张氏兄弟贩运私盐的营生。他是盐场暴动的策划者和参与者，这应该是没有疑问的。在张士诚占据苏州期间，他是张士诚极为倚重的人，史料上说，"伯昇位司徒，最用事"。但是，在苏州城尚未被围之时，张朱之争的结局并不完全明朗，这支堪称骁勇的"扁担"却早早成为朱元璋队伍的归降者。其时，李伯昇驻守湖州，遭受朱元璋干将徐达的围攻，情势危急。徐达派人于城下劝降，李伯昇一开始倒表现得颇有血性："张士诚待我非常厚道，我不忍心背叛他。"他抽刀便要自杀，但被部下一把抱住。经过一番劝说，李伯昇终于乖乖地举起了双手。

颇为荒唐的是，在苏州城被围困多日后，李伯昇曾派人去劝说张士诚投降自己的新主人，只是被张士诚以一句"不过死耳"严词拒绝。后来张士诚"拒户自经"时，李伯昇又"抉户入"，救下张士诚后，干脆直接当起了劝降人："九四英雄，患无身耳？"

李伯昇降明后，大受朱元璋的优待。"明太祖命仍故官，进平章，同知参事府事，又为征南右副将军"。明史还载，他的儿子"犹世袭指挥"。

另一位受到朱元璋优待的投降者，是张士诚团队的核心成员潘元明。潘元明之父潘德懋早与张士诚交好，他的弟弟潘元绍后来成为张士诚的女婿。张士诚贩运私盐时，常在潘家落脚，潘妻很是欣赏张士诚的才干、品性，曾叮嘱两个儿子多跟张士诚讨教做事、为人。张士诚夺得江南大片土地后，潘元明曾被授江浙行省平章。作为张士诚的得力干将，他承担着驻守杭州的大任。早在至正二十六年（1366）的十一月，朱元璋就派自己的外甥李文忠进攻杭州，潘元明面对强敌围城，竟然主动请降。他交给李文忠的投降书可谓语气诚恳、态度谦卑："念是邦生灵百余万，比年物故十二三，今既入于职方，愿溥覃于天泽，谨将杭州土地人民及诸司军马钱粮之数以献。"他不仅献出了兵三万、马六百匹，还交出了朱元璋队伍里投降过来的将领蒋英和刘云。朱元璋对他的回报颇丰，"授行省平章，其官属皆仍守旧"。

明朝建立初期，潘元明被"封功臣"，并享"食其禄不署事，子孙世袭指挥同知"的待遇。至洪武十一年（1378），朝廷在"定省台等官岁禄之数"时，潘元明的俸禄依然优厚，"每岁给七百五十石，于官田内取之"。洪武十四年（1381），明朝的军队平定云南，潘元明作为"名臣重望者"镇其地。潘元明死后，归葬钟山之阴，可谓哀荣备矣。

潘元绍同样是张士诚起义军中的重要人物，但此人"性奢侈，耽声色"。他后来还被张士诚招为"驸马"，曾位居江浙行省左丞。有人考证说，潘驸马当时的宅邸规模宏大，前后左右皆有别业。他家中曾纳美姬数十人，有一位苏姓美女最受宠爱。有一天醉酒后，潘元绍竟杀死了这位大美人，还将她的头颅装在金盘中，端到桌上让客人共享。即使在与张士诚的女儿成婚后，他还蓄养了七名小妾，最大的30岁，最小的18岁。苏州城被围后，潘元绍屡战屡败，他满心丧气，把7位小妾召到跟前:"我数次突围皆不成功,如果我战死了,希望你们都去上吊自杀,不能让我蒙受耻辱。"那位18岁的姑娘当即就跪下了:"我们不会让你心生疑虑的。"说完就进了房间,另六位也各自进房。潘元绍冷眼看着7位小妾自缢身亡,总算放下心来。潘元绍为这些可怜的姑娘所尽的最后一次男人之责,就是"殓其尸,同瘗"。不久,一个名为张羽的文人还为7位美女写了一篇墓志,尽管石碑已遭废毁,碑文拓本却流传于世。

苏州城被攻破后,潘元绍被俘,不过,他可没有其兄元明幸运。估计是朱元璋对他的人品也是极为鄙视,早就堵住了他的投降之路。《隆平纪事》中说:"后平江破,擒元绍,至台城杀之,投其首于溷。"由"擒"到"杀",几乎没有停顿。若无极度的厌恶,怎至于将他的脑袋扔进粪坑?

史载,潘德懋的祖上本姓赵,宋亡后,为避祸端始改姓潘。兴化民间有传说,施耐庵在张士诚军中时,对潘氏父子的见风使舵、逢迎拍马极为反感。他后来写《水浒传》,把那位毫无节操的荡妇冠以潘姓,也就是为了出一口恶气。

在各种版本的"十八条扁担"名单中,莫天佑、吕珍、五太子都赫然在列。从我手头有限的史料中得知,他们最终都选择了投降。如果张士诚泉下有知,恐怕也只有声声叹息了。

凝望这些"扁担"的人生轨迹,品咂其命运中的万般况味,也许,我们可以悟出张士诚起义的局限性和最终走向失败的必然性。

# 张士诚后人今何在

元朝至正二十七年（1367），张士诚自缢于南京后，吴地百姓曾偷偷拾得其残骨，又带回苏州悄然安葬。这个传说在民间经久不绝，但人们并不能说清张士诚究竟魂归何处。直至1929年，归隐于故里海安的原江苏省省长韩国钧幸得一位苏州人的帮助，终于在斜塘镇的盛墩村寻得张士诚墓的踪影，并派人立"张吴王墓"石碑。

泰州人更想知道的是，张士诚后人今何在？

张士诚究竟有子嗣几人？这是一个颇难说清的问题。有持"二子"之说者，有持"三子"之说者，亦有持"四子"之说者。

清代史册的《隆平纪事》中有两段文字，一说："平江围急，士诚密以小儿置街上，有顾姓收抱之，身畔有金二锭，其衣则龙凤文也，人知为士诚子。此子每饭必须椅桌方食，若席地，与之不食，盖习宫中故事也。及长，冒顾姓，宣德间尚在，有子都，太仆穆尚识之，在吴中为塾师。"另一说："平江将破，士诚妻刘夫人以二子付金姬之母及二乳母，匿民舍。兵事稍定，母潜行出城，至姬葬所，冢先为乱兵所发，尸已蜕去，惟衣衿存焉。掘其旁，则珠玉尚在，乃尽收之。携二子还章邱，贸珠玉以市产。二子长，冒李姓。"

兴化地区有传说，朱元璋派兵围攻苏州城时，张士诚见形势不利，令其堂兄张士俊带着他的一个儿子逃到兴化一带。张士俊为躲避明廷迫害，曾在今周庄镇邹牛村的罗汉寺剃度出家。

民国期间，一位叫张相友的人亮出了身份，说自己就是张士诚的裔孙。清明节期间,他私作祭文,为张士诚上庙号高祖,私谥为烈皇帝。祭文有言:"每年五月,江淮之民以'都天大会'为名,假托纪念张巡而纪念高祖。"

　　历史的迷雾依然在飘散,这些记载、传说的真伪并不能肯定。

　　随着地级泰州市成立,张士诚举事的盐场,张士诚筑城的小镇,张士诚储粮的村庄,张士诚运盐的河流,都进入泰州的版图。作为元末明初的一位义军首领,一位曾经称王姑苏的风云人物,张士诚的历史价值无疑是值得研究的,他的地方文化意义也是不可小觑的。当此时,民间的寻根之风趋于浓厚,家谱的文化意义日益显现,张士诚研究的领域也不断扩大。

　　关于张士诚的故事,注定要在泰州大地上继续上演。

　　姜堰区有个城北村,城北村里吴姓多,奇特的是,吴姓家族的600多人竟然共同发声,自称是张士诚的后代。他们讲述了多灾多难的人生来路:600多年前,张士诚兵败之前怕遭朱元璋灭族,便派人把儿子从战火纷飞的苏州城中送到江北,为躲过追杀,这支血脉便改为吴姓。他们无法说清楚的是,选择"吴"作假姓,是为了留住吴地的印记,还是为了纪念张士诚的吴姓妃子。一辈辈的祖先给后代留下了相同的遗训:"你们生前姓吴,死后姓张,倘有出头之日,一定要认祖归宗。"吴姓族人还拿出一个康熙五年(1666)的祖宗牌位,这个牌位的特别之处,是分为三层,中间一层是一块既薄且小的木板,上书"生姓吴死姓张"。他们说,这样的牌位原有四个,另三个"文革"期间被毁。有人对吴姓族人的说法表示怀疑,认为这个牌位很有可能是民国期间为达到显赫家族目的而伪造,那时候此类事件并不鲜见,亦常常累及文史研究。城北村的吴姓族人并不理会这些质疑,聘请家谱专家开始了艰难的修谱工作。他们以一套民国年间的家谱为底本,收录了24世同族之人。

　　兴化的谱牒学者证实:传说中的张士俊后来就在兴化西城外仓巷内

安顿下来，张氏后裔世世代代以瓦工为业。张家人未敢忘记祖上的荣耀，一直保留着供奉张士诚、张士俊的"张氏宗祠"。一位张氏后人张治山说，他家原本藏有先辈留下的家谱，家谱上显示，他属于张士俊这一支，排在第25世。但不幸的是，老家谱在"文革"期间被毁了。后来根据记忆，重新编写了家谱。十多年前，我曾经托人去拍摄一张"张氏宗祠"的照片，但为张家人所拒，我至今不知因何。

2000公里以外的云南昭通市镇雄县，有一个庞大的张氏后裔族群，在157万的县城居民中，竟有将近6万张姓人口。这个庞大的家族有一个共同的堂号——清河堂，供奉着相同的祖先——吴王张士诚。多少年来，一代代张姓族人的思绪一直飘向遥远的江苏泰州，因为，那里才是他们血脉的源头所在。

镇雄县张氏族人中收藏着三本老家谱，其中一本光绪三年（1877）的手抄本中，对他们这支族人的来路有明确记载："元末明初我高祖凤公乃成公之第四子也，生曾祖德先公，因入云南大理再至沾益州……"这段文字的记录者为张可学，记载时间为"明万历二十二年"，其后还有详细的世系表。从这段文字中可以看出，镇雄县张氏是张士诚四子张凤的后人，从江苏迁云南的一世祖为张德先。

在明万历二十二年（1594）后，镇雄的张氏族人曾前后七次续修家谱，最后一次是2001年，这套家谱的记载十分详尽，还附有张士诚的画像。

镇雄张氏族人中一位名孟伟的中学校长，从网上搜索到兴化边城塑造张士诚铜像、姜堰吴姓族人申请恢复张姓、姜堰兴化两地张氏后人准备合出家谱等新闻，立即与族人中的长者商量，作出了奔赴泰州拜谒先祖的决定。

2019年的初春时节，姜堰、兴化、镇雄三地的张氏后人相会于张士诚的铜像前。他们虔敬地跪在先祖的面前，泪水潸然。

换了人间，张王知否？

## 高坟头随想

我在边城当了十多年的中学老师,对那片土地有过毫无顾忌地亲近。

我说的边城并不是因沈从文的小说而得名的湘西小镇,而是苏中地区一座曾经的古镇。

边城,实在堪称古城。据《晋书·地理志》等史籍记载,早在411年,东晋政权就在今天的边城一代设置侨置建陵县;422年,海陵郡由泰州移至建陵。如果我们不能证明这些记载有误,那么边城就可以骄傲地说:在兴化设县500年前,我就是华夏大地上的县、州的治所之地!

元朝末年,这里的繁华早已落幕。张士诚率领义军攻打泰州的途中,在这里停住了脚步。这位来自海滨盐场的黑脸大汉,命部下就在此构筑土城。他时而环顾四周,时而漫步在潺潺流淌的河边,时而站在断壁残垣前一声叹息。土城筑成,张士诚发话:"这里是抵抗泰州城元兵的前哨地区,应该称作'边城'。"边城,在县、州治所被废弃900多年之后,在荒芜如野草一样疯长的岁月里,又一次成为一座"城"。

斯人已去,边城依旧在。此后的数百年间,边城人对张士诚的景仰绵延不绝:他设宴招待13位投奔者的村庄取名为"摆宴垛",他在离开摆宴垛时手书的"等我来"三个字被制成木匾悬挂在村中的清华庵中,13位好汉的家乡都成为以他们姓氏冠名的官庄,他的队伍养马的村庄被唤作"腾马"。

那时那地,我曾问道:"边城可有与张士诚有关的遗存?"有人回答:"高坟头便是。"

高坟头指的是一座矗立于乱坟当中的无主之坟，位于三周村南。三周这个只有几百人口的小村庄，对应的正是张士诚在高邮建立的"大周"国号。

世世代代的边城人口口相传，流传着百姓家家养狼狗以对付催缴赋税官兵的故事。

那时的边城，河沟纵横，官船常从水上来，老百姓只能出动大船小船前去堵截。他们往往是由几个人或十几个人分列两侧船舷同时撑篙，与官船周旋在势如八卦的水网之中。他们在每根竹篙的下端安上铁制钻头，既方便撑船，又可以当武器使用。官兵往往如入迷魂阵，威风尽失。

不久，比大狼狗更凶狠的元朝军队开进边城，所到之处，鲜血如花。许多家庭惨遭灭门，许多百姓身首异处。野草之中，尸体横陈；阡陌之侧，白骨相累。无告的边城人含泪掩埋那些死难者，在三周村南的旷野之地垒起一座座低矮的坟墓。那里向西可望见摆宴垛，向东可眺见腾马庄，又被十三官庄包围，不正是合适的安息之地？

寒暑易节，沧桑变幻。这座墓地毕竟难敌时光的侵蚀，渐至成为一片荒冢，只有杂草丛生，不见纸钱飞舞。那些命丧于明廷官兵刀剑下的百姓啊，都成了孤魂野鬼！边城人的心里在流血，他们决意用行动对抗遗忘。一些人便将那些已经露出地面的骨殖捡拾起来，集中于一处，再深埋地下，并堆垒成一座高大的坟墓。其基径可达两丈，其高度几乎于人家屋脊，因其苍然突兀，被人们称为"高坟头"。不知从哪一年开始，边城一带出现了这样的习俗：每逢清明节，邻近村庄的村民都要撑着会船，争着到高坟头去洒水饭，为的是祭奠那些长眠于此的亡灵。后来，这个习俗竟在数十里路的范围内演变成一种规模盛大的水上庙会。

对这些传说的真实性，我的心里颇有疑惑：那座沉默无言的高坟头，真的隐埋着一段历史？真的演绎出一种民俗？真的寄托着一份情感？我只可以确信的是，在边城人的心中，张士诚是神明，而朱元璋是魔鬼。

20世纪末，我离开边城来到泰州工作。泰州，是张士诚举事后攻取的首座城池。尽管我无意关注这样一个草莽英雄，但张士诚的影子似乎一直在我们的身边晃动。这里，流传着关于张士诚的故事；这里，保存着张士诚战斗的遗迹；这里，端坐着祭祀张士诚的庙宇。我有一个明显的感觉，就是泰州人和边城人有着共通的褒张抑朱之情。

几年前，我接到写作历史小说《张士诚传》的任务，不得不沉下心来，对朱元璋和张士诚这两位争夺江山的吴王做一番研究。在行文简洁的《明史》当中，在繁茂芜杂的地方史料里，我看到了与民间塑造不一样、与既有印象相径庭的朱元璋，这常使我由疲惫、懈怠转而兴奋。鲜活在我眼前的朱元璋并不是残暴和凶恶的，倒是非常宽厚和仁慈的呀。有许多事情让我记忆尤深：

比如，朱元璋微时，只是红巾军领袖郭子兴身边的亲兵。后来郭子兴曾为另一位军事统帅赵均用绑架，几遭杀害，朱元璋冒险救出郭子兴后，又拱手将三万人的队伍交给郭子兴。只有在郭子兴死后，朱元璋才接掌了他的兵权。

再比如，朱元璋的队伍攻克元大都后，本可活捉元朝最后的大汗妥欢帖睦尔，却两次故意留下生路，让他逃到应昌。妥欢帖睦尔在蒙古草原上支撑了将近两年后，竟得以善终。朱元璋还说他是"顺天应人"，谥为"顺皇帝"。

又比如，朱元璋的父母早死，出殡途中，抬棺材的杠子断了，依俗只好就地掩埋。朱元璋当上皇帝后，当然要重修父母陵寝，但他不允许强迫老百姓迁坟，也不要求禁止老百姓进入陵园。他说："老百姓的坟墓，都是我家老邻居的。以后举行皇家祭祀的时候，也给那些老百姓的坟墓供上一份面吧。"

还比如，盐场举事的"十八条扁担"中，最终献身的唯有张家四兄弟，其余十四人，无一不是幸存者。朱元璋并没有加害于那"十四条扁担",而是把他们全部招至麾下。就是对老对手张士诚,朱元璋也是未生杀心,反而多次亲自劝说,希望他跟自己一起完成反元大计。朱元璋的"招降"中既无羞辱,亦无欺骗。

这样的朱元璋端的不是面目可憎之人。对于放过牛、讨过饭、当过和尚的洪武皇帝,那些穷苦的百姓本该有着天然的亲近之情,但泰州人、边城人不时投给他怨怒的一瞥,个中奥秘值得玩味。是因为洪武赶散吗?恐怕不是。正史中并没有关于徙江南之民往耕苏北一带的记载,野史中也没有在江南强制移民苏北的记录。洪武赶散之说,其实仅出于存世无多的谱牒,源头还在于民间传说,真实性颇可怀疑。是因为朱元璋的横征暴敛吗?回答也是否定的。明朝初年,朱元璋废除了元朝的一切苛捐杂税,减轻民负,重建经济。民众得以休养生息,怨从何起?!是因为朱元璋的惨礉少恩吗?理由似乎也难成立。朱元璋确实开了廷杖大臣的先例,但他在位30年间只打过几位官员的屁股;朱元璋发明了审讯贪官的"贴加官",这种手段其实比凌迟优雅了许多;朱元璋还创造了"剥皮实草"之刑,那也是为了震慑官场。朱元璋以严刑峻法对付贪官污吏,该是大得人心的。有明一朝,延续了漫长的276年,坐拥万里江山的朱元璋及其子孙们,竟然未能扭转那萌生于草根间的臧否和好恶。奇怪也哉!

有形的评判与无形的情感相比,哪一个更为真实?

近年来,我常有边城之返。好几回,我伫立于公路旁,凝望西侧不远处的高坟头,这是我靠近和思考这一段历史的最好方法。那里是一片墓园,散乱着一座座馒头似的坟茔,墓隙间荒草萋萋,枝条纷披。高坟头巍然其间,姿态最为高迈。墓身已经被封上了水泥,显得洁净而鲜亮。在这个偏僻之处,高坟头正昭示着显而易见的纪念意义。同行的边城人说:高坟头的修葺纯粹是民间行为,附近的村民出钱出力都是自愿的。

看得久了,眼前便如落下了一道历史之幕,高坟头亦模糊起来,让我难得其真。历史,难道就是用来怀疑的吗?我不禁陷入沉思。

古往今来，那些声名显赫的王侯将相，在官方的历史书写之外，总也不缺阔大的民间记忆。无论国家机器多么强大，也难以完全消除两者之间的罅隙。民间记忆尽管不立文字，却非常固执，会以习俗、礼仪、故事等方式，顽强地在贫瘠的生活中蜿蜒向前。在代代相传的民间记忆里，老百姓所依据的评判标准、评判逻辑，就像他们脚下的泥土一样，可以分化，可以捏弄，可以塑造，但是如果在时光中风干之后，也会坚硬如铁，不易瓦解，甚至能够砸向威严的庙堂，砸出一声脆响。

高坟头，你是历史的惊叹，还是历史的疑问？